「いい加減にしてくださいませっ！」
ルツーラはこちらへと乱暴に手を伸ばしてきました。

「あ、待ってください……。これ、飲んでは……ダメです……」

「毒か？」
「はい」

「あ、あの……」
「……！」
「す、すまない。想像以上に美しかった君に、見《み》惚《と》れていた」

引きこもり箱入令嬢の婚約

HIKIKOMORI HAKOIRI REIJO NO KONYAKU

北乃ゆうひ

ILLUSTRATION 間明田

PRESENTED BY YU-HI KITANO
ILLUSTRATION BY MAMYODA

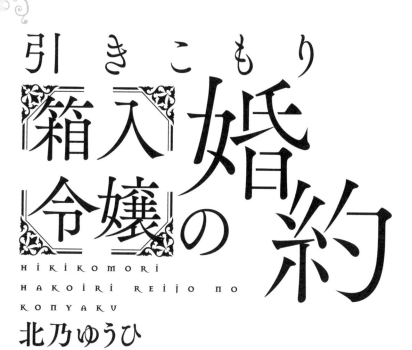

CONTENTS

挿絵：間明田
デザイン：浜崎正隆（浜デ）

第1章

王城にあるパーティホールで、本日は成人会と呼ばれる催しが開催されていた。

前途ある、貴族の若者たちが集うこの催しは、季節ごとに一度行われるものだ。

集まるのはこの夏に十七歳となる若き貴族たち。

貴族としての階級を問わず、王宮のパーティホールに集っている。

王からは十七度目の生誕の日を祝福され、成人貴族として振る舞うことの許可を与えられた。

宰相や騎士団長などを筆頭とした、若者の憧れともいえる偉大なる先輩貴族たちからも、成人界への入界を言祝《ことほ》がれた。

それらのありがたい言葉を受けたあとは、思い思いに過ごす自由時間。

誰も彼もが希望と緊張、少なからぬ野心を抱いて、表向きは和やかで華やかな談笑に包まれたこの会場。

誰も彼もが気づきながらも、見て見ぬフリをするモノがそこにはあった。

パーティホールの片隅に、華やかな場には不釣り合いの大きな木箱が置いてある。

(箱……?)
(箱だよな……)
(何なのかしらあの箱……?)
(いったいなんの箱なのでしょう……?)
(しかし、みなは気にしておらぬようだしな……)
(もしかして、気にしたら負けなのか……?)
誰も彼もが疑問に思うこの箱に――
好奇心に満ちた顔で近づく者が一人いた。
「ダメだ。気になって仕方ない。なんだこれ?」
その金の髪に翡翠《ひすい》の双眸《そうぼう》を持つ美男の名はサイフォン。
この成人会にて、成人を迎えたこの国の第二王子である。
一メートル四方ほどのその木箱をペシペシと王子は叩《たた》く。
すると――
「あ、あの……なにか、ご用でしょうか……?」
「おおう!?」
中から可憐《かれん》な女性の声が聞こえてきて、思わずサイフォンは声を上げた。
(ひ、人の声ぇ――ッ!?)
周囲で様子を窺《うかが》っていたものたちも思わず目を見開く。

「こ、このような……姿で、申し訳、ございません……」

「いや、こちらこそすまない。まさか人が入っているとは思わなくてな」

想定外の出来事ながら、サイフォンは努めて冷静に言葉を紡ぐ。

それに対して、箱の中の女性も、一生懸命といった様子で返答する。

「わた、私は極度の……対人恐怖症で……この箱に入って、いないと、家族以外とはまともに、会話するのも、怖くて……」

「そうか。しかし、であれば──なぜこのような場に？」

箱の中から聞こえる女性の声に、サイフォンが訊《たず》ねる。

「わ、私も……夏に、十七になり、ますので……。

ほん、本当は嫌だったのですが、父が箱のままで良いから、出席を……しろ……と」

（箱のままで良いって何だよ……ッ！）

聞き耳を立てていた者たちは胸中で一斉にツッコミをいれる。

だが、そこで騒ぐのは不作法であると心得ているので、あくまでも心の中で、だ。

「なるほど。しかし、其方《そなた》の父君はずいぶんと思い切った選択をした。だが、個人的な意見を言わせてもらえるのであれば、その選択は正しい。

どのような姿であれ、欠席という汚点に比べればマシであろう」

「……成人会の欠席……というのは、そ、それほどの……？」

「うむ。通常の成人会であれば、そこまででもなかったのだがな。今回の成人会はサイフォン王子が参加するゆえ、出席をしないというのは、王家への叛意《はんい》と捉えられてしまう危険性があるのだ」

「な、なるほど……」

(き、気づいて箱の中の人――ッ！　今、あなたと話をしている人が王子本人だからぁぁ――ッ!!)

箱の中から聞こえる声に対して、周囲が声無き声で叫ぶ。

極度の対人恐怖症を自称し、あのように気の弱そうなしゃべり方をしている女性が、その事実に気づいたらどうなるのだろうか。

(開く……絶対にッ！　彼女の目の前で神の御座《みざ》への扉が開くって――ッ！)

この世界の人々は、死後――その魂は一度、神の御座へと招かれるとされている。

その扉が目の前で開くということは……まぁそういう意味である。

「ところで、せっかくこのような場に来たのだ。人との会話はともかくとしても、食事やお酒に手をつけないのは勿体《もったい》ないのではないか？」

「そ、それについては……も、問題あり、ません……」

「ほう？　問題ないというのは……」

サイフォンが首を傾げた時、その答えの方がこの場へとやってきた。

「談笑中失礼いたし……失礼いたします。お嬢様」

おそらくは箱の中の女性の侍女だろう。

一瞬、言葉が止まったのはそこにいる男が誰であるか気づいたからだ。

しかし、サイフォンはその赤髪の侍女に対して、口元に人差し指をあてて微笑んで見せた。

侍女としてのわずかな葛藤はあっただろうが、相手がサイフォン王子ということもあり、彼の意を承諾したようだ。

「お嬢様。お料理をお持ちいたしました」

そう告げて、侍女は箱の上に料理とグラスを置く。

「あ、ありがとう……。食べるの、楽しみ……」

(どうやってぇぇ——……ッ⁉)

何せ侍女は箱の上に皿とグラスを置いた後、一歩引いたのだ。

それ以上は何もしないとでもいうかのように。

「つかぬコトを伺うが……箱の上に載せる意味は……？」

「私《わたくし》ではお答えしかねます。ですが、もうしばらく箱の上を見続けていただければ」

「ふむ？」

侍女の言葉に首を傾げながらも、サイフォンは言われたとおり、箱の上に載った料理たちを見やる。

すると、どういうわけか、料理とグラスが箱の中に沈んでいく。

箱の蓋は開くことなく、だがまるで木箱の蓋が湖面のように波打って、沈んでいくのだ。

「こ、これは……ッ⁉」

サイフォンは驚愕《きょうがく》のあまりに目を見開く。

「原理は不明なのですが、お嬢様の箱はこういった不思議なチカラを多々持っているのです」

「すごいな……」

王子の目が、子供のようにキラキラと輝く。

もっと知りたいという好奇心は湧くが、同時にここまで人と対面したくないという彼女に無理をさせたくはないという思いもある。

サイフォンが悩んでいると、箱の中の女性がそばに控える侍女を呼ぶ。

「カチーナ」

「そばにおりますよ、お嬢様」

「わ、ワイン……黒いボトルで、しっかりとしたラベルの……見るからに高級そうなの……もってきた?」

「はい。何か問題がございましたか?」

「い、一緒に……黄色いボトルで、センスの感じられない変なラベルが、ついた、ワイン……なかった?」

「はい、確かにございました」

「そ、それなら……今後、ワインのお代わり、全部……黄色いの、で」

「かしこまりました」

侍女――カチーナがうなずくと、先ほどとは逆回しのように空になったグラスがせり上がってきた。

それを見ながら、王子は問いかける。

「つかぬコトを伺うが——なぜ、黄色い方を選ぶ？

ボトルから見るに、安物の三流品のように思えたが……」

「は、はい……ボトル……だけを、見るのであれば、そうです。

ですが……あの黄色いボトルの、ラベルに……には、小さく王家御用達を意味する印が、あり、ましたので……。

逆に一見すると、見た目は……高級品の、ような黒いボトル……ですが、こちらには……それがありません……。何より、今飲んで、王城の宴で飲むには、味に……品格が……足りてないと……思いましたの、で……」

「ほう」

（どうやって、ボトルの見た目を確認したんだ……ッ⁉）

そんなツッコミを心の中でしながらも、聞き耳勢はこっそりとダサい黄色ボトルのワインに手を伸ばし始めたのだから、現金なものである。

サイフォンも周囲の胸中同様に、どうやって外を見ていたのか疑問を抱く。だがそれ以上に、彼女の指摘に感心した。

実際、彼も黒いボトルの方を口にした時に、似たような印象を感じたのだ。

「すまない。カチーナだったかな？

ワインのお代わりを持ってくるのであれば、私の分も共に頼みたい。黄色い方でな」

「かしこまりました」

カチーナが一礼してその場を離れるのを確認してから、王子は再び箱へと向き直った。

「興味深いな其方は……。どうやって外を確認していたのだ？」

「しょ、詳細は……すみません。この、『箱』そのものが……私の、魔法……だと思って、頂けれ、ば」

「それならば仕方ないな」


魔法——それはこの世界に生きる者であれば、必ず何かしら一つ持っている不思議なチカラだ。

そのチカラが多種多様であり、冒険者や騎士といった戦闘が避けられぬ職業では、チカラの詳細が敵に知られることは命に関わる。

戦闘が多い職業でなくとも、常に何かしらの駆け引きをしている貴族や商人同士でも、秘匿するのが基本だ。

バレれば、それを利用されて足を引っ張られかねないのだから。


「では、当たり障りのない範囲で箱のコトを聞いても？」

「そ、それなら……」

そうして、箱に関する軽い雑談をしていると、カチーナが戻ってくる。

「お待たせいたしました」

「私の分まですまないな」

「恐れ入ります」

サイフォンはカチーナからグラスを二つとも受け取り、片方を箱の上に載せた。

箱の上に載せたグラスを注視していると、グラスの下から上へと一瞬、光が通り抜けたような気がした。

「あ、待ってください……。これ、飲んでは……ダメです……」

「む？　急にどうしたのだ？」

「カチーナ。これを入れて……くれた人、顔は分かる？」

「はい。覚えておりますが……」

「警備の……騎士の人を、連れて、その人のところへ。ここへ連れて、きて」

そのやりとりで、サイフォンは何があったのかを即座に理解する。そしてすぐに、自分の近くに控えている護衛騎士に声をかけた。

「リッツ」

「ここに」

近寄ってくる騎士リッツに一つうなずき、サイフォンはカチーナを示す。

「彼女と共にこのワインを注いだという人物をここに連れてきてくれ」

「かしこまりました」

「わざわざ箱の中の彼女が騎士を呼ぼうとしたのだ。おそらく、暴れる可能性がある。気をつけてくれ」

「はっ」

リッツは敬礼をするとカチーナと一言二言言葉を交わして動き出す。

それを目で追いながら、サイフォンは箱へと問う。

「毒か？」

「はい」

「なぜ、気づいた？」

まだ箱に載っただけだろう、と言外に問えば彼女は気にした風もなく答えた。

「箱の、おかげ……です」

先の光が気のせいでないのであれば、上に置かれたものの毒の有無でも判別できるのだろう――

王子がそう推測しているうちに、箱の上に置いてあったグラスがなくなっている。

「飲むのか？」

「……箱は、毒にも、強い……ですから……」

「箱は……？」

彼は訝《いぶか》しむも、その答えは返ってこない。

しばしワインを飲んでいるだろう間が生まれる。ややすると、箱の上にグラスが戻る。

「ヴェルダヴェルデの花の蜜……ですね」

「それは？」

「使われて、いた……毒の、種類……」

「どのような毒なのだ？」

「致死性のものでは……ないです。経口摂取で、数日後……重たい風邪みたいな……症状で、一週間くらい、寝込んでしまう、毒です……」

「時間差で症状が出るのか」

「はい……。ですが、耐性が……付きやすい毒でも、あって……数度の摂取で、八割は無力化できる……くらいの、耐性が付き、ます」

箱の中の女性の説明を聞きながら、サイフォンは腕を組んで眉を顰《ひそ》めた。

「分からぬな……そのような毒で何を……？」

「貴族なら……病気やケガ、の時……お医者様を、自宅に招く……から」

「ん？」

「毒を使った人、お医者様を手配する人、お医者様本人……。裏で手を組んで、いたりしたら……どう？」

「……そういうコトか」

合点がいったような、呆《あき》れたような面もちで、サイフォンは嘆息を漏らすと、自分付きの従者へと声をかけた。

「サバナス。聞いていたな？」

「は」

「至急、父上への報告を頼んだ」

「かしこまりました」

一礼して去る従者を見送り、サイフォンは改めて箱を見遣《みや》る。

「面白いな、其方は」

「きょ、恐縮です……」

「そういえば、名前を聞いていなかったな」

「あ、はい……モカ。モカ・フィルタ・ドリップスと申します」

「では、其方がドリップス宰相の……」

「は、はい……娘です。恐縮です……」

（ド、ドリップス宰相の娘は、箱入り娘って聞いてたけど～～～～ッ⁉）

聞き耳勢は驚愕しきりだ。

そもそも、箱入り娘だとは聞いていても、箱に入っている娘だとは誰も思わなかったことだろう。そんな風に思える人間はまずいない。

「こちらも名乗っていなかったな」

「じ、実は……存じ、上げて……おります……サイフォン……王子」

「なんだ。驚かすつもりだったのだがな」

残念そうに肩を竦《すく》めるが、サイフォンの口元には笑みが浮かんでいる。箱の中にいる相手が自分を認識していたのが楽しいのだ。

ワインもそうだが、彼女はどうやってか外を認識している。そして自分のことを認識していたにもかかわらず、その様子を表に出すことなく対応していた。

(彼女は決して愚かではない……だが、分かっててのあの対応であれば、コトと次第によっては不敬に当たるコトに……)

そこまで考えて、サイフォンはハッとする。

(そう。愚かではないんだ。彼女は敢えてあの対応をしていたのでは？)

お互いに名乗らずに語り合っていれば、不敬を指摘された際に王子だと知らなかったと口にできる。

本来であれば、母国の王子の顔を知らないということも不敬に当たるが、彼女のその特異性——引きこもりの箱入りという噂《うわさ》そのものを信じた上で、箱の中にいるという行動など——を思えば、そういうこともあるか……と許される可能性が高い。

だが、こちらが名前を問い、モカは名乗らざるを得なかった。

その結果、彼女はドリップス家の人間であると知られてしまったのだ。

こうなると、むしろ王子に名乗らせる方が体裁が悪いと判断し、自分から知っていたと口にした。そんなところだろう。

そう考えると、成人会に出席しないのはマズイという話を知らなかった——とは思えない。

おそらく、出席したくないというわがままは、箱のままで構わないという言葉を宰相から引き出すための方便だったのだろう。

だとすれば——彼女はこの箱の中にいながらにして、多数の大人たちを手玉にとったことになる。

背筋にゾクゾクしたものが走る。

気持ちがワクワクしてくる。

面白いものが好きだという彼のツボをこれほどまでに刺激してくれる存在がいたという事実。

何より彼女の立ち位置は、今のサイフォンにとってもありがたい。

もう少し話をして、彼女について知っておく必要がある。

「実に興味深いな。もっと箱について知りたいところだ」

魔法の詳細を聞くことは基本的にタブーだ。

ましてや引きこもりの令嬢。箱がなければパーティにも出席できないという極度の人見知り。

それでも無理を通してみるのであれば——最悪は、不敬をチラ付かせる手段も考えておくべきか。

「箱の中……見せてもらえたりはしないだろうか？」

そんな思惑をおくびにも出さず、サイフォンが訊ねる。

「…………」

すると、即答で拒否されることはなく、少し長めの沈黙が落ちた。

この反応は迷っていると見るべきだろうか。

（王子ッ、そんな直接的に……ッ!!）

サイフォンとモカの沈黙の駆け引きが始まったのを見ながら、ギャラリーたちは息を飲む。

誰もが気になっていながら、さすがに厚かましいだろうと思って躊躇《ためら》う行動を、躊躇わず取っていくサイフォンに、驚いた。

だが、当人たちはそんなギャラリーのことなど気にすることはない。

ややして、モカの方から沈黙を破った。

破ったのだが――

「えっと……あの……」

モカは突然のことで混乱しているのか、「えー」とか「あー」といった言葉を繰り返すだけになってしまった。

さすがに少しいきなりすぎたか……と、サイフォンは苦笑する。

だが、この反応から見るに、完全に拒否したいというワケではなさそうだ。

モカにはモカの思惑があり、何か応えようとしているのだが、人に馴《な》れてなくて上手く口が回らないのだろう。

逆に言えば、人に馴れてさえしまえば、こういう場での駆け引きを行うのに躊躇いのないタイプなのかもしれない。

「わかり、ました……」

ややすると箱の一部が波打って、白い磁器のように美しくか細い手が現れる。

「あの……その……中へ、お招き……いたし、ます」

「おお！　そうか。是非お願いしたい」

わずかな時間とはいえ言葉を交わして感じた印象からして、彼女は会話が苦手なようだ。

しかも極度の対人恐怖症を自称している。

そんな人物がわざわざ自分の領域に他人を招待しようとしているのだから相応の勇気がいることだろう。

だが、彼女の思惑は、それをしてでもサイフォンを中に招くべきだと判断したのかもしれない。

もっとも、そういう駆け引き云々《うんぬん》の話以前に、サイフォンとしては考えることがある。

未知なる魔法の箱の中。とても楽しそうではないか。

「では、よろしく頼む」

「王子。私の、手を握ったまま、箱に触れて……ください……」

「む？」

言われるがままに箱に触れると、箱が波打って自分の手が中へと入っていく。

「お招き……いたします。

カチーナ以外の人を、初めて、箱《ここ》に……」

「良いのか？」

さすがにそう言われると、躊躇いは生まれる。

紳士的にも、そこは一度、問いかけをしておくべきだろうと、サイフォンは、確認を取った。

「はい」

◇

そうして吸い込まれた箱の中は、外見よりもずっと広い空間だった。

ちょっとした高位貴族の私室ほどの広さだろうか。

自分を引き込んだモカの手が離れていくのを感じながらも、サイフォンは周囲を見回す。

女性らしい華やかな内装の中に、見慣れない奇妙な箱が多数並んでいる。その奇妙な箱は微かに振動して音を立てているようだ。

箱から延びる線のようなものがあちこちのモノと繋《つな》がっているのは不思議な光景だ。

その周辺には半透明の箱や、見慣れない箱状の機具なども多く設置されているようだった。

そうして視線を巡らせていると、宙を漂う手のひらサイズの箱が目につく。

それらには顔のようなモノが描かれており、なんというか——宙を漂うのを楽しんでいるようだ。

次に目に入るのは、目立つ場所に置いてある本棚だ。

だが、その貴族らしい装飾の施された本棚に並んでいるのが、庶民向けだと思われる質素な本のシリーズのようで、そのギャップが面白くもある。

さらに周囲を見渡すと、奥の方には複数の扉が見えるので、箱の中は、もっと奥があるようだ。

「こ、これはッ！　すごいッ、すごいぞッ！　中は広いのだなッ！」

「はい……自室と同じくらいには」

肯定する女性の声に、サイフォンの意識がそちらへと向く。

この魔法の空間も気になるが、サイフォンはもっと気になるもの——いやもっとも気にするべき女性へと視線を向けた。

そこには——

「そ、其方《そなた》……」

首から上が馬で、首から下は華奢《きゃしゃ》ながらもメリハリのある美しい身体つきの女性がいた。

そう——美しい身体に馬の頭、である。

あまりの驚きに常日頃から冷静で飄々《ひょうひょう》としているサイフォンの心臓が、珍しく飛び跳ねて、早鐘を打つ。

「その頭は……⁉」

サイフォンが焦りながら訊ねると、馬の頭をしたモカは、両手を前に出し左右に振りながら、必死な様子で答えた。

「あ、違い、ます……！　こ、これは……その、顔を晒《さら》すの、が……恥ずかしいの、で……かぶりモノを……」

「か、かぶり……モノ？」

「はい」

「そうか……驚いた」

「申し訳、ありま……せん」

「気にするな。顔を晒したくないというのであれば、それでいい」

互いに大きく息を吐いて気を取り直す。

「その……客間へ、どーぞ」

「客間があるのか」

「この箱の中は、その……もう一つの、私の、家……ですの、で」

◇

周囲の者たちは、サイフォンが手を引かれるがままに、箱の中へと吸い込まれていくのを見た。

直後――中から、ハイテンションな叫び声が響いた。

「こ、これはッ！　すごいッ、すごいぞッ！　中は広いのだなッ！」

「はい……自室と同じくらいには」

それはもう楽しそうな王子の声だ。

様子を窺っていたギャラリーすら、興味が湧くほどのテンションの上がり具合。

そのあと、しばらくは反応が薄まり――ややして、王子の驚愕に満ちた声が聞こえる。

「そ、其方……その頭は……!?」

一方で、モカの声はほとんど聞こえない。

その後のやりとりもボソボソとしか聞こえてこないため、どんな会話がなされたのかは不明だ。

だからこそ――

（頭……頭がどうしたのぉぉぉぉぉ～～……ッ!?!?）

と、ギャラリーたちは気になって仕方がない。

そのあとも話し声らしきものは聞こえるものの、どちらの声もボソボソとしか聞こえず、何の話をしているのかは分からなかった。

（くっ、いったい――どんな話を……ッ!!）

興味が尽きない聞き耳勢が耳をそばだてていると、サイフォンの護衛騎士と、モカの侍女が戻ってくる。

◇

「ただいま戻りましたお嬢様」

「おや？　サイフォン王子はどちらへ？」

リッツは肩に担いでいた男を雑に放り投げながら、首を傾げる。

乱暴に縛り上げられ、キツい猿轡《さるぐつわ》を噛《か》まされた男は、床に落とされてうめき声を上げるが、リッツもカチーナも気にしていないようだ。

周囲を見渡していると、箱の中からサイフォンの声が聞こえてくる。

「戻ったか。モカ嬢に招かれてな。箱の中を見せてもらっていた」

「なんと……！　では、お嬢様」

「えっと、そのまだ……です」

「いいえ、それでも充分にございます」

感極まった様子のカチーナに、リッツは困惑したように訊ねる。

「詳しいコトは私の口からは……」

だがカチーナは答えず、申し訳なさそうに一礼するだけだ。

その様子を見、リッツはそれ以上追及することはやめた。

ちょうどそのタイミングで、サバナスも戻ってくる。

「ただいま、戻りました。

おや？　殿下はどちらへ？」

「箱の中だ」

「なんと？」

理解できないという顔をするサバナスを気にする様子もなく、中にいるサイフォンは、同じく中にいるモカへと訊ねた。

「モカ、どうやって出れば良いのだ？」

「外へ……出たいと……念じな、がら、そこの……壁に触れて、ください……」

「こうか？」

箱の側面が波打ち、王子の手が出てくる。

「そのまま、前進して……くださ、い」

「ふむ」

やがて、王子が箱の中から姿を現す。

「なかなか得難い体験だった」

笑いながらそう口にした直後、サイフォンは足下に転がる男を踏みつけた。

「さて」

踏みつけた男を見下ろしながら――

「モカからは、様々な情報とそこからくる推察を色々と聞かせてもらったからな……」

それはもう面白いオモチャを見つけたかのような顔で、ニヤリと笑う。

「首謀者ともどもどうしてくれようか」

有能なはずだが面白いことを好むあまり奇行の多い王子。

兄王子とはまた違う意味での問題児。

陰でそんな風に噂されているはずの第二王子は、けれどもこの場においてはそんな噂を吹き飛ばすだけの迫力があった。

第2章

私ことモカ・フィルタ・ドリップスは、先の成人会での出来事を思い返すと、そのたびに興奮して身悶《みもだ》えをする——というのを繰り返しているうちに、気が付けば自室へと戻ってきていました。

……まぁ戻ってきたと言っても私自身が自分の足で歩いてきたワケもなく、みんなに『箱』を自室まで運んでもらっただけなのですが。

それでもやっぱり、パーティ会場に置かれているよりも、王都の別邸とはいえ、自分の家の自分の部屋に置かれていた方が落ち着くものですね。

一息つきながら、私は『箱』の中で、サイフォン王子が中に入ってきた様子を、宙に浮かぶ半透明な箱に映し出します。

『箱』の中での出来事であればこうしてあとで確認する術《すべ》があるのです。

もっとも、普段は自分以外が中にいることはないので、基本的に無駄な機能だと思っていたんですが、ここへ来てある意味、大活躍を見せてくれました。

実は、中へと招いていた際には、内心の興奮と恥ずかしさと、人との対面の苦手さも相まってロクに顔を見ることができなかったのです。

ですが、誰もいない『箱《ここ》』で、改めてその時の光景を客観的に見ることができますからね。

サラサラとした金の髪に、全てを見透かすようで同時に何も見てないような翡翠《ひすい》の双眸《そうぼう》。

まるで絵に描いたかのような王子様然とした見目――いや、実際に王子様なんですけどね――は、そこまで異性の容姿に対するこだわりを持たない私ですら、思わず見とれてしまいます。

それはかつて出会ったことのある幼かった姿が、そのまま成長したかのような姿で。

ずっと気にかけていた人なのだから、なおさらかもしれません。

そんな素敵な容姿をした男性が浮かべる爽やかなキラキラとした笑顔。

それは同時に、何を考えているか分からない顔でもあって。

ですけど、そんな顔も、『箱』の中に入ってきた時は、純粋な好奇心や興味一色に染まっていました。

こうやって改めてその顔を見て思いました。

もしかして、王子の滅多に見れない顔を見れたのかもしれない――と。

同時に、今度はちゃんと……映像越しではない、その顔を見たいな、とも。

こころのままに映像記録を眺めていると、コンコンと『箱』の縁を叩《たた》く音が聞こえました。

普段はちゃんと周囲に気を配っていますけど、ちょっと何かにのめり込んでる時は、それがなくなってしまうので――

声をかけても反応がない時に、何か用がある時は、『箱』の縁を叩くようにお願いしているのです。

映像から視線をはずした私は、意識を箱の外へと向けました。

「お嬢様、『箱』の上にお飲み物を失礼します」

どうやら、私付きの侍女のカチーナが飲み物を持ってきてくれたようです。

「ありがとう……カチーナ」

私が返事をすると、失礼しますと口にして、彼女は『箱』の上に飲み物を置きました。

それを確認して、私はその飲み物を箱の中へと引き込みます。

引き込んだ飲み物は、この『箱』のメインルームの端にあるテーブルの上へとゆっくりと姿を現します。

透明なグラスに注がれているのは、透き通るような琥珀色《こはくいろ》の飲み物。

私の好きな銘柄のお茶を、アイスで入れてくれたようです。

文句の付けようがないほどに完璧に淹《い》れられたお茶で喉を湿すと、改めて気持ちが落ち着いてきました。

人と関わるのが苦手で、社交の場なんて滅多に出ることのない私からすれば、箱のままでの出席とはいえ、やはり緊張と疲労がすごかったんでしょう。

カチーナが淹れてくれたお茶を飲んだら、途端にほぅと息が出て、色々な実感が湧いてきました。

だけどそれ以上に、大きな成果があったことへの安堵《あんど》が湧いたんだと思います。

人付き合いが苦手で、そもそも人と話すのもあまり好きではない私が、それでも自分から関わってもいいかなと、昔から思っている相手。

そんな人と、ちゃんと関わることができたのは、私にとってとても大きな出来事でした。

そのことを思い返すとまた少し興奮してしまいそうになるけど、それを押さえ込んで、『箱』の中にある本棚へと向かいます。

そこに大切に納めてある一冊の本を手に取り、軽く開きました。

正確にいつだったか覚えてはいないけれど、お父様からプレゼントされたこの本は、私にとってとてもとても大切な本となっています。

本のタイトルは『木箱の中の冒険』。

私が小さい頃、貴族――よりも、どちらかというと庶民たちの間で流行っていた、当時としては珍しい子供向けの物語。

いたずら好きの少年である主人公ジャバが、父親にいたずらを叱られて、反省するまでその中にいろと木箱に閉じこめられたことから始まる冒険譚《ぼうけんたん》です。

閉じこめられた木箱の中が不思議な世界に繋《つな》がっていて、その世界へと飛び出したジャバは様々な冒険をしながら、最後は最初のいたずらを反省し、父親に謝るために木箱に戻ってくる――そんな内容です。

実はシリーズ化していて、二巻以降は任意に木箱から旅に出たりしています。その木箱も、撤去されそうになったり、誰かに盗まれたりと色々あるのですが、それは置いておきましょう。

木箱から繋がる不思議な世界でのドキドキワクワクする冒険ももちろん好きなのですが、私がこの物語で好きなのは、別の世界側に存在する木箱です。

最初は木箱から外に出ると不思議な世界へと直通だったのですが、不思議な世界側から木箱に入ってくると、中がジャバの家と同じような間取りとなっているんです！

玄関から箱の外と中を行き来し、本来の家で裏口となっている場所は、現実の木箱と行き来できる場所となっていました。

箱の中に存在する家ッ！

しかも二巻以降からは不思議な世界側の箱は手のひらサイズとなって持ち運びもできるッ！

私は思いました。

こんな箱があったら、絶対に入り浸る……と。

必要な時以外に外に出ない。そんな生活ができるのでは？　と。

ジャバが様々な活用法を見つけるたびに、憧れが強くなっていくくらいですッ！

……ちょっと熱くなりすぎました。

でもこの本は、きっと私の原点だと思うんです。

七歳の頃——魔性式に出席した時も、小脇に抱えていたほど大好きで大切な物語で、大切な思い出の傍らには、いつもこのシリーズがいた気がするくらいに……。

◇

最初にこの本を手にした記憶は――どこだったか……確かお父様に、何度目かの社交の場に連れていかれた時だと思います。

今ほど酷《ひど》くないとはいえ、当時から私はあまり人と関わるのが好きじゃなかったのは間違いありません。

とはいえ――自分で言うのもなんですが――当時の私はいわゆる聡明《そうめい》な子供というやつで、同世代に比べれば社交の経験も、立ち回りも、上手かったんじゃないかなと、思います。

……正直、今の私よりは確実に上手だったはずです。

ただ、その社交経験というのが大変問題でした。

要するに、お父様やお母様が私を連れ回したという話なのですから。

社交の場で教えられたとおりに挨拶をすれば、可愛いとかよくできた娘だなどと、ニコニコと褒めてもらえます。

幼心としてそれが嬉《うれ》しかった時期もあります。

ですが、ある日の社交の際――

お手水《てみず》に行きたくなって、その時に付いていた侍女と一緒に、場を離れた時のこと。

用を済ませて外に出ようとした時、廊下の方から声が聞こえてきたのです。

「ドリップスの頭首か。次期宰相候補筆頭らしいが、目障りだな」

「娘は娘で不気味でしたね。大人の対応というものをあの年で心得ている。しかも作られたようにニコニコとしている様子は人形のようで空恐ろしかったですよ」

「だが間違いなく優秀な娘だ。鬱陶しいほどにな。成長したら父親同様に目障りな女になるだろう」

「家格を考えれば、どちらかの王子の元に行くかもしれませんしね」

男性の声が二つ。

その後も、私とお父様の悪口を言いながら、男性用の手水へと入っていくのでした。

向こうはこちらに気づきませんでしたが、私は手水の入り口の陰からはっきりと二人の顔が見えました。

ニコニコと優しそうな笑みを浮かべながらお父様とお話ししていた人たちです。

私のことも可愛いとか、よくできた娘さんだとか褒めてくれていたはずなのに……。

今の顔は、とても恐ろしい悪人のような表情をしていたのです。

再び会場へと戻り、お父様の近くで大人しくしていると、さきほど手水で出会った二人組の片方がやってきて、ニコやかに話しかけてきたんです。

それ以来、私は人と話をするのが怖くなりました。

ニコニコしてても、何を考えているか分からない。

鬱陶しいとか目障りだとか、そんなことを考えながら、ニコやかにフレンドリィに会話を弾ませる。

そんな彼らの姿が、とても恐ろしいモノとして私の記憶に焼き付いた出来事です。

そして、その帰り道にお父様が、あの男の人のことを「阿呆《あほ》みたいに愛想良く近づいてきて、鬱陶しい」とか「ことごとく邪魔してきやがって……」などと愚痴っていたのを見て、私は気づきました。

あの場のように笑顔でニコやかにやりとりする裏で、本音の部分はまったく別にあるのがふつうなのだ、と。

当時はちゃんとした言葉がわかりませんでしたが、今ならば言えます。

要するに、本音と建て前というやつです。

子供心に、そんな大人たちの姿がとても恐ろしく、同時にあんなやりとりが日常となるのが大人になるということだという現実に、完全に気後れし、とにかく絶望したのを覚えています。

それでも、社交の場で泣きわめいたりせず、大人しくしていて、挨拶されれば拙くも挨拶を返し、人の顔と名前を何とか覚えられる。

そんな子供となれば、将来的に付き合っていくだろう人たちに対して顔を覚えてもらうために連れ回したくなるのが親というものなのでしょう。

あるいは、親ではなく貴族――というべきかもしれませんが。

どちらであれ、連れ回されても、基本的に大人しくしている私ではあったけれど、お父様からすると、子供に無理をさせてしまっていると、そう感じていたのかもしれません。

だからある日――

「モカ、お前にとっては面白くもない社交に、毎度毎度付き合ってくれているコト、感謝する。庶民の子供の間で流行っているという本だ。家にある難しい本を読んでいるお前には幼稚な内容かもしれないが、まぁ受け取ってくれ」

そう言って、本をプレゼントしてくるくらいには。

この本を選んだのも、本が好きな私へ、小難しくない子供向けの本を――と考えた結果だったのでしょう。

それが、この本との最初の出会い。

以来、私はこの物語のファンとなり、そして――今まで以上に、本が好きになっていくこととなるのです。

どのくらい本が好きかっていえば、それはもう……人と会話するくらいなら本を読んでいたいと思う程度には、です。

そんな私の人生の転換期の一つともいえる『木箱の中の冒険』との出会い。

それに加えて、もう一つ――転機となる出来事があります。

それは――この国では七歳になった子供は身分問わず全員が参加することとなる、魔性式の日のことでしょう。

◇

魔性式は、季節ごとに催されます。

七歳の誕生季に、子供たちは最寄りの教会の礼拝堂へと集まるのです。

ただ貴族の子供は最寄りの教会ではなく、王都にある大きな教会へと集まるのが慣習であり、当然、私も例外ではありませんでした。

（領都の教会ではダメなのかな？

わざわざ馬車に揺られて王都まで行く必要あるの⁉）

当時の私はそんなことを考えていたと思います。

ましてや、その場に集まってくるのは見知らぬ貴族の子供たち。

知らない子たちと一ヵ所に集まるなんて、正気の沙汰とは思えない――などと、考えてもいました。

そんな私の態度は、いわゆる反抗期というモノとして分類されていたんでしょう。

両親は戸惑いながらも、あれやこれやと私を説得して、馬車に乗せていたのを覚えています。

とはいえ、私の不機嫌っぷりに思うところがあったのか、お父様は馬車の中で私に一冊の本をプレゼントしてくれました。

「これ、『木箱の中の冒険』の、新しいお話ッ⁉」

「ああ。これをやるから、魔性式には素直に出席してくれないか」

「わかりましたッ！」

「良かったわね。モカちゃん」

「うんッ！」

我ながら現金なモノだと思いますが、嬉しかったのは間違いありません。

あの時ほど、馬車に酔わない体質であった自分に感謝したことはありませんね。

受け取るなり、馬車の揺れなど気にせずに読み始めたのを覚えています。

「モノで釣るようなコトは控えた方が良いと言っていたのは貴方では？」

「そうなのだがな――今回くらいは良いだろう？」

読み始めるなり集中しだした私には、そんなやりとりをしていた両親の声など、聞こえてはいませんでした。

お父様からは、魔性式の間は本をお母様にでも預けておくようにと言われたのですが、私は手放すことはせず、そのまま抱えて礼拝堂へと向かいました。

魔性式は、魔法を授かる儀式であると同時に、初めての親のいない社交の場でもあります。

もちろん、すぐそばで保護者や従者たちが控えているのですが、子供たちからは見えない場所での待機となるのです。

七歳といえども貴族。

それなりに躾《しつ》けられた子供たちは、拙いながらも貴族らしく振る舞います。

もっとも大人のように感情や表情など取り繕える子供はそう多くはありませんが。

そんな魔性式ですが、お父様からは――

「子供の背後には必ず親の思惑があるものだ。

だが、参列者の家名が伏せられる魔性式ではそこまで警戒する必要もないだろう。お前は、いつも我々に付き合って社交の場にいる時のとおりに振る舞っていればいい。

お前ほどの振る舞いができる子供は少ないだろうから、余計なものに巻き込まれるコトもないだろう。

それに、あくまで子供の社交練習のようなモノだからな。子供同士のやりとりの結果に対して、家の名前を前に出して喧嘩《けんか》するようなコトも、基本的にはない。そもそも家名を出すことは魔性式においてはマナー違反だしな。

顔見知りに挨拶を終えたら、礼拝堂の隅にでも行き、自分の名前を呼ばれるまで大人しくしていても構わない」

――そう言われていました。

実際、私もその場において、お父様の言葉に納得する部分もあったのですが、少々甘く見ていた部分もありました。

私だけでなく、お父様も含めて、ですが。

魔性式において、貴族としての序列は無視されます。

これは、天愛教《てんあい》において、魔法とは神によってもたらされる奇跡のチカラの一部とされているためです。

神からしてみれば、人間の身分は関係のないモノ――という考え方ですね。

その為、参加者がランダムに名前を呼ばれるので、一番階級の低い家柄の子が最初で、王族が最後となる可能性があるのです。

貴族の序列の話をするならば、身分の上のモノから順番に――となるのですが、そうはならないのが、魔性式なのです。

そして、魔性式の呼ばれる順番がランダムであるというのは基本的に両親や侍従たちから教えてもらうはずなのですが、すっかり忘れてしまっている子がいるのも不思議ではなく……。

それこそが、当時の父と私の誤算でした。

――人は女神の下においては平等である――

天愛教のその言い分（教え？）は、まぁわからなくはないです。

神様からしてみれば人間の階級なんてものは、無意味なものだと言われれば、そうだろうな――と思います。

そのわりには、この魔性式には平民はおらず貴族だけが参加してますよね――という子供心の疑問は脇に置いておくこともやぶさかではありません。

ともあれ、女神の下に平等だから、魔性式においては名前を呼ばれる順番がランダムであり、そこに序列は関係ないという話を、ここに参列する子供たちは、親から聞かされているはずです。

それゆえに、名前を呼ばれる時も三節目《フルネーム》までではなく、二節目までで呼ばれる、と。

私で言えば、モカ・フィルタ・ドリップスではなく、モカ・フィルタと呼ばれるわけです。

家名が分かってしまうと、その序列関係なしという前提が崩れてしまいますからね。

少なくとも、私は両親からそう説明されており、そういうものなのだな――という一定の納得をしていました。

もっとも、全ての子供たちがそれを正しく理解していたと言えるかどうかと問われれば、そんなワケあるはずがなく……。

だからこそ、あの日――ちょっとした出来事が発生したのです。

◇

魔性式礼において、礼拝堂に設置された椅子に座るかどうかも自由となっております。なので私は、椅子に座らずに人目に付きづらいだろう隅っこを陣取ると、そこで本を広げて名前が呼ばれるのを待っていました。

無理して社交する必要もないのであれば、終わるまで一人でいればいいや――と、そんな感じのことを思っていたのです。

ですが、そんな私の思惑はあっさりと霧散しました。

「どうしてこのような場所に平民が混じっているのでしょうか？」

天愛教の言い分を吹っ飛ばす発言をする少女が、私の前に現れたのです。

それも、取り巻きを数人連れて。

当時の私は――いや、今もかもしれませんが――読書の時間を不必要に邪魔されるのが大変嫌でして、思わず半眼にでもなりながら顔を上げたんだと思います。

ましてやお気に入りの物語の最新巻の読書中。

不機嫌さという意味では、私上最高レベルだった可能性があります。

「なにか?」

「なにか……ではありません!」

なぜか、その少女は大変機嫌を悪くされました。

濃い紫色の髪は毛先に向かうにつれくるくるとカールしていて、勝ち気さと傲慢さを兼ね備えた橙色《だいだいいろ》の目は、どこか猫っぽくつり上がっている——そんな印象が一応残っている人です。

「そのような質素な服で、質素な本を読んでいるなど……場違いだとは思わなくて?」

「?」

当時の私は何を言っているのか分からなくて、首を傾げました。

確かにフリルやレースなどは少なく、貴族が着る服として見れば、シンプルに見える服を着ていたのは間違いないです。

ですが、この黒を基調としたお気に入りのドレスは、ドリップス公爵家がわざわざオーダーメイドで仕立ててもらったものであるわけで——

素材は最高級、仕立ては職人技の塊で、大人の社交場に出ると結構な確率で驚かれ、そして褒められる一品でした。

私自身もそういうものだと思っていたので、シンプルであることを咎《とが》められるだなんて、思ってもみなかったのです。

「この場は私より先に呼ばれた方が少ないので、貴女は私よりも身分が下かとは存じますが……だからといってその格好と態度はないでしょう?」

「？？？」

ますます意味が分からないと、当時の私は思いました。

今、思い返してみれば、彼女はあの場が序列順だと勘違いし、その思いこみ前提で私に声をかけてきた結果、認識のすれ違いが発生していたのだと分かります。

ですが当時の私は認識のすれ違いに気づかないまま、本を閉じ、公爵家の令嬢として背筋を伸ばしました。

「私の格好のどこに問題があるのでしょうか？

少なくとも両親からは問題ないと言われておりますし、過去にこの格好で参加した大人たちの社交の場においては、むしろ褒められたモノなのですけど」

……当時の私は、現在の私よりもちゃんと喋《しゃべ》れましたね。そういえば。

ともあれ、そうやって反撃されて鼻白んだ少女でしたが、わずかな間の後で気を取り直しました。

いいえ、気を取り直したというか、単に腹を立てただけかもしれません。

だって、その子は、私から大事な本を無理矢理取り上げたわけですし。

「あ」

「貴女は……ッ！　私がメンツァール伯爵家のルツーラ・キシカ・メンツァールと分かっておりますのッ⁉」

そう名乗られたところで、私はそれがどうしたのだろう――くらいにしか思いませんでした。

だからこそ、特に私は何も言わずに首を傾げてしまったのです。

それが余計に気にくわなかったのでしょう。

ルツーラは私から取り上げた本を床に叩きつけ、思い切り踏みつけたのです。

「……あ」

その瞬間、私は怒り以上に、とてもとても悲しくなりました。

お父様からもらった本であり、大好きなシリーズの最新巻であり……

そもそもからして私の所有物であるものを取り上げた挙げ句に踏みつぶすという理解できない所業に。

「……伯爵家だから、他人のモノを取り上げて、壊したりしても良いのですか？」

それでも、人前で涙を流さないだけの理性はありました。

だからこそ、冷静に問いかけたのです。

彼女が私のことを知らないのは分かっています。

向こうが、こちらを下に見ていることも。

その上で伯爵家の者であるということを理由に他者を貶《おとし》め、その所有物を奪い取ることを是とするのか——と。

背筋を伸ばし、臆することなく、ただまっすぐにルツーラを見据えて、私は問います。

今の私からしてみれば、信じられないくらいがんばっている行為です。本当に私なのかどうか不思議なくらいではありますが、記憶に確かに刻まれている出来事なのは間違いありません。

そして、彼女が答えを口にするより前に――

『次なる女神の使徒モカ・フィルタよ、ここへ』

私の名前が呼ばれました。

なので、私はそこで一礼し、告げます。

「どうやら呼ばれたようですので、失礼しますね」

それから、本を拾って前へと向かいました。

さすがに儀式を受けることを邪魔するようなマネはしないだけの理性はあったようです。

そのことに安堵しながら、私はゆっくりと祭壇へと向かって歩いていきます。

歩きながら――その胸中を占めていたのは一種の悲しみと諦観でした。

本音と建て前の使い分けだけでも面倒くさいのに、ルツーラのようなタイプの人間と今後付き合っていかないといけないだろうことが、嫌で嫌で仕方がなかったのです。

本人がどういう考えを持っていようとも、相手が格下だと見るや他者からモノを奪い、壊すことに躊躇《ためら》いがないような……そんな人間がいるのだと、それを知ってしまったことが、とても悲しくて辛いことでした。

本だけ読んでいたい。

身内以外の人間と付き合うことの意義が思いつかない。

本音と建て前と欺瞞《ぎまん》で繋がる関係に意味を感じられない。

『木箱の中の冒険』の主人公のように、箱の中で生活したい。

冒険を楽しめるような性分ではないので、箱から繋がる異世界を大冒険するのではなく、箱から繋がる異世界の片隅で、箱の中でただ静かに本を読んで過ごしたい。

そうすれば、大好きな読書を邪魔されることもなく――

そうすれば、大好きな本を他人に奪われることもなく――

そうすれば、面倒くさい人付き合いなんてしなくてもよく――

子供じみた単純な願望。

子供じみた逃避と妄想。

けれど、間違いなく純粋で強い願い。


「では、女神の使徒モカ・フィルタよ。こちらの水晶に手をかざしなさい」

「はい」

祭壇の前にたどり着くと、儀式を行ってくれる神父さんが、優しげな声で、やるべきことを教えてくれます。

私はそれにうなずくと、見る角度や光の加減で幾重にも色を変える不思議な水晶球へと手をかざしました。

「これまでの出来事を思い返し、これからの出来事に思いを馳《は》せて――最後に今の己が望む姿と、未来の己に託す夢を、強く願いなさい」

その姿と願いが必ずしも反映されるわけではないものの、この儀式によって目覚める魔法の在り方に偏りをもたせることはできるらしいのです。

そして私の姿と願いは、まさに現在の私のようなもの。

木箱の中で過ごし、誰とも付き合うことなく、だけど両親など近しい人たちとの関係は壊れることなく――そんな在り方を願ったのです。

子供ながらに打算的な部分が強かったのか、両親との関係を壊さないためにも相応の能力を持つ必要があるから、便利な魔法が良いな……などという俗っぽいことを考えながら……。

やがて水晶球の光が幾重にも明滅したあと、何かが私の中へと流れ込んでくるような感覚がありました。


脳裏に浮かんだ言葉は『箱』。


……箱？

箱……？　箱……とは……？

多くの人が授かるという、『地』『水』『火』『風』でもなく。

それらの次に使い手が多いという、『光』や『闇』、『癒やし』や『強化』ですらなく。

珍しくも、複数人の使い手が確認されていると言われる『雷』や『氷』、『樹』や『岩』などでもなく。

実在が疑われている伝説の属性『勇気』や『愛』、『秩序』や『混沌《こんとん》』といった類いですらなく――

……『箱』。

女神より授かる属性の多くが、自然や生命に準ずるもの。

伝説と化している属性の多くは、人の在り方や精神性を示すもの。

ならば、私が授かった属性の『箱』とは何か。

……いや、本当になんなのでしょう、『箱』って。

自然や生命の属性でもなければ、人の在り方を示すものでもないですよね⁇

今でこそ、それを受け入れ使いこなす研究をするのが楽しくて仕方がないものの、当時の儀式の最中は、本当に意味不明でした。

そうやって得た『箱』について戸惑いながらも顔を上げると、神父さんは優しく笑ってうなずきました。

「何か、言葉が見えたのではないかね？」

「はい」

「その言葉こそが女神の使徒モカ・フィルタが授かりしチカラを端的に表したもの。できるだけ人に知られぬよう心に留めておきなさい」

「わかりました」

「では、女神に感謝の祈りを」

「はい。女神に感謝の祈りを」

神父さんの言葉にあわせて、祈ります。

まずは胸の辺りで、指をまっすぐ伸ばした両手を合わせます。

次に手を合わせたまま腕ごと真上へと伸ばし、顔もそれに併せてゆっくりと上に向けます。

そこから今度は手を合わせたまま、ゆっくりと顔と共に下ろし、胸の前で合わせた手をそのままに、軽く目を伏せます。

そんな一連の流れが天愛教の祈りのポーズであり、軽く目を伏せた状態で少しの黙禱《もくとう》をすれば、儀式は完了です。

「お疲れさま。どうぞ、お戻しください」

神父さんの言葉と共に目を開けて、合わせた手を離しました。

「ありがとうございました」

最後にお礼を告げてから、私は祭壇から離れるのでした。

◇

基本的に魔性式は、参列者全員が魔法を授かるまで、礼拝堂から外へ出ることはできません。

なので、儀式を受ける前にいた場所へとみんな自然に戻っていきます。

私もみんなと同じです。

無意識のうちに、先ほどまでいた隅っこに向かっていました。

儀式中に頭に思い浮かんだ、私の魔法を司る『箱』という言葉について考えていたせいで、その場所で待っているものについては考えず、さっきまでいた隅っこへと戻ってきてしまったのです。

「あ」

そこには、先ほど私に声をかけてきた少女ルツーラとその取り巻きが、まだ待っていました。

いやもう本当に、なんでこの場に留まっていたんでしょうか、この人たち。

「お帰りなさいませ、どのような属性を授かったのかしら？」

皮肉たっぷりな顔で聞いてくるところ申し訳ないのですが、そもそも属性というのは言いふらすものではありませんからね。

両親からも、授かった属性は言いふらさず、他人から聞き出すこともしないようにと、事前に言われています。

使い方を教わるために両親や兄弟、魔法の講師などの身内。

騎士や冒険者たちのように、自分の背中を預けるような相手。

そういう人たちの間での属性情報交換こそ成立しますが、見ず知らずの初対面の相手にそれを明かすというのは基本的にありえません。

これは何も貴族同士の話ではなく、平民同士、そして貴族と平民の間でも同じです。

身分を介さない女神からの授かりモノであり、その属性は授かった本人以外知りようがない方法で与えられる。

それゆえに、無理矢理に聞き出すことは、女神の配慮を無視する行いである――という理由から、この国でのマナーになっているのです。

「…………」

そんな理由から、特に答えずいると、彼女はこちらを見下したような視線のまま重ねて聞いてきます。

「私、順番を意味する言葉、『順』という希少属性を授かりました。貴女はどうだったのですか？」

聞いてもいないことをペラペラと口にしているようですが、私は完全に無視をして踵《きびす》を返し、場所を変えようとしました。

ところが、取り巻きの一人が私の肩に手をおいたのです。

その取り巻きに視線を向けた時、ちょっと怒気や殺気が混ざっていたのでしょう。私の肩に手をおいた女の子の顔がひきつっていました。

「私が聞いているのですから答えたらどうですか？」

「…………」

……面倒くさい――というのが、この時の私の本音です。

本音も建て前もマナーも通用しそうもない相手と何を話せばいいのでしょう。

どうせ何を答えても気にくわないでしょう。

こちらを下に見ている以上、どれだけ正しい理屈で注意をしようとも彼女は怒って、こちらに対して危害を加えてくることが明白です。

そんな相手をどうしろというのでしょう。

将来的にはこんな人たちと何度も向かい合わなければならないというのであれば、私は人付き合いなんてしたくありません。

同じ魔性式に参列している以上、今後の誕生季に関連するパーティや儀式などのイベントごとのたびに彼女と出会うことでしょう。

それのなんと面倒なことでしょう。

その都度、本を踏まれるかもしれないし、ドレスをバカにされるかもしれないと思うと気が滅入ってきます。

彼女でなくとも、彼女と同じ思考や行動をする者だっていることでしょう。

「貴女は上に立つ者を気取っているのに、下の者を見下すばかりで、上に立つ者として正しい姿を見せるコトができないのですね」

だからでしょう。

私はその場の勢いで、思っていたことを口にしてしまいました。

まぁ彼女の態度は、伯爵令嬢として自分より身分が低い者に対するいつもどおりの姿なのでしょう。

――で、あるならば、こういうことを言われてしまっても仕方がないだけの行いをしているのです。

ただここでも、私には大きな誤算がありました。

大人であれば怒りに任せ何かをするようなことはないので、こういう直接的な皮肉も時に効果があるのですが、相手は子供だったのです。

いやまぁ当時の私も、子供ではありましたけどね。

「いい加減にしてくださいませッ！」

それはこちらの台詞《せりふ》です――と思わず言い返したくなるような言葉と共に、ルツーラはこちらへと乱暴に手を伸ばしてきました。

私に口答えされたのが気にくわなかったのでしょう。

当時から運動能力が低い私には、その手を躱《かわ》すことはできず、彼女の手が私の抱えていた本に触れたのです。

その瞬間、私の心は嘆きに満ちました。

ここで奪われれば、今度は完全に本をダメにされる。

自分には防ぎようがない。本を持って外へ出ると本をダメにされてしまうんだ。

ああ――……

それなら、もう、いっそ……外になんて出なければいいのでは？

嘆きの中で生まれた解決策は、とてもとても魅力的なモノにも見え――

「そこまでだ」

そんな現実逃避じみた思考から、私を現実に引き戻したのは男の子の声でした。

声の主だろう男の子は、横から手を伸ばし、ルッーラの手首を掴《つか》んでいます。

「君の行い……少々目に余るぞルッーラ嬢」

「何なのですか、貴方は？　私は……」

「君がどこの令嬢だろうがなんだろうが、魔性式において身分は関係ない。親や教師から習わなかったのか？」

柔らかな金色の髪をサラサラと揺らし、宝石のように綺麗《きれい》な翡翠色の瞳で鋭く見つめ、その男の子は告げます。

「だがそれでも、君がマナーを無視して身分を笠《かさ》に言葉を口にするのであれば、私も自らの名を口にしよう」

……カッコいいと、素直に思いました。

偶然だろうとなんだろうと、まるで物語の中の英雄のようなタイミングで現れた彼は、ルッーラの手首を掴んだまま、自分を示します。

「サイフォン・ロップ・ドールトール。この名を聞いて、なおも己が行いを貫けるならば貫くがいい」

この瞬間の驚きは、今でも鮮明に思い出せるほどです。

ドールトール。

この国において、国と同じ名前の家名を名乗ることが許される者は、限られます。

即ち王族。

さすがのルツーラも、顔を青ざめさせます。

魔性式でのイザコザは、家名も伏せられている上に子供同士のやりとりだからと、保護者たちも軽くみていることが多いとはいえ、さすがに王族が出てくるとなると、少し話が変わるのでしょう。

まぁ、本来であればサイフォン王子が自ら名乗るようなこともまずは無いので、ルツーラの自業自得といえばそれまでなのですけれど。

……王子越しにこちらを睨《にら》まれても困ります。

なぜ、お前程度の奴が王子に守られているのだ――という恨みがましい視線を感じますけど、それをこちらに言われてもやっぱり困ります。

「ルツーラ嬢。

魔性式の場において、身分は秘匿されるものだ。ゆえに身分を明かすコトも、身分を笠に着るコトも許されない。

またこの国において、他者に魔法属性を問いかけるのは、身分問わずにマナー違反でもある。

君は伯爵令嬢として、いささか不勉強がすぎるのではないか？　よもやご両親がそれを知らなかった、教えてくれなかったなどとは言わぬよな？」

さすがは王子――というべきか。

彼もまた、それなりに大人との社交経験があるのでしょう。

その言い回しは、大人を思わせるもので、皮肉も効いています。

もっとも、ルツーラがその言葉を正しく理解できたかは分かりませんが。

「…………」

ルツーラは何とも言えない顔をしたあと、手からチカラを抜きました。

それを確認してから、王子もルツーラの手首から手を離します。

「モカ・フィルタ……でしたわね。覚えてなさい」

そう口にすると、ルツーラ嬢はその場から去っていくのでした。

ようやく人心地ついて息を吐いた時、サイフォン王子はキラキラと輝くような笑顔を浮かべます。

「いやぁ彼女――君が自分よりも上の身分の人間だって知ったらどんな面白い反応するんだろうね？」

「そういう確認の仕方も、マナー違反なのではありませんか？」

思わず私がそう返すと、彼はわずかな間、キョトンとしてから、そのとおりだと笑いました。

そんな王子に私は丁寧に一礼します。

「助けていただき、ありがとうございました」

「どういたしまして」

◇

これが私とサイフォン王子の最初の出会い。

向こうはすっかり忘れてしまっているかもしれないけれど……。

この出来事以来、私は無意識のうちにサイフォン王子の情報を追いかけるようになってしまっていたのです。

これ以後は、特に何かトラブルに巻き込まれることはなく、無事に魔性式を終えたのですが――

「『箱』……『箱』か……」

「はい、『箱』です……」

自宅に戻ったあと、魔法の指南をすると申し出てくれたお父様は、私の授かった属性を聞いて、頭を抱えるのでした。

……いやまぁ、抱えますよね。ふつう。

第3章

魔性式から帰ってきた後、お父様による魔法の使い方指南を受け、木箱を召喚できるようになってから、私の世界は一変しました。

召喚した木箱の中には不思議な空間が広がっていて、しかも快適な空間で――

自分の魔法について研究を続けているうちに、気が付けば魔法で作り出した『箱』の中で常に生活しているのが当たり前になっていて――

この『箱』は使い方次第で、中から外の様子を見れるどころか、遠方の様子も窺《うかが》うことが可能なもので――

これはまるで、魔性式の時に願った私の願望そのもの。

中にいる限り、誰にも何も邪魔をされません。

『箱』の外に出なければ本は穢《けが》されません。

『箱』の外に出なければ魔性式の時のような嫌な目には遭いません。

『箱』の中にいる限り、両親の社交に付き合う必要もありません。

『箱』の中にいる限り、人との付き合いは最低限ですむのです。

私が許可した人しか『箱』の中には入ってこれないから、両親が無理矢理連れ出すことも適《かな》いません。

『箱』の中にいる限り、私は自由なんです。

だから、私は魔法の使い方を理解してからずっと、『箱』の中に居続けました。

とはいえ、最初は『箱』を維持できるのは一時間程度でした。

ですが使い続けているうちに、二時間、三時間、一日、一週間、一ヵ月と、連続稼働時間が延びていき、やがて意識することなく、ほぼ永続的に『箱』を維持し続けられるようになりました。

もはや『箱』を維持することを意識することなく、どれだけ使い続けてもなくならなくなったのは、十歳の時。

……もっとも、『箱』の中をメインに生活するようになったのは、もうちょっと前の八歳くらいから……。

その辺りの頃にカチーナと出会った記憶があるので、八歳頃で間違いないはずです。

そして『箱』を維持できるようになった十歳の時点から、ほぼほぼ『箱』の中で生活するようになりました。

『箱』の中ならば人と関わる必要がありませんから——

まぁ人と関わらなすぎて、喋《しゃべ》るのが苦手になっていくという問題がありましたが、わりと些細《ささい》なことです。

それに関してはもともと得意ではなかったので問題はありません。

……問題がないと思っているのは、私だけかもしれませんが。

◇

最高の快適空間である『箱』ですが、それだけで満足できない私は、常に研究を続けています。

研究すればするほど、新しい機能が増えたり、見つかったりするので、大変面白いのです。

読書、食事、研究。

ただひたすらそれを繰り返せる生活というのは最高以外のなにものでもありません。

両親が何度も外に出てきて欲しいと言ってきましたが、私は中が快適すぎて、『箱』の研究が楽しすぎて、わりと無視してました。

研究や読書に集中しすぎて、意図せず無視してしまったこともかなりの数あります。

そして、箱魔法について研究しているうちに食事すらも、『箱』の中で賄えるようになってきた辺りで、お母様に泣かれました。

私の『箱』に抱きつきながら、本気で泣かれました。

「お願いモカちゃん！　箱から出てきて！　ずっと出ていろだなんて言わないから、顔を見せて！　箱越しじゃない声を聞かせて！」

あまりにも切実で、あまりにも悲痛なお母様の声。

ある意味で、私は現実に引き戻されたような気がします。

今まではご飯を『箱』の上に載せてもらうことで、それを中へと取り込んでいましたが、『箱』の中で食事を用意できるようになると、それすら不要となります。

そうなると、食事を持ってきてくれる侍女との会話が皆無になります。

時々、侍女の代わりにお母様が食事を持ってきていたのは、その些細な会話でもいいからしたかったのかもしれません。

それすらもなくなることは、お母様にとって私との繋《つな》がりが切れてしまうような気がして怖かったそうです。

……いや、うん、さすがにちょっと申し訳なくなりました。

私自身も両親との繋がりが切れてしまうのには想うことがあります。想うことがありながら、引きこもりがやめられなかったのです。

やめることすらできません。

だけど、それでも――さすがにちょっとバツが悪いので、少しだけ外に出ることにしました。

その日は、奇しくも十三歳の誕生日の前日だったのです。

翌日、私の誕生日を祝いたいので、家族揃《そろ》って食事がしたいということで、私は素直にそれに参加しました。

その場で、週一回くらいは食事を共にするようにと約束させられました。でも、お母様のあの様子を想うと、確かに多少は顔を出した方が良いですよね。

どことなくお父様は申し訳ない様子で、一週間に一度の食事の約束だけ交わしてきて……

お母様は前日の一件が落ち着いて以降はどこか厳しい様子を見せるようになり……

引きこもってても、作法などの勉強と練習だけは欠かさぬようにと約束させられました。

厳しく当たられてしまうようなことをしてしまっている自覚があるので、そこは仕方がないですよね……。

現状、決定的な関係の亀裂にはなっていないですし、良しとしておきましょう。

そうしてそこから今に至るまで、まぁ何とか上手くやってこれているような気がします。

◇

一悶着《ひともんちゃく》はあったものの、私は相も変わらずの『箱』の中での魔法の研究と、読書中心の生活をしています。

もちろん週一回の家族との食事はちゃんと参加していますし、その後にお母様より追加された礼儀作法などの勉強も週一回ほど――唯一、『箱』への出入りを許可している侍女のカチーナが先生をしてくれています――しつつの毎日といった感じです。

……まぁ習得した礼儀作法などは、カチーナや両親の前ではある程度はできるものの、実践しようとするとまったくといって良いほどできないので、勉強する必要があるかどうか――などと思うことがありますが。

もちろん、不要かどうかと問われたら、必要と答える程度には、やっておくべきだとは思っています。

そんな日々の中で、時々考えてしまうのは、サイフォン王子のことでした。

魔性式の一件からずっと、サイフォン王子の横顔が記憶に焼き付いているのです。

憧れなのか恋心なのか、自分の感情の正体は分かりませんが、だけどそれでも……やはり、お近づきにはなりたいと、ずっと思っているのです。

立場上、王子とは何度も社交することになるだろうことは分かっているのですが、こうやって引きこもってしまうと、もう社交の場など出たくなくなってしまって……。

だから、魔法の機能の一部を使って、サイフォン王子に関する情報は常に収集しているワケですが……。

次に王子と確実に会える機会があるのは、成人会でしょう。

サイフォン王子は、婚約の話をのらりくらりと躱《かわ》しているようですから、業を煮やした国王陛下は、宰相であるお父様に私の出席を確認するはず。

上手く交渉して『箱』のまま出席する許可をもらえば、面白いことが好きなサイフォン王子は、パーティ会場の片隅にある木箱に近づいてきてくれると思います。

そうしたらがんばって言葉を交わし、私に興味を持ってもらうために、『箱』の中の見学の誘いをしてみましょう。

それから……それから……。

思考を段々と妄想へ妄想へと移行させながら、私は成人会へと思いを馳《は》せる……それを繰り返しながら、私は今回の成人会を迎えたのでした。

◇

成人会でサイフォン王子と接触できてテンションが上がり気味のまま、過去に思い《トリップして》を馳せていましたが、冷静になってきました。

王子とあのようなやりとりをした以上、少しばかり周囲の状況が気になってきますね。

私は手に持っていた本を本棚に戻すと、『箱』の中のリビングからメインルームへと移動します。

そこにあるのは、私の箱魔法によって『箱』の中に作り出された、大きな立方体の箱です。

私はそれを『知識箱』と呼んでいて、この箱はその本体なのです。

知識箱は、その周囲にいくつも浮かぶ半透明の立方体——『映像箱』と私は呼んでいます——を作り出し、そこへ知識箱の情報や、先ほど見ていた王子の映像などを映し出すことができるのです。

知識箱は、この『箱』の中を楽しそうに漂っている、『知識小箱』こと通称ハココを使って操ります。

余談ですが、この『箱』の中を漂っているハココたちを眺めていると、なんとなく癒やされるんです。

なので、普段使わない時は、自由にさせています。

まぁ自力ではほとんど動かないので、ふわふわと漂っているだけなのですけど、そこがまたいいんですよね。

それはそれとして――


そんな複数の箱が連なる一連の魔法の箱たる知識箱。

これを用いることで『情報の海』へと赴き、様々な叡智《えいち》を引き出すことができるのです。

そして叡智によって拡張されていく『箱』の機能。

使い魔ならぬ使い箱。その一つが、これから使うつもりの『見聞箱《みききばこ》』です。

ハココもそうですが、見聞箱も、縦線二本と横線一本で描かれた顔を持つ箱です。

この見聞箱、手のひらサイズながらなかなかに優秀な能力を持っています。

基本的には、この箱が見聞した内容を知識箱が映像箱へ投影したりしてくれるのです。

とはいえ『箱』の外に出てしまうと見聞箱は、自力で動くことはできないので、あちらこちらへとこっそり設置してあったりします。

そして、見聞箱は私が魔力を多めに与えることで、見聞箱の背面には翼の絵が現れます。

こうなった見聞箱は、私がハココで操ることで、空を自由に飛び回ることができるようになるのですッ！

事前にどういう風に動くかの指示を出しておくこともできますが、今回はハココを使って直接操っていきたいと思います。

このハココでの操作——最初は非常に難しかったのですが、今は、操作にも馴《な》れ、よそ見しながらでもかなり動かせるようになりました。

さて、そんな飛行状態の見聞箱でまず収集したい情報は、サイフォン王子の様子——でしょうか。

タイミング的にはそろそろ自室に戻っている頃でしょうし、見聞箱を飛ばしてちょっと覗《のぞ》いてみるとしましょう。

私は知識箱の載った机の前に座り、『箱』の中に漂うハココの一つに手を伸ばしてたぐりよせます。

それから、『箱』の外で控えているカチーナに声をかけ、見聞箱の邪魔にならないよう窓際のカーテンを押さえてもらって発進です。

私の操作する見聞箱はスムーズに宙を泳ぎ、開けられた窓から飛び出すと、王城を目指します。

地平線にその身体の半分ほどを隠した太陽が、大地を紅く染めているのが見えました。

こうやって見聞箱を飛ばしていると、空を飛ぶ鳥たちは、こんな風景をいつも見ているのかな……などと感傷的な気分になりますね。

王城の天辺よりも高い位置を飛びながら王城へと近づいていき、屋根づたい壁づたいに、サイフォン王子の部屋の側へと近づけていきます。

王子の部屋の窓は開いていて、中からカーテンが外へと靡《なび》いているのが見えました。

これはちょうど良いですね。

あそこから、ちょっと覗いてみましょう。

そうして、見聞箱を窓の近くまで移動させ、その目で部屋の中を覗き込むと――

「…………ッ⁉」

私は思わず見聞箱を急浮上させてしまいました。

「…………」

い、今のは――

気持ちを落ち着けるのに合わせるように、見聞箱をゆっくりと降ろしていきます。

開いた窓。靡くカーテン。その隙間から見えるのは……

「…………」

ドキドキした気持ちと、勝手に覗き込んでいる背徳感。

様々なモノが入り交じり奇妙な気分になりながらも、私は思わず映像箱を凝視してしまいました。

……着替え中のサイフォン王子。

脱ぎ捨てられた礼服は、手近な椅子へと放り投げられていて、今は上半身は何も身につけていません。

王子は嗜《たしな》みとして武術を習う慣習があるからでしょう。

騎士ほどではないにしろ、鍛えられた二の腕や腹筋。

情報収集が目的であり、王子の着替えを覗きみるのはイケナイコトです。イケナイコトなんですが……。

「………」

こう、目が離せないというか、ドキドキが止まらないというか……。

わ、私は何をしているんでしょう……。

トントンと、王子の部屋のドアがノックされます。

その音で私はハッとすると、見聞箱を動かして、中の音が拾いやすい場所へと移動させました。

見聞箱の目では中を覗けない場所ですが、これでいいのです。これでいいはずです。

……もっと見たい……と、思ってしまうのははしたないことです。はい。

ハココから手を離し、私は自分の顔を両手で包みました。

どうにも熱を持っているというか、おそらく紅くなっていることでしょう。

「……はぁ……す、すごいモノを見てしまった気分です……」

独り言と共に熱を吐き出すような気分で、大きめの息を吐いて気を取り直した私は、意識を映像箱へと向けます。

この映像箱。

ただ見聞箱が見ている映像を流すだけでなく、聞いている音声も流してくれるので、大変便利です。

『王子……招き入れるならせめて上着を羽織ってください』

『お前だと分かっているのだから、問題ないだろう』

『大アリですッ！　通りがかりの侍女が顔を真っ赤にして走り去っていきましたよッ！』

『その侍女は良い体験をできて良かったではないか。

それに、すぐに閉めないお前が悪いぞ、サバナス』

『………………』

会話だけですが、サバナスが頭を抱えているのは分かります。

サイフォン王子――言っていることがわりとむちゃくちゃですよね。

『ともあれ、着替える時は私を呼んで欲しいと言っているハズですが？』

『礼服は暑くて鬱陶しかったんだ。お前が濡《ぬ》れタオルを持ってきてくれるのを待てないほどにな』

『……はぁ』

大きく嘆息しながらも、どうやらサバナスは王子の身体を拭く手伝いをはじめるようです。

……身体を、拭く……。

『冷たくて気持ちいいな。夏は嫌いじゃないが、この暑さはいかんともしがたい』

『礼服などは気温よりも見栄えが優先されてますからね……。

夏の暑さや冬の寒さ……もう少し考慮して欲しいところです』

『まったくだ』

い、いけません……。

さっきの光景が脳裏に焼き付いているせいで、見てないはずなのに、勝手に頭の中で身体を拭く王子の姿が……。

二人の雑談がまったく耳に入ってきません……。

『そういえば、部屋を冷やす魔心具《ましんぐ》の試作ができたと小耳に挟みました。早く完成して欲しいものですね』

『ありがたい話ではあるが……。

需要の高そうな魔心具だ。作製に必要な素材や、魔心結晶の在庫や相場などは気にかけておけ。

必要となれば王家《こちら》で制限などを掛ける必要があるからな』

『はい』

……部屋を冷やす魔心具ですか。

それがあるなら、冬に部屋を暖める魔心具も開発されそうですね。

今のうちに、素材になるだろう魔心結晶を領内に集めておくといいかもしれませんね。

お父様に相談しておいた方がいいかもしれない案件です。

雑談は一旦そこで止まり、カサカサという衣擦《きぬず》れの音が聞こえてきました。

着替えの音です。

……着替えの音です……ッ！

いえ、待ってください。

どうして私はこんなに興奮しているのでしょうか？

…………コホン。

『ようやくサッパリした気分だ。

やはり、簡素な部屋着はラクだな』

『夏用に涼しく感じる素材が使われておりますから、なおさらでしょう』

そんな何てことのないやりとりがしばらく続いた後、サバナスが小さく咳払《せきばら》いをしました。

おそらく、何か真面目な話題をするための合図なのでしょう。

『さて殿下。少々、小うるさい言葉を失礼します』

『あまり聞きたくないが――聞かないわけにもいくまい。何だ？』

『殿下が〝面白いコト〟が好きなのは重々承知ではありますが、軽率に女性と二人きりになるなど……少々慎重に、相談の上で行うべきでした。殿下のお相手ともなれば、政治的にも大事なのですから』

『はぁ……やはりその話か』

どうやら王子はサバナスが咳払いした時点で、何の話かの予想が付いていたようです。

まぁでも、サバナスの言い分もわかります。

貴族としての考え方としては正しいワケですし。

実際のところ、招き入れた私も、端から見れば軽率だったのは間違いありません。

『その話か……ではありません。直接的な婚姻の話がなくとも、周囲から見れば容易に結びつけられてしまう状況だったのですよ』

そうですね。そのとおりです。私も否定はしません。

『まぁそうだな。お前の言うとおりだ』

王子も否定する気はないようです。

……何と言いますか、私とサイフォン王子はそれぞれに、都合の良い婚約者が欲しい現状がありますしね。

お互いに言葉を交わさずとも、状況を利用してやれ程度のことは考えてなかったワケでもありませんが……。

『だがまぁ、アレに関しては一目惚《ひとめぼ》れってコトにしておいてくれ』

……え？

サイフォン王子が……私に……？

『一目惚れ……ですか……』

予想外の言葉に胸が高鳴りましたが、その言い方は飄々《ひょうひょう》としたモノで、本心っぽくありません。

おそらく、その場の思いつきで適当に口にしただけでしょう。

……それを少しだけ残念に思っている私がいます。

そんなサイフォン王子の言葉をしばらく吟味していたらしいサバナスが、お説教から好奇心に寄った様子の声色で訊《たず》ねました。

『箱に、ですか？』

『箱に、だ』

……ですよね！

本当に一目惚れだったとしても、あの時点では、私の顔なんてわかりませんものね！

『いやまぁ正しくは箱に入った令嬢に、だが』

『実際に間近で見ていたので理解はできますが、すごい言葉ですよね。〝箱に入った令嬢〟というのは』

『ああ……自分で口に出してみてもビックリするような言葉だった』

……というか、私はあの時に、着ぐるみヘッドをかぶってましたもんね‼

そりゃあ、本人よりも『箱』の方が強いに決まってますよ！！！

どうしてでしょう。

自分の魔法に対して、すさまじい敗北感が……ッ！

いえ、確かに初見のインパクトはすごかったかもしれませんが……。

『ともあれ、いくら一目惚れであろうとも、殿下が行ったコトの重大さに変わりはありません。本来であれば、一目惚れであっても行動を起こす前に誰かと相談するべきでした』

私が打ちひしがれ、王子の気が緩みかける空気の中で、サバナスは引き締めるように、最初の言葉を繰り返しました。

高性能な見聞箱の耳がサイフォン王子の舌打ちを拾います。

『殿下が成人会を迎えても、婚約者がおらず焦っているのは承知ですが――』

『いや別に焦ってないが』

『焦っているのは承知ですが！』

ここはサイフォン王子の私室ですし、警護も万全のはずですが、サバナスは会話の建て前をそういうことにするようです。

そうしておくことで、聞き耳を立てているような城内の不届きモノに対する言い訳にもなるというわけですね。

もちろん、サイフォン王子だってそれを読みとれるはずです。

はずなのですが――

『別に焦ってないが？』

シレっとサバナスの意を無視して返しました。

……音しか拾えていない状況ですが、サバナスの困っている様子が感じ取れます。

『こっちの意図を正しく汲《く》み取っておきながら無視するのはやめていただけませんか？』

嘆息混じりにうめくサバナスに、サイフォン王子の悪びれない調子の笑い声が聞こえてきました。

まぁ建て前はともかくとして、サイフォン王子が別に婚約を焦ってないのは事実でしょう。

かく言う私も周囲からの催促こそあれ、大して気にもとめてないですし。

とはいえ、この国――ドールトール王国で暮らす王侯貴族として考えてみると、成人までに婚約者がいないのは世間体としては良くないのは間違いないです。

いやまぁ、宰相の娘である私も……ですが。

それを思えば、サイフォン王子も周囲から、はやく婚約者を見つけろというプレッシャーを受けていることでしょう。

サイフォン王子だって、王子として為政者として、婚約者が大事なのは理解しているでしょうし……。

色々と理想があるのもわかります。それは私もですから。

もちろん、王族という立場を思えば、あまりえり好みはできないでしょう。それでも一点——どうしても一点だけは譲れない条件があると、噂《うわさ》にはなっています。

即ち——

『かなり俺の好みだったんだ。しかもドリップス家であれば、家格も問題ない。早めに手を打っておきたかったという俺の心情も分かってくれ』

——〝面白いこと、あるいは自分を楽しませてくれること〟。

その一点であれば……私が候補にあがる自信があります。

そんな自信があって良いのかどうかは考えません。

『結局、焦ってたのではありませんか？』

サバナスの疑問に、だけどサイフォン王子は飄々とした様子で答えます。

『婚約には焦ってないさ。断られたならまだ諦めもつくが、その前に誰かに手を出されるのは我慢ならない』

『婚約ではなく、彼女が誰かに手をつけられるコトを焦っていたのですか』

『そういうコトにしておけ』

嘯《うそぶ》くように答えるサイフォン王子の本心は見えません。

でも、そこに思惑があれど、私のことを思ってくれているという点ではとても嬉《うれ》しいことです。

サイフォン王子の様子に、まったく――と、どこか呆《あき》れた調子でサバナスは息を吐きました。

『しかし、ドリップス嬢が王子を中へお招きするとは思いませんでした』

『腐っても――いやこの場合は引きこもっても、というべきか？――何でもいいが、彼女がドリップス宰相の娘であり、その頭脳の使い方を継承しているのは間違いない。

俺を中へと引き込むコトに、彼女なりの思惑があったんだろう』

サバナスの言葉にサイフォン王子がうなずきます。

まぁそうでなければ、自身の魔法とはいえ、『箱』の中へと異性を招くなど、なかなかできるものではないですしね。

二人から褒めてもらえているようで悪い気はしません。

『もっとも、だからこそ俺としても助かったがな。中に入れてもらうコトには、俺なりの思惑もあったんだ』

『お互いの思惑の結果がアレですか。周囲からすれば頭が痛い話です。明らかに、中で婚約の話がされただろうと、噂されますよ？』

『そこは、俺もモカ嬢も構わないと思っている』

『左様ですか』

左様なのですよ。

思惑に対する辺りは、箱の中でのやりとりに含まれてない部分ですが、お互いの利益のために——という点において、言葉の裏で一致したところです。

とはいえ、サバナスの言うとおり周囲が大変なのは間違いないので、そこは申し訳なくありますけどね。

そうしてサバナスが何度目かの嘆息をすることで、話が一区切りとなりました。

そこを境にサバナスが話題を変えます。

『さて、話は変わりますが』

言葉と共にサバナスの雰囲気が変わりました。

お説教や助言のようなものとは異なるピリリとしたモノです。

その意味を即座に理解したサイフォン王子は、サバナスが待っているであろう言葉を投げかけます。

『ああ。会場で捕まえた男はどうした？』

『騎士団に引き渡された後、騎士団から尋問を受けました』

『それで？』

『過激派一派の息が掛かっていたようですが、所詮はトカゲの尻尾のようです。誰からも助けの手などは伸ばされないコトでしょう』

『ふむ』

毒を盛った男の末路というのは、想像もしたくありませんが……まぁ処刑は確実ではないでしょうか……。

たとえ自分の意志であろうと、唆《そそのか》されただけであろうと、王族を害してしまった時点で、結末は決まってしまいます。

あるいは、処刑より先に、誰かに口封じされる可能性も考えられなくはないですが……。

サイフォン王子としては男のその後に興味がまったくないようです。

王子にとってこの問題は、そういう手段を取る者がいたということなのでしょう。

『それ以上の情報は、何か手に入りそうか？』

『準備ができ次第、薬と幻術を使った尋問も行うようです』

『それで依頼人の名前でも出てくれれば、そこから黒幕までいけるのだが』

それればかりは結果が出てみないと分かりませんよね。

しかし、現状の次期王位争いの天秤《てんびん》が何とも言えない傾きをしていることが、こんな騒ぎを起こすとは思いませんでした。

兄王子であるフラスコ王子の性格は荒っぽく、機嫌が悪くなると魔法を放って我を通そうとする危険な一面があります。

彼に付き従う者は少数派ながら、御輿《みこし》としては多くの貴族から好まれている問題児なんですよね。

そして時々、覗き見している私はそれが事実であると知っています。

弟王子であるサイフォン王子は、一見すると穏やかで優秀な人物で……何でもソツなくこなすその能力は、文官仕事でも武官仕事でも発揮される人です。

一方で、次男ゆえの奔放さで、面白いコトが好きだと公言するように、厄介事などに好んで首を突っ込む一面があります。

それに付き合える者くらいしか付き従わないところがあり、フラスコ王子とは別の意味で問題児だと思われているようです。

フラスコ王子の方が、生まれの順番的には王に一番近いものの、能力的にはサイフォン王子の方が高いことから、意見が割れて派閥ができてしまっていて、ややこしいことになってるのが今の王侯貴族の状況です。

だからこそ、その天秤を傾けたく、フラスコ閥の過激派たちは、サイフォン王子に対して時々露骨な攻勢を仕掛けているという、頭が痛くなる出来事が度々発生しているのです。

『とはいえ、さすがに雑な一手としか言えないだろう、今回のは』

『それだけ焦っているのではありませんか？　サイフォン殿下本人がどう考えているかではなく、サイフォン殿下がフラスコ殿下の地位を脅かしかねないという存在感そのものに対して』

『あるいは少し刺激しすぎたのかもしれないが』

『今後はもっと増えるかもしれませんよ？　ドリップス嬢とのやりとりは、少しばかり刺激的でしたし』

あー……そうですね。

私にそんな意図はなくても、フラスコ閥の方々にはちょっと刺激的すぎたかもしれません。

サイフォン王子が宰相の娘である私と婚約するというのは、かなり大事ですし、天秤が一気にサイフォン王子に傾く出来事なワケで……。

そうなると、多少は私も気をつけておくべきかもしれませんね。

さすがに屋敷に暗殺者を放ってくるようなことは、まだ無いでしょうけれど……。

とはいえ――

『まったく……あちらの陣営は裏工作以外の面をもっとがんばるべきだと思うがな』

私もサイフォン王子のその言葉に、全面的に同意です。

そして理由がなんであれ、さすがのサイフォン王子も、ここ最近の過激派のちょっかいは鬱陶しいと思っているようで……。

だからこそ――

『ふむ。やはり、良いタイミングで彼女と出会えたのかもしれんな』

サイフォン王子はそう独りごちました。

そこにサイフォン王子の思惑が多分に含まれていると分かっていても、そう言われるとちょっとドキッとしてしまいますね……。

『何を考えているのか分かりかねますが、ロクなコトではなさそうですね』

『そうでもないぞ。いくつかの問題をまとめて片づけられる妙案だ』

『やはりロクでもないモノではないですか』

わざとらしく嘆息するサバナス。

なんとなく気持ちは分かります。

『自衛だよ自衛。そこまで王位に興味がないと口にしてても無駄なら、自衛するしかないだろう？』

『はぁ……仕方がありませんね』

……これ、王子は向こうの派閥をもっと刺激して、我慢できない方々をまとめて一網打尽にするつもりではないでしょうか？

そうなると、私の帰領前に、屋敷に訪問してきそうですね。

その時はサイフォン王子のお仕事のお手伝いを兼ねて、快く迎えいれるとしましょう。

王子が訪ねてきてくれるかも――って思うと、心が躍りますしね。

内心で勝手にドキドキしていると、サイフォン王子は話題を変えるように、サバナスに声をかけました。

『さておき、だ――サバナス。父上と話がしたい』

『それでしたら、もともと陛下より成人会のコトについて話がしたいので都合の良い時に来て欲しいとの言付けを受けております』

『ならば、これから時間があれば伺いたいと、先触れを頼む』

『かしこまりました』

サバナスが了解すると、ややして扉の開く音が聞こえたので、退室していったのでしょう。

部屋に残されたサイフォン王子は、しばらくしてから大仰に独りごちました。

『恋心というのは制御が難しいモノだと聞いていたが、そのとおりのようだ。モカ嬢と会ってから心が不思議な動きをする』

とてもわざとらしい口調なのに、嬉しいやら恥ずかしいやらの感情がこみ上げてきてしまいます。

それに対し、部屋の中にいたらしい王子の護衛騎士のリッツが、真面目な様子で口を開きました。

『どうでしょう……。殿下の場合、懸想《けそう》と好奇心の区別が付いていない可能性がありますが？』

『時々やたら辛辣になるよな、お前《リッツ》』

『少なくとも今の殿下がモカ嬢に対して抱いているのは懸想でも何でもなく、ただの興味だと思いますが』

『そこは否定しない』

……否定しないのですか……。

『そこを否定しない以上、現状は懸想と興味の区別がちゃんと付いているのではありませんか』

『リッツはサバナスとは別方向で強い時あるよな、ほんと』

わざとらしい独り言に対して鋭すぎる言葉のナイフを投げ返されたにもかかわらず、それを受け止めたサイフォン王子は楽しそうに笑います。

従者と仲良さそうな雰囲気はとても良いですが、〝懸想はない〟という言葉に、自分でも想像以上のショックを受けた私は、見聞箱を動かし、王子の部屋から遠ざけるのでした。

第4章

成人会も無事に終わったその翌日。

王都にあるドリップス家の別邸。

その自室に安置された『箱』の中で、私は今日を過ごします。

『箱』の中は相変わらずなので、別邸の自室であろうが本邸の自室であろうが、私的にはあまり代わり映えはしないのですが。

私は成人会に出るために別邸へとやってきていたのです。ことが終われば後は帰るだけ。

とはいえ帰るにも準備はいります。

それが終わるまでは、基本的に私はここで大人しくしているつもりです。

まぁ、ただ大人しくしているのも暇なので、ここから別邸の中の様子や、王都の様子なんかを窺《うかが》っていくとしましょう。

見聞箱《みききばこ》は、私が魔力を与えることで空を飛べるようになりますが、基本的には設置して使うのが主となります。

サイズもいくつか存在し、一番小さいものだと手で握って隠せてしまうサイズもあるのです。

そういう意味では便利な面は多々ありますが、空を飛ばさず利用するには、誰かに運んでもらったり、どこかに設置してもらったりしないといけないのが難点、でしょうか。

ただ一度設置してしまえば、いつでも設置してある見聞箱の見ている光景を見たり音が聞けたりするので大変便利です。

飛行させる場合は、指示を出すにしろ自分で操るにしろ、見たい場所まで移動させる必要がありますからね。

事前に設置しておけば、いつでも見聞きできるようになるという点では、設置しておく方が便利です。

ちなみに、カチーナに頼んで本邸にも別邸にも、あちこちに仕込んでもらっています。

王都や領都の街の中などにも設置してたりしますね。

でもまぁ今回は、この別邸の中の様子を窺いましょうか。

昨日のサイフォン王子の様子を思うと、今日辺りには向こうから何か動きがありそうですが――

さて……。

とりあえずは、家宰モントーヤの様子を見てみましょうか。

私は映像箱の一つを自分の前へと持ってきて、そこに映し出されている執務室の様子を見はじめました。

宰相であるお父様は王都で過ごすことが多いので、領主の仕事は家宰であるモントーヤ・シナン・ハインゼルに任せています。

古くから我が家に仕えている人ですので、お父様はもちろん、お母様や私も信用している優秀な方です。

モントーヤはある程度お父様から裁量を与えられており、加えてお父様からの指示が手紙で届くので、判断に困ることは少ないようです。

時折、カチーナを通じて私に相談してくることもありますが、今のところは私が答えられる範囲の相談が多いので、なんとかなっています。

そのモントーヤですが、彼も必要があれば王都へとやってきます。

今回は、お父様から呼び出しがあったため、成人会に出席する私と共に、王都へとやってきていました。

帰りもまた私と帰る予定のため、今はこの王都の別邸にて、可能な業務を行っているようです。

モントーヤはもともと濃い灰色だっただろう髪と口髭《くちひげ》に白髪がだいぶ混ざっていることから、それなりに年を重ねていることがわかる老紳士です。

それでも、背筋は伸び、執事服をピシッと着こなした姿からは、衰えを感じません。

白手袋をした左手の中指で、メガネのブリッジを押し上げながら、書類を読み、問題ないことを確認してから、お父様より預かっている印を押します。

一連の作業を繰り返しながら、独りごちていました。

『ふむ。去年は作物がやや不作でしたが、今年は問題なさそうですね』

去年の不作も、事前に不作の可能性を私が箱で予測して教えたりしていたので、お父様とモントーヤが上手く対応してくれたんですよね。

今年は特にそういうのもなかったので、比較的穏やかだったようです。

このまま穏やかに一年が過ぎれば、モントーヤとしても気が楽かもしれませんね。

そんな感じで仕事をしているモントーヤの様子を窺うのに飽きてきた頃、ドタバタと慌てた足音が、執務室へと近づいてきます。

間違いなく、この足音は執務室が目的地のようですね。

もちろん、モントーヤもそれに気づいているようで——

モントーヤは扉が開く前に嘆息を済ませておこうというように息を吐きました。

直後に、執務室の扉が勢いよく開きます。

『モ、モントーヤ……さんッ‼』

ノックも無く開いた扉から姿を見せたのは、王都の邸宅に勤めるまだ若い侍女です。優秀で、将来有望なんですけど、慌てると細かいマナーをすっ飛ばしてしまうはしたない面があるのがたまに瑕《きず》なんですよね。

名前は確か——ラニカでしたか。

慌てて走ってきたせいか、本来は綺麗《きれい》に整えられているであろう濃い青髪は乱れてしまっています。

『どのお部屋へと入室するにしても、ノックは基本でしょう？』

一応、モントーヤが咎《とが》めるようなことを口にしますけど、それどころの内容ではなさそうですよね。

モントーヤもそれを理解しているのか、ちょっと覚悟を決めた様子が見えます。

おそらくラニカは、玄関から二階にあるこの部屋まで一気に駆けてきたのでしょう。

途中に階段はあれど、わずかな距離。今が夏であることを考慮しても、このように顔面から夥《おびただ》しい量の水分を垂れ流しながら、拭いもせず駆けてくるというのは尋常な様子ではないと思います。

……いやまぁ、なんとなく、慌てている理由は予想できるのですけど。

あがった息を整えもせず、ぜーぜーと言いながら、何やら手に持っている手紙をラニカはモントーヤに差し出しました。

『お、王家の使者を名乗る方が持ってきました……ッ！』

そして、ラニカのその言葉で、努めて冷静に聞こうとしていたモントーヤの片眉がピクリと動きます。

おそらく《王家からの使者》という言葉を聞き、色々と考えているのでしょう。

今日、お父様の帰りは夜遅く。

そしてお父様は王城勤め。

……にもかかわらず、わざわざ使者が家にやってくるという状況。

王城内では他人の目や耳が気になってしまう内容――という予想は付きます。加えて、お父様に確実に届けたいという意図もあるのでしょう。

モントーヤもそこまでは推測できるでしょうが——

『内容は分かっているのですか？』

『い、いえ……。ですが、お嬢様の名前が先にあり、続けて旦那様の名前が書いてありますから……わたしは……ッ！』

『まさか……ッ！』

彼女が慌てていた理由に気づき、モントーヤも思わず声を上げます。

お父様の不在時には、この手の手紙を開く権限をモントーヤは持っています。

ほかの家の家宰の権限までは分かりませんが、ドリップス家から絶大な信用と信頼を得ているモントーヤだからこそ、許可されているものですね。

『……開けますよ』

『はい……ッ！』

それを知っているラニカは、息を整える様子も夥しい量の汗を拭う素振りも見せないまま、息を飲みました。

モントーヤはともかく、本来はラニカがいる前で開けるものではないと思いますけど、二人はいささか冷静さを欠いているのでしょう。

そして、中から出てきた手紙を読んだモントーヤは、大きく目を見開き、一度天井を仰ぎます。

『モントーヤさん……？』

その不審な様子に、ラニカもどこかビクビクと怯《おび》えた様子で声をかけます。

モントーヤは大きく深呼吸をし、努めて冷静に顔を下ろすと、もう一度、改めて冷静に――いやもうほんと冷静になれ自分、と言い聞かせるように、書面を読み直しています。

そして、何度読んでもその文面から読みとれる情報は、ただ一つだったようで……。

『……奥様に先触れを……ッ！　大至急の案件で、私がお部屋に伺う、と……ッ！』

『わかりましたっ！』

冷静を装いつつも少し上擦り、掠《かす》れ気味の声で、モントーヤが指示をだしました。

そして部屋を飛び出していくラニカは、今以上に顔面に夥しい量の水分を垂れ流しながら、お母様の元へと行くことでしょう。

モントーヤは扉を閉めていかなかったことに対して、咎める気は微塵《みじん》もないようで、一度手紙を読み直してから、立ち上がりました。

執務室から出ていく動きはどこかぎこちないので、冷静さを欠いているところはあるのでしょう。

どうにかこうにかといった様子でお母様の部屋の前まで行くと、モントーヤはノックをしました。

『誰かしら？』

『モントーヤです』

『どうぞ』

『失礼します』

意を決するように部屋へと入るモントーヤ。

その姿を見て、お母様は目を眇《すが》めました。

『ずいぶんと慌てているようね』

『実は、王家よりお手紙が届いておりまして……』

『わざわざ先触れを出して、あなた自らがやってくるというコトは、相応の重大な内容なのね？』

『はい』

王家から――という言葉に、お母様は表情を引き締めて、モントーヤが差し出す手紙を手に取りました。

『先触れに来たラニカが、全身から夥しい量の汗を――なんて言うか、水浴びでもしたのかってくらい垂れ流しでやってくる程度には、相応の内容なのよね……？』

その手紙を読む前に、ふと思い出したように顔を上げたお母様はそんなことを訊《たず》ねます。

……ちょっとした現実逃避なのでしょう。

『なんと申しますか、失礼しました』

『構わないわ。慌てると色々とすっ飛んじゃう子だと分かった上で仕えさせているのだもの。それに、普段の彼女は優秀なのもよく知っているから』

『恐れ入ります』

『彼女には次の仕事の前に水浴びをするよう言っておいたわ。次の仕事に遅れちゃうかもしれないけど、大目に見てあげてね』
『かしこまりました』
モントーヤとラニカの様子から、尋常な内容ではないことを察したので、ちょっとした雑談で気を紛らわしたかったようですが、それもすぐに終わってしまいます。
雑談が終わったお母様は改めて覚悟を決めて、その書面を読み――

◇

そのタイミングで、誰かが私の箱を叩《たた》く音がし、意識を映像箱から『箱』の外へと向けました。

「カチーナ？」

「お嬢様。そろそろお昼になりますが、お食事はいかがなさいますか？」

「もうそんな時間……」

『箱』の機能で何かを作り出すか、家の料理人に作ってもらったものを持ってきてもらうか――

私が悩んでいると、

「そんなッ、まさか……ッッッッ!!!!!?」

お母様――ラテ・オーレ・ドリップスの悲鳴じみた声が聞こえてきました。

「な、何事ですかッ!?」

驚くカチーナに、私は努めて冷静に告げます。

「お昼は、少し……遅くなってしまいそう……ですね」

だって、しばらくしたらお母様がこの部屋へと駆け込んでくるでしょうから――

「お嬢様、のんきに構えていてよろしいのですか?」

お母様の悲鳴に何事――とばかりに驚くカチーナに、私はとりたてて慌てることもなく告げます。

「大、丈夫……異常事態、とかじゃ……ない、から」

そういえば、常に冷静な態度を崩さないカチーナにしては珍しく慌ててるかもしれませんね。

「そうなのですか?」

落ち着かせるように口にした言葉に、カチーナは暗赤色の髪から覗《のぞ》く黒い瞳を揺らしながら、『箱《わたし》』を見つめてきました。

それに、私はうなずいて――『箱』の外からだと分からないかもですが――から答えます。

「うん。王家から……正式な、婚約の……打診が来た――だけだから」

「充分異常事態ではありませんか」

「そう、かな?」

異常事態――と口にするわりには、カチーナは冷静さを取り戻したのか落ち着いてますよね?

「そうですよ。私は成人会での出来事を知っておりましたので、多少は予想できていましたけど、ふつうは驚きます。そもそも――こう言ってはなんですが――お嬢様が見初められるような機会があるなど、お嬢様を知っている人ほど想像ができませんので」

「……まぁ、そう……かも？」

実感がイマイチありませんが、カチーナが言うのだからそうなのでしょう。

カチーナは私が一番信用し信頼している人物ですからね。

私の箱魔法に関する多くのことを知っている唯一の相手でもあります。

私が首を傾げている気配でも感じたのか、カチーナは小さく嘆息するように息を吐きました。

「ところで、奥様が悲鳴を上げられた後、ひたすらにドタバタする音だけが聞こえてきますが、何が起きているのでしょう？」

「お母様が、婚約の打診を……信じられ、なくて――みんなに、読ませて、これは夢ではない……と、確認してるみたい」

「気持ちは充分分かります」

カチーナ、ちょっと酷《ひど》くない？　――などと思いますが、そう思われるだけの引きこもりの自覚はありますので、渋々納得しておきます。

「ところでお嬢様」

「なに？」

「実際のところは、どうなのですか？　サイフォン王子のコトは」

「うーん……」

改めて問われると、少し悩んでしまいますね。

「前から、気にかけて……いた――殿方、ではあるけれど……」

そこは間違いありません。

魔性式の出来事以来、ずっと記憶に残り続けている人……。

「打算で、言えば……あの人、なら、受け入れて——もらえる、かな……って」

魔法で作った『箱』の中から出たくないなんて言う、私の在り方を……。

「それは例の噂《うわさ》から、そう思われたのですか？」

「うん、まぁ……それもある、かな」

実際のところは噂以上の情報を仕入れているから、なんですが。

面白いモノが好きな王子。

婚約するなら自分を楽しませてくれる相手が良いと公言している。

どちらも、事実です。

実際に、その発言は私がこっそり覗き見していましたから。

「お嬢様は、最初からご自身の素顔を晒《さら》すおつもりで、箱の中へとお招きされたのですか？」

「その、質問は……《はい》が五割、《いいえ》が五割……」

素顔を晒そうと思ったけど、勇気が足りなくて着ぐるみヘッドを取れなかったのは、事実ではあるのですけれど……。

素顔を晒さずとも、サイフォン王子を招くことそのものが、目的でもあったわけで……。

私も王子も、口うるさく言われる婚約者問題が解決するなら、そういう行動を取るのが手っ取り早かった——とも言えます。

もちろん、それをお互いに口にしたワケじゃありませんけど、思惑は一致したんですよね。

ただサイフォン王子は完全に打算かもしれませんが、私は……その、王子と会える、少しでも箱の中で王子と一緒にいたいと、そういう打算も、無かったとは、言いません。

「お嬢様は、婚約に前向き――なのですね？」

「うん、そう……だね。さっきも、言ったけど……前から、思っていた……ところは、あるし」

「そうですか」

カチーナがそううなずいたところで、お母様のものと思われるドタバタした音が近づいてきます。

おそらくはラニカと同じように、顔面から夥しい量の水分を垂れ流しながらおおよそ淑女らしからぬ様子で、勢いよく扉を開いてくるはず――

「モカちゃんッ!!」

そして、その予想どおり、勢い良く私の部屋の扉が開け放たれました。

綺麗な銀の髪を珍しく振り乱し、今なお衰えない美貌を汗で濡《ぬ》らしながらも、その紫色の瞳だけはまっすぐに、こちらを見据えながら。

「確認したいのだけれど――ッ！」

その汗を拭うこともなく、単刀直入とばかりに訊ねてこようとするお母様に、私は一言告げます。

「是非に、と……お返事、したく、思います……」

「正気ッ⁉」

本気？　ではなく、正気？　と訊ねてくる辺り、お母様による私の評価が分かる気がします。あるいは信頼度が高いと言うべきでしょうか。

「……というか、モカちゃんは私が慌ててる理由、分かってるのね？」

「この、箱魔法の……真骨頂は、情報収集で、ある……と、お母様も、ご存じ……ですよ、ね？」

「そう、ね。言われてみればそうだけど――でもやっぱりモカちゃんが冷静なのが、納得いかないわ」

お母様が落ち着きだしたところで、カチーナがタオルを手渡します。

それにお礼を告げながら受け取ると、お母様は顔を拭きながら、箱《わたし》の近くへとやってきます。

「お母様は、お父様から……成人会での、出来事……を、聞いてない、のですか？」

「……それって、コレが来る可能性が生まれるような出来事だったのね？」

婚約の打診が書かれているだろう紙をピラピラと振りながら示してくるお母様に、私は素直に「はい」と答えました。

お母様は額に指を当ててしばらく難しい顔をした後で、真面目な顔をして訊ねてきます。

「もう一度、訊《き》くけど――モカちゃん、正気？　サイフォン殿下が王位を継ごうと継ぐまいと関係なく、王族の妻になるというのがどういうコトか理解している？」

まぁ、そうなりますよね。

どう考えても、私は王族の妻たりうる資質がありません。

「そう……ですね。家格以外は、微妙……な自覚は、あります」

式典とか、外交とか、政治的な場とか、社交の場とか、『箱』のままでも良いって言ってもらえないと、私には無理ですから。

「そうよ。正式に婚約が結ばれたら引きこもってなんてられないわよ？　だからこそ、ずっと『箱』の中にいたいなら、思慕があろうとも諦めるべきだと、私は思うわ」

ああ――そうですよね。お母様はそう言うでしょうね。

お母様は、私のことを愛してくれているし、箱魔法の有用性を理解している上で、私の引きこもり在《あ》り方《かた》を快く思ってはいないのは知ってます。

それでも『諦めるべきだと私は思う』という言い方をして、『諦めなさい』と押しつけてこないのは、ささやかな優しさ――なのかもしれませんね。

だけど、それでも――

『箱』の中から、顔を出す意を決します。

『木箱の中の冒険』の主人公ジャバくんが、最後に自分の父親に謝る時のように。

怒られるかもしれないこと、殴られるかもしれないこと。そういう想定に足を竦《すく》ませながらも、それでも自分がするべきことを信じて一歩踏み出すように。

「モカちゃん？」

波打つ『箱』の上面から顔だけ――いえ上半身まで出した私は、お母様を直接まっすぐに見て、告げました。

「――私は、この機会を……逃したく、ありません……ので……」

私自身、自分の感情が恋愛なのか打算なのか、それ以外の何かなのかがちゃんと分かっているわけではありません。

――それでも、逃したくないと思っているのは間違いなくて……。

いつもの気弱な態度のままだと、お母様は退いてくれそうにない以上は、顔を出してでもしっかりとまっすぐに、お母様と向かい合うべきだと、そう思いました。

「…………」

そんな私の意志を汲《く》んだのか、お母様はただただ黙って私をまっすぐ見据えます。

お母様のご実家サテンキーツ家は武人の家系。

こうやって睨《にら》まれていると、お母様がその血を引いているのだと実感します。

その視線はおそらく戦場で交わされる類いのもの。

鋭い……いえ、鋭すぎる眼光が私を照らしてきます。

見定める――というのとも違う、意志そのものを探られているような感覚。

重圧というのでしょうか。

ただ睨まれているだけなのに、身体が重く、喉の奥から悲鳴が漏れそうで……それでも声を出さず、ただただお母様と見つめ合います。

正直いって怖いです。怖いけど、ここで負けるわけにはいきません。

自分でもどうしてここまで気合を入れているのか、分かっているわけではありませんけれど

「…………」

「…………」

……。

「わざわざ『箱』から顔を出し、私と睨み合っても怯《ひる》まない……か。いいわ。私の意見は反対のままではあるけれど、モカちゃんの意志を尊重してあげる」

お母様が小さく息を吐きながら、そう言うと、さっきまでの息苦しい重圧のようなものが消えました。

「でもね。本当に結婚する気があるなら、その時までに、私を認めさせなさいね」

「はい」

それが、この場を引く絶対条件だとでも言うようなお母様の言葉に、私はしっかりとうなずきます。

これで今日のお話は終わりでしょう。

私とお母様の話の区切りが生まれたところで、カチーナがお母様に声をかけました。

「奥様、湯浴みの準備が整っているようですので、そのまま浴場へとお向かいください」

「ええ、分かったわ。タオルをありがとう。カチーナ」

一礼しお母様からタオルを受け取るカチーナ。

その時、お母様が不思議そうな顔をしました。

「そういえばカチーナ。どうして湯浴みの準備ができてるって知ってるのかしら？」

「私が指示を出してきましたので」

「……いつ？」

「お二人がお話をされている時に」

「そんな気配無かったんだけど……」

「お二人の真剣なお話の邪魔をするまいと、気配を消しておりました」

どうにも納得できなさそうな顔をしながら、お母様はカチーナへと訊ねます。

「まぁそこは良いわ。ところでカチーナ」

「はい」

「貴女の率直な意見を聞かせて欲しいのだけど——王子とモカちゃんの婚約は賛成？　反対？」

「お嬢様がそれを望む限り賛成でございます」

「そうよね。貴女はモカちゃん至上主義なところあるものね」

変なこと訊いたわ——と肩を竦めると、お母様は「じゃあね」と言って、部屋から出ていきました。

それを見送り、お母様の気配が消えたところで……

「はぁ——……」

私は盛大な息を吐きながら、『箱』の縁にぐったりともたれかかるのでした。

「お嬢様」

「大丈夫……疲れた、だけ、だから……」

とりあえず婚約そのものは何とかなりそうですが……。

お母様に、箱のままでも問題ないと認めてもらう方法を考えないといけませんね。

◇

そしてその日の夜――
家に帰ってきたお父様のお部屋にて――

「どうしてッ、モカちゃんのッ、婚約の話をッ、陛下と勝手にッ、計画してるんですかッ！」

「ま、待てラテッ！　話せば分かるッ！　だからまずッ、その拳をだな――ッ！」

「待ちませんッ！　話されて分かってしまっては拳を振るえないじゃないですかッ！」

「何だその理屈――ッ!?」

第5章

王家からの婚約の打診が届いた日の翌日。その昼下がり——

「モカちゃん、カチーナ、来たわよーッ！」

「…………」

何やら元気の良いお母様と、逆にげっそりしたお父様が、私の部屋へとやってきました。

昨晩からこの時間にかけて、壮絶な話し合いが行われたみたいですが、まぁ敢えてツッコミはしないようにしておきましょう。

それはそれとして、私の許可など気にせず堂々と入ってくる辺り、お母様も馴《な》れてますよね。

許可を取ってなどいたら、いつまで経っても私の部屋に入れないだろうと想定しています。

まさにその想定は正しいのですけれど——

もちろん、カチーナもそれを理解しているので、こういう状況においては、二人へ何か言うつもりもないみたいなのがちょっと不満。

それが必要なことであるならば、後で私から叱られようと、私のために動くのがカチーナという侍女なわけで。

それはそれでとても代えがたい存在ではあるんですけどね。

周囲をイエスマンで固めすぎるのはよくないというのは、見聞箱《みききばこ》から得る情報の中に、お手本のようなモノがあったりしますから。

「お嬢様、旦那様と奥様がお見えになりました」

「ん……分かってる」

私が『箱』の中から外の様子を窺《うかが》っているのを知っている上で、カチーナはそう告げてきます。

それに、私が応じると、お母様が声をかけてきました。

「回りくどいコトを言う気はないわ。モカちゃんの情報収集能力があれば、事情は理解してるだろうし。そもそも、ネルタの思惑も気づいている部分があるんじゃないかしら？」

「否定、しない……かな」

私の答えに、お母様は満足そうにうなずいてから、真面目な顔で問いかけてきます。

「昨日も聞いたコトだけれど、改めてこの人《ネルタ》がいる前で答えてちょうだい。サイフォン王子からの申し入れ――受けるの？　受けないの？」

「受けたいと、思って、います」

私が即答すると、お母様の横でぐったりしていたお父様が小さなガッツポーズを取ります。

その姿に、お母様はお父様へ鋭い眼光を浴びせてから、私へ向けてすぐに母親の目に戻しました。

「昨日の様子からも分かってはいたけど、一晩で気が変わったりはしていないようね。なら、そういう方向で返答するけど、問題ないのね？」

「はい」

「そう。分かった」

私の短い返答に、お母様は一つうなずきました。

これで、とりあえずの申し入れ騒動は完結――でしょうか。

そう思っていた時、お母様はふと何かに気づいたような顔で――

「ねぇ、モカちゃん。もしかして貴女――……いいえ、いいわ。どっちであれ、結果は変わらないモノね」

――何かを言い掛けて、特に口にしないまま自己完結させせました。

まぁお母様の言いたいことはわかります。

なので、私は素直にお母様の言い掛けた言葉を肯定します。

「お母様の推測、たぶん……間違って、ません……」

実際問題、私は周囲の思惑を理解した上で、それに乗っかって利用しました。そこにお母様は気づいたのでしょう。

それは私が自らの意志で王子と出会うことを望んだとも取れます。

なので、偶然であっても狙ったのであっても、結果は変わらないという結論になるわけです。

そこも含めて、私は肯定しました。

「結果が、変わらない……のは、そのとおり、ですけど……」

私のその言葉に、お母様は目を瞬かせたあとで、小さくうなずきます。

「ふふ。モカちゃん、この人よりも宰相の才能あるんじゃないの？」

「あったと、しても……宰相なんて、できません……から……」

私の言葉に、お母様は肯定と否定が同居したような笑みを浮かべる。

『それもそうだ』と『そんなことない』という二つの言葉が同時に脳裏によぎったのかもしれません。

横で聞いていたカチーナも、お母様と似たような顔で苦笑しています。

ともあれ、家族会議はこれでお開きなのでしょう。

「さて、貴方《ネルタ》。色々と聞きたいコトはまだまだあるから、お部屋に戻って、夕餉《ゆうげ》の時間までたっぷり聞かせていただきますからね？」

「いや、ほんと。勘弁してくれないか？」

疲れた様子のお父様に対して、私は援護射撃をしようと思います。

「お父様――というより、陛下の意向が、強いみたい……。

そこに……お父様、も……乗っかった……形、だけど」

「ふーん」

陛下はサイフォン王子の婚約者が見つからないことに焦っていたようで、私の年が王子と同じことから、お父様へと相談を持ちかけていたのですよね。

それを私は知っていたからこそ、お父様から「成人会へ出席してくれれば『箱』のままで構わない」という言葉を引き出せたのですけど。

ともあれ、お父様より陛下がこの騒動の根元ですよ〜……という私の援護射撃は逆効果だったみたいです。

「いいわ。その辺り含めて、しっかり聞かせてもらいますからッ！」

そうして、お母様はしっかりお父様をホールドすると、私の部屋を出ていきます。

その光景を、優秀な宰相も奥さんの前では形なしなんですねぇ——と、私は他人事《ひとごと》のように見送ります。

二人がやいのやいの言い合う声が遠くへと消えていくのを感じながら、私はカチーナへと告げました。

「今晩の、ご飯は……お父様の、口に、染みないものが……いい、かも？」

この気遣いがお父様に届くかどうかは分かりませんが——

「いくら奥様でもそこまで過激なコトはしないのでは？」

「普段なら、そう……だけど、何やら、興奮……冷めやらぬ……みたいだし？」

お父様、ふぁいと！

二人が出ていったあと、カチーナは少し何かを考えるようにしてから、『箱《わたし》』へと向きなおりました。

「お嬢様」

「なに？」

「ふと、思ったのですが」

「うん」

「……帰領の準備は取りやめた方が良いかと」

「え？」

カチーナの言葉に、私は思わず目を瞬かせます。

すぐにその意図が読みとれず黙っていると、カチーナが説明してくれました。

「秋にある建国祭ですが……。サイフォン殿下と婚約した以上、期間中に行われる王家主催のパーティなどに出席が必須となるのではないかと」

「……あ」

言われて、私はカチーナが言わんとしていることに気づきました。

これまでどおりであれば、このまま帰領して、あとは領地にある自宅の自室でずっと引きこもっていれば良かったのですが、サイフォン王子と婚約したことでそうもいかなくなったのです。

秋にある建国祭。

そのパーティに出席が必須というのであれば、ドレスなどの準備含めて一月前くらいには王都にいる必要があります。

そうなってくると、夏の終わりには王都へ来る準備をしないといけないわけで……。

「帰っても、一ヵ月とちょっとくらいしか……領地に、いられない？」

「はい。そうなるとこのまま秋のパーティが終わるまで王都にいた方が、準備を含めてやりやすくなるので、帰領しない方が良いかと」

まったく想定してなかった事態に、思わず頭を抱えます。

……引きこもりには祭事なんて無関係だと、そう思っていたのですが……。

この別邸の自室より、領地にある本邸の自室の方が好きなのですが——さすがに、それをもう言ってはいられないようです……。

はぁ……。

◇

家族会議が終わった翌日——

お父様はいつものように王城へと出勤していきます。

休日が丸々お母様からの詰問で終わったことについては、特に何も言っていないようです。

朝食の場では疲れた顔をしていたようですが、出勤の時間になれば真面目な宰相の顔になるのですから、さすがですよね。

ともあれ、ドタバタした様子は収まり、従者や使用人たちがいつもどおりに動き出しています。

そんな屋敷の中の様子を、私がいつものように『箱』の中から窺っていると、部屋の扉がノックされました。

「はい」

それに応じるのは、カチーナです。

私の場合、高確率で返事をしないので、控えているカチーナが常に応えてくれています。

「ラテよ。入っていいかしら？」

「はい。どうぞ」

どうやらやってきたのはお母様のようです。

昨日のような重要な話し合いの場合は強引に入ってくることの多いお母様ですけど、日常的にはちゃんとマナーは守る人です。

そもそもからして、社交界では結構な発言力と影響力を持つ宰相夫人。

プライベートの顔を知らない人からすると、完璧な貴族夫人らしいです。

その辺、私にはまったく理解が及ばないところではあるんですけど。

「失礼するわね」

カチーナが扉を開け、お母様を迎えいれます。

そしてお母様はまっすぐ『箱』へとやってきました。

「モカちゃん。今、お話できる？」

「はい。そろそろ……来るかな、って」

私から返事がきたことにお母様は満足そうにうなずきます。

そしてこのタイミングで来るということは――

「お母様は一度……領地に戻る、んですよね？」

私のその言葉に、お母様はまた満足そうにうなずきました。

「相変わらず、その『箱』の中から色々お見通しなのねぇ……。そうなのよ。モカちゃんなら私の行動も読んでるとは思ってたけど、ちゃんと分析して予測しているのはさすがよねぇ……」


情報の収集をするのが上手いこと。

情報の分析をするのが上手いこと。

情報の利用をするのが上手いこと。


それらは似ているようで非なるものです。

私はよく分かってないところはありますが、お父様やお母様からすると、ただ情報を集めるだけでなく、分析し、利用している点は評価が高いようなのです。

一人で三つをちゃんとこなせているのは優秀だ、と。

そのことについて――二人とも若干親バカが入っているような気がしますが――お母様は賞賛してくれているようです。

『箱』の中に引きこもっている点への厳しさはもちろんありますが、だからといって全てを否定せず、優れているところはちゃんと褒めてもらえているのは、良いことなのかもしれません。

「それにしても、一緒に帰るとは言わない辺り、ちゃんと自分で気づけたようね。偉いわぁ」

「やっぱり、わざと……口にしなかったの、ですね」

「もちろん。自分や自分の従者たちが気づくのが大事なのよ。王族の妻になるのだから、行事とそれに伴う自分の仕事くらいは、ちゃんと把握しておかなくっちゃね」

お母様の言うことももっともです。

覚悟はあれど、少しばかり私も甘く考えていたのかもしれませんね。

「本当は私も一緒に帰りたかったんだけど、こればっかりは仕方ないわね」

「はい。そう、ですね」

実際に仕方のないことです。

帰れないのは、ちょっと残念ではありますが。

「それは、それとして……噂《うわさ》としても……まだ広まって……ませんが……カンの良い人たちは、多少いる、みたい、だし……その人たちの、動き、気になる……んです、よね」

「それね。まだ正式に決まってもいないんだから、時期尚早もいいところなんだけどねぇ……」

その動きの速さをもっと別のことに使えばいいのに、と親子はそろって嘆息します。

それにしても、さすがに噂になるの早すぎませんかね？

誰かが意図的に流しているんでしょうか……？

私が胸中で首を傾げていると、呆《あき》れ顔をしているお母様に、カチーナが問いかけました。

「事情は分かりましたが……よろしいのですか、奥様？　社交などもあるかと思いますが」

「いいの、いいの。多少サボったところで評価が落ちるような立ち回りはしてないから」

それに対して、お母様はあっけらかんとした様子で答えを返しました。

むしろ、一部のお茶会やパーティなどでは、お母様が参加しないからこそ、痛手を受けてしまうところもあるそうです。

宰相夫人の参加見合わせ。

密やかに流れている娘と王子の婚約の噂。

その二つを結びつけるなという方が難しいのでしょう。

貴族というのは、どうしたって裏や思惑を読みとって生きているような人種なのですから。

私と王子の噂を積極的に流していくと、お母様が社交をサボったという話と結びつき、結果として『お母様が参加を見合わせたお茶会の主催者は、私と王子の婚約に含むところや悪意を持っている可能性がある』と読みとられてしまうワケです。

もともと、仲があまり良くない相手で、そろそろ付き合いを見直そうと思っていた方々には、そうやって縁を遠ざけていくようです。

一方で、お母様と仲の良い方々のお茶会などには『よからぬ噂を耳にしたので、娘と領地を守るため一緒に帰る』という理由をしっかりと説明した上での欠席だそうなので、邪推されることは少ないようです。

こちらもこちらで、後々に婚約の噂と結びつくかもしれませんが、だからといって問題を起こすような方々ではないのでしょう。

「あれ……？　一緒に、帰ると……言って、いるのですか？」

「そうよ。私が帰る一番の目的はそこね。いくら引きこもりとはいえ、家にいると分かるとおかしなちょっかいを掛けてきそうだもの」

お母様の言葉を否定することはできず、箱の中で小さくうなずきます。

「基本的に外に出ないモカちゃんだから、これだけでかなり護れると思うわ。街中で見られちゃえば効果の薄い嘘《うそ》だけど、引きこもってるモカちゃんの姿を見れる機会ってそんなにないからね。見られてもそもそも、姿を知っている人も少なそうだし。あー……でも、万が一を考えて、屋敷の中でも『箱』から出て歩く時、窓際だけは気をつけておいて」

私が王都にいないという噂があれば、過激なことを考える人たちも行動はそうそう起こさないだろうと、お母様は考えているようです。

最終的に色んな情報が広まってぶつかり合って真偽があやふやになるのでしょうけれど、人は信じたいモノを信じようとしてしまいます。

そして真偽がどうあれ、それらの話から発生した枝葉のような噂も含めて、お母様は利用する気まんまんのようでした。

影響力のある人は、影響力がすごい。

そんな当たり前を再認識させてくれるような話ですよね……。

それはそれとしまして――

「お母様も……領地で色々、やっておきたい……のですよね？」

「そうね。まぁ半分以上はモカちゃんを狙って領地の方の屋敷へ顔を出してくる人たちへの対応よ。加えて、近隣の領地からウチの領地に対する嫌がらせもありそうだから、証拠集めと裏工作をする予定なの」

そう言ってお母様は、『箱』へ向かってウィンクをしてみせます。

つまるところ、私を心配してくれているのでしょう。

お母様自身が私の婚約に反対していても、情勢は勝手に動いていきます。だからこそ、お母様も自身の意見とは別に、対外的にはそれを前提とした動きをしていくのでしょう。

このまま何事もなく流れていけば、お母様がどれだけ認めてくれずとも、結婚まで進んでしまうこともあるのでしょうけれど……。

——高い確率で、妨害や障害の方からやってくることの方が多い気もしますが、それは一度脇へ置くとして——

認められないままなのは寂しいですし、何より私自身が納得できない気がします。

なので、覚悟を見せた以上は、どんな形であれちゃんとお母様に認められるように、私自身も動いていかなければいけませんよね。

……そんな私の改めての決意表明はさておき。

王都に設置する見聞箱の量は少し増やしておくべきでしょうね。

「モカちゃんも色々するかもしれないし、互いの思惑がぶつかって邪魔になる時は、お互いにちゃんと相談しないといけないわね」

「……はい……」

小さな声で、私はうなずきます。

お母様の帰領の目的がどうであれ、その影響には乗っかり、利用するくらいのことはしましょう。

「それにしても、モカちゃんと一緒にお家に帰りたかったわねぇ」

「わた、しは……部屋からも、『箱』からも、出ない、けど……」

「一緒の家にいるっていうのが大事なのよ。『箱』のままでいいから、一緒にお茶とかしたかったわぁ」

確かに、お母様はお父様と一緒に王都の別邸にいることが多いですからね。主に私がいる本邸には、いないことも多いです。

今回はそれが逆になってしまうわけですが……。

そう考えると、お母様にしては珍しく「『箱』のままでいいから」なんて言っているのも、嘘ではないのでしょう。

「秋以降に戻ってきた時は、『箱』のままでもいいから、一緒にお茶とかしましょうね」

「はい」

同時に、お母様からの試験や訓練あるいは課題の一環の可能性もありますね。

『箱』のままでもいいから、ちゃんとお茶会に応じろ――という。

そう考えると、私は素直に喜べない……かも？

なんて思っていると、カチーナは優しい眼差しでこちらを見ています。

まるで、会話の始まりはちょっと物騒ながら、それでも徐々に親子の語らいのような空気に変わっていく様子を見守っているようです。

お母様とのやりとり――そんな微笑ましいモノでしたか……?

でも、見聞箱を通して、この部屋の様子を俯瞰《ふかん》してみると――

窓から差し込む、夏にしては穏やかな陽光が、レースのカーテンを通り過ぎて、お母様と『箱《わたし》』を照らしている光景が見えます。

子供ではなく『箱』な時点で、絵面が何ともシュールではあるんですけど、確かに平和な光景なのは間違いないかもしれませんね。

そんな穏やかな空気を吹き飛ばすようなドタバタとした足音が、私の部屋へと近づいてきます。

何やら既視感を覚える光景が、そろそろ現れることでしょう。

そして、バタン――と大きな音を立てて、部屋の扉が開かれます。

はい。毎度おなじみ慌てん坊のラニカです。

「お、お、お、お嬢様ッ……!!」

「どれほど慌てていても、ノックしてから開けなさいと、何度も言っているでしょう」

カチーナは後輩の行動を咎《とが》めながらも、その後輩がここまで慌てる場合はよっぽどの案件であると、理解しているようです。

「一昨日に続いて何とも慌ただしいコトよねぇ……」

お母様も似たような感慨を覚えているのか、のんびりと感想を呟《つぶや》いています。

もっとも、本心としては結構焦っていそうではありますが。

「お、奥様もいらっしゃるのですねッ！」

お母様の顔を見て安心したようなラニカ。

ほんの一瞬だけ、お母様の表情がわずかに歪《ゆが》んだように見えたのは気のせいではないでしょう。

お母様の内心は相当の焦りが募っているのかもしれません。

私？

私はまぁ……このタイミングで、このラニカの慌てようから、ある程度の推察はできているので落ち着いたものです。

それに、慌てようがなんだろうが、私自身が対応する方法も少ないですから、見守りに徹しているだけ、というのもありますけどね。

「あ、あのですね……王子殿下が……サイフォン王子殿下がお見えになられてましたのでございますッ!!」

よっぽど慌ててるのか言葉遣いが怪しいです。

だけど、そんなことがどうでも良くなるほどインパクトある言葉を、ラニカは口にしました。

……私は、やっぱり――と思っただけですが。

「殿下が……」

「お見えに……？」

そして、お母様とカチーナが順番に言葉を口にし、思わず顔を見合わせました。

さすがに今回の件は、普段は冷静なカチーナも驚きを隠せないみたいですね。

とはいえ、その辺りは歴戦の貴族夫人ことお母様。

即座に気持ちを軽い調子のお母様から、女性社交界の上位に君臨する淑女へと切り替えたようです。

「モカちゃん。カチーナを借りていくわ」

「はい」

穏やかな口調で、だけど、しっかりとした声で、お母様が私に許可を取ります。

それを拒否する理由はないので、私は即座にうなずきました。

「カチーナ、悪いけど臨時で伴をお願いするわ」

「かしこまりました」

「ラニカはまず汗を流してくるコト。次の仕事をするのはそのあとよ」

「かしきょまりあすぃだ」

まだ慌てた気持ちが落ち着いていないのか、噛《か》み噛みでうなずきます。

「それじゃあモカちゃん。行ってくるわ」

「はい。いって……らっし、ゃい。お母様」

お母様たちが部屋を出ていくと、途端に部屋がシンとします。

いつものことなので、さして気にせず、私は屋敷中の見聞箱を使って、状況の見物——もとい確認を始めました。

◇

お母様は階段の前で、わずかに逡巡《しゅんじゅん》していました。

おそらくは、着替えるかどうかを考えたのでしょう。

出した結論は、そのまま行く――なようです。

階段を下り始めました。

おそらくは先触れもなしに突然の訪問をしてきた王子への無言の叱責の意味があるのでしょう。

多少の不敬はあれど、王子側も強くは言えないとの判断だと思います。

そう考えると、自分付きの侍女ではなくカチーナを連れていった意味も分かってきます。

突然の訪問への迅速な対応と、自分付きの侍女へと交代する前に、カチーナにできる限り情報を得てもらうためでしょう。

カチーナが情報を得るというのは、私が情報を得ることとイコールでもあります。

こうやって、覗《のぞ》き見していることを知らないお母様からすれば、私が必要な情報を収集するための協力といったところなのでしょう。

あのわずかな時間にそこまで考えて行動を起こせているのは、本当にすごいことだと思います。

ちなみに、お母様付きの従女たちも心得ているので、カチーナに嫉妬したり、変な妨害をしたりすることはありません。

ただただ主に従うのではなく、主の意図を汲《く》み、指示されずとも主の望みどおりに立ち回ってこそ一流だと、ドリップス家に仕える者たちは、胸に刻み込んでいるそうです。

私の基準は、我が家が雇っている従者たちなので、それが当たり前のように感じますが、よその家はそうでもないことも多々あるそうで、不思議な話です。

ともあれ、突然のサイフォン王子襲来に浮き足だってしまったものの、落ち着きを取り戻せば、優秀なドリップス家の従者や使用人たちは己の役割を即座に思い出すというもの。

お母様も、王子を待たせている部屋へと向かいながら、すれ違う皆さんに声をかけ、冷静さを取り戻させています。

そのおかげもあって、さっきまでの慌ただしさが嘘のように、皆さん落ち着いて迅速に行動を開始しました。

そうして最低限の準備と指示出しを終えたお母様は、カチーナを伴って王子を待たせてある客間へと到着します。

『お待たせして申し訳ございません』

頭を下げるお母様に、サイフォン王子は顔を上げるように告げました。

『いや、急に訪問したのはこちらだ。気にするな』

先触れは出したのだが、先触れより先に到着してしまった――と口にするサイフォン王子。

お母様はその言葉の意図を少し考えたようですが、答えが出なかったのか、すぐに返事をしました。

『恐れ入ります。それで、本日はどのようなご用でしょうか？』

『先日、婚約を打診しただろう？』

『はい』

そのおかげで、昨日、一昨日とだいぶバタバタしてましたしね。

『成人会の場で出会ってから、ずっと心が躍り続けているのだ。婚約の打診だけでは逸《はや》る気持ちが抑えられず、つい来てしまった』

その爽やかで明るい笑顔に、控えている侍女たちの数人が一瞬だけ身体を震わせます。

私も映像箱越しながらも、そんな王子にちょっとクラッときました。

気を強く持たなければ、飲まれてしまいそうです。

自分の顔の良さを理解した上で、一番良く見えるだろうと浮かべられた笑顔。

お母様も一瞬動きを止めたその笑顔は、歴戦の社交経験を持つお母様をもってしても、なかなかに破壊力を感じる顔だったのかもしれません。

耐性の低い侍女たちの中には、意識を奪われる可能性があったかもしれません。それでも倒れることなく持ちこたえたことは賞賛するべきかも？

ともあれ、王子としてはこの笑顔で陥落できる相手になんて興味はないでしょう。

私が負けてしまえばその時点で婚約解消されてしまいそうですし、気をつけなければいけません。

目的を口にしたサイフォン王子に、お母様はどこか訝《いぶか》しげに眉を顰《ひそ》め――普段のお母様を知らないと解らないくらいにわずかな動きでした――、それでも何事もないかのようにお礼を口にしました。

『我が娘のためにわざわざお出向き頂き、光栄にございます。ですが、その——よろしいのですか？　我が娘ながら、その……箱、ですよ？』

『その箱が良いのではないですか』

キッパリと言い放つ王子に、「え？　本気で？」というような空気が流れます。

彼の背後に控える従者と騎士も、皆さん同じような表情を浮かべました。

『それは……娘ではなく箱を見初めた、と？』

『あ、いえ……それは違う……いや、違わないか……？　ともあれ、実際にお会いした姿は基本的に箱だがな。ただ会話をしているうちに、端々から感じる知の深さと教養に、そして何より、その知と教養の使い方を理解している雰囲気に、大変興味が湧いたのだ』

基本的に箱の姿だったと言われて、それもそうかとお母様は納得しました。

その様子に、私も思わず「それもそうか」と納得してしまいました。

その上で、会いたいと口にする人物は貴重と言えば貴重ですよね。

お母様もそこは理解したようです。

『カチーナ。モカに確認を』

『かしこまりました』

お母様も、それが本心であるかどうかまではわからないことでしょう。

それでも、訪問理由は理解できたので、お母様はカチーナに声をかけました。

カチーナが、私の部屋へと戻っていくのを横目に、お母様は視線を王子に戻しました。

『婚約の受け入れの打診はさせていただきましたが、此度《こたび》の訪問に関しましては娘の意向を優先させていただきます』

『もちろん。極度の人見知りと聞いている。婚約者様に無理を強いるつもりはない。ましてや突然訪問してきたのはこちらだからな』

つまり、私が拒否すれば素直に引くということです。

もちろん、私は拒否する気はありませんし、王子はそんな私の心情を理解していることでしょう。

何せお互いに、婚約者という立場を利用する気まんまんなのですから。

それを分かっているなら、サイフォン王子の言動はわかりやすいのですが、お母様はそうもいきません。

お母様からすれば、何とも読めないサイフォン王子の言動となることでしょう。きっと胸中で険しい顔をしているんだと思います。

建て前上は、初めて恋をした王子の、可愛い暴走。

だが、相手は私。『箱』なのです。

……自分で言うのもなんですが、一目惚《ひとめぼ》れにしたって、暴走するにはちょっと無理がある相手ですよね。

お母様はそう考えていることでしょう。

実際、お母様が何を考えているかまではわかりません。ですが、その頭の中はすごい勢いで回転しているのでしょう。

今は、表情からはそれをまったく読みとることはできないようですが。

そんな中、お母様はカチーナを待つ間、王子と軽い雑談などを始めました。

◇

「お嬢様」

そうして、カチーナが部屋へと戻ってきます。

「どうなさいますか？」

私が覗き見していることが大前提の、前置きを飛ばした質問の仕方をしてきます。

カチーナは私の魔法の詳細を大部分知っています。

なので、見聞箱の存在は把握しているのです。何しろ外部に設置している見聞箱は基本的に彼女に設置して回ってもらってますからね。

さておき、サイフォン王子への返答です。

これに関しては最初から決めてあったりします。

「『箱のままでも構わないなら』……と、伝えて、もらえます……か」

「かしこまりました。では、客間へと戻ります」

「うん、よろしく……ね」

一礼して私の部屋から出ていくカチーナ。

ややして、客間を覗いている見聞箱の方に、カチーナの姿が見えました。

◇

『お待たせいたしました』

部屋へと戻ってきたカチーナにお母様が問いかけます。

『どうだったかしら？』

それに対して、カチーナは私の伝言どおりの言葉を口にしました。

『はい。箱のままで良いのであれば構わない、と』

『そうか。それは良かった』

冷静になると我ながら何を言っているんだか――と思ってしまうような奇妙な言い回しの返答。

それに対し、サイフォン王子は嬉《うれ》しそうな顔をし、それが当たり前であるかのようにふつうの反応をするドリップス家の面々。

……私のせいなんですけど、この家の常識観は正常なんですかね？

そんな様子を見回しながら、お母様は軽く息を吐き、サイフォン王子……というか、彼が連れてきた騎士や従者たちへと視線を向けます。

お母様のその視線には若干の同情が混ざっているのは気のせいではないのでしょう。

この状況を見ながら明らかに困惑した顔をしている王子の従者と騎士たちは——

（箱のままで構わない、とは……？）

——とか思っていることでしょう。

その反応が基本的に常識的な反応なんですよね。

私自身も、すっかり『箱のまま』での対応が当たり前になってしまっているんですけど。

ただまぁ、私がいる日常とはこれが当たり前になるってことでもあるんですよね。

婚約者となった以上は逃れられぬ日常なので、早いところ馴れてもらいたいところではあります。

何はともあれ、私とサイフォン王子は、成人会以来三日ぶりの再会をすることとなったのでした。

第6章

窓を開けた私の自室。

穏やかな風が吹き込んで、レースのカーテンがたなびく窓際。

そこに私――というか『箱』が置いてあります。

正面にはテーブルがあり、対面の椅子にはサイフォン王子が腰をかけました。

「えっと……その、ごきげんよう。サイフォン殿下……」

「突然の訪問、すまないな。どうしてもモカに会いたくてな」

「恐、縮……です。こんな、姿で……失礼、します」

「構わない。理解した上でのコトだ」

王子が部屋に来るまでの間、彼の様子を見てましたけど、どこかはしゃいだ様子が見て取れました。

おそらくは、『箱とのお茶会』という奇妙なシチュエーションにワクワクしているのかもしれないですね。

お茶会は終始和やかで、お茶やお茶請けのお菓子を、『箱』の中に取り込む姿に、王子は笑っていました。

「ははははは。やはり面白いな。波を打っているのに、取り込まない方は微動だにしないのか」

「動いて、しまいますと……こぼれたり、こわれたり……しちゃいます、から……」

「それもそうだな」

どうやら納得してくれたようです。

……それにしても、おそらくは素に近い姿で笑っている王子は、何と言いますか、普段の凛々《りり》しくもシニカルな様子とはちょっと違って、新鮮ですね。

それからしばらく、当たり障りのないやりとりが続きます。

お互いのことをロクに知らないので、まずはそういうところから——ということです。

王子から問われる、一見すると当たり障りのないお互いの自己紹介をするための問い。

そこに含まれた意味を理解しながらも、私は敢えて表面上の問いだけを素直に答えます。

その内容はともかくとして、喋《しゃべ》り馴《な》れない私のたどたどしい言葉すら、ちゃんと最後まで聞いてから反応をしてくれる王子の気遣いはとても嬉《うれ》しいです。

一見すると穏やかなやりとり。

近くの開け放たれた窓から入る穏やかな風が、レースのカーテンを揺らしています。

カーテンに遮られながらも、なおもキラキラとした陽光は、王子の髪を照らし、煌《きら》めかせ……。

客観的に見れば、きっと絵に描いたかのような美しいお茶会風景。

まさに庶民が思い描く王族のティータイムと言える光景です。

……その王子様の対面にいる私が、麗しの令嬢などではなく、箱であるという一点だけを除けば、ですけど。

「私は公言しているとおり、面白いコトを好んでいる」

正直、衝動を抑えられないコトもあってな。モカ嬢に迷惑を掛けるコトもあるかと思う」

「それを……言ったら、私はその……箱、ですから……。常に、ご迷惑を……おかけ、して、しまいそうで……」

「構わない。それは承知の上だ」

王子は真面目な顔でうなずいてから、爽やかな笑みを浮かべました。

覗《のぞ》き見している時に何度か見かけたことがある、爽やかさの中にどこか胡散臭《うさんくさ》さが潜む笑顔です。

……これは、少し警戒するべきでしょうか。

「それゆえに、君の『好みのモノ』を聞きたくてね」

その質問は、先ほどの当たり障りのないやりとりの中でもされた質問です。その時もまったく同じニュアンスで質問されたのですが、敢えて私自身は好物のルビィの実と答えました。

「公言しているとはいえ、こちらの『面白いモノが好き』だというのは知られているのだから、相手のそれを知りたいと思ってしまっても不思議ではないだろう？」

ですが、今回はその言葉の意味を正しく返せ――ということなのでしょう。

なので私は素直に答えを返すことにしました。

「好き……といえるか、どうか……わかりません、が。知識を、増やすコトは……好きです、ね」

「それは本などから知識を得るコトかな？　それとも、情報収集などの話かな？」

サイフォン王子が何を思ってそういう問いを重ねたのかは分かりませんが、自信を持って答えます。

「どちらも、です」

瞬間――王子の口の端がつり上がった気がしました。

それと同時に、周囲にも緊張が走ります。

平然としているのはカチーナくらいのようですね。

もしかしたら、皆さん――

（このご令嬢……もしかして、サイフォン殿下の同類……ッ!?）

――とか、考えていらっしゃるのかもしれません。

それはある意味間違ってないかもしれないですね。

「こちらからばかり質問をして何なのだが……。

知識の収集だけで毒の種類まで分かるのか？」

「えっと……その、これは……周囲で、聞いている……皆さんにも、胸に……秘めておいて、欲しい……話、なのですが」

そう前置くと、なぜか皆さんに緊張が走ります。

これからするのは、ある意味で、王子付きの人たちの気苦労を減らす話なのですけど。

「『箱』の中に、いる限り……私は、毒で……死ぬコトは、ありません……ので」

「それはどういう意味だい？」

「そのままの、意味です。毒の味は、分かり、ますけど……毒は、その効果を、発揮しないまま……無毒化、され、ます……」

「なるほど。

先日の『箱は毒に強い』というのはそういう意味か」

王子付きの方々は何とも言えない表情を浮かべていますが、当の王子は何やら難しそうな、でも楽しそうな、そんな顔をしています。

そして、王子は質問のていで、半ば確信しているような話を訊《き》いてきました。

「しかし毒が効かないコトと、知識があるコトは別問題だ。

となると――君は毒が効かないと気づいた時に、色々試したのではないかと思うのだが？」

「はい……その、興味が、とても湧いて……しまって」

そうしっかりと指摘されるとなんだか恥ずかしいのですけれど。

「どこまでの、毒が……無効化できる、のか、色々試したくて……」

「味見を含めて？」

「できそう、な……モノは……色々……」

「好奇心でか？」

「はい……」

答えた瞬間、王子のお連れの方々に衝撃が走ったようです。

まぁ、ふつうの令嬢は毒が効かないからといって、毒の味を覚えたりはしないでしょうしね。

「本当に君とは気が合いそうだ。とはいえ……いくら効かないとはいえ、よくもまぁ宰相夫妻がそれを許可したな」

「…………」

その質問には、ノーコメントとしておきましょう。

「『箱』の外からながら、今の一瞬だけ君の姿が見えた。思い切り目を逸らしただろう？」

……などと思って黙っていたら、あっさりと見抜かれてしまいました。

実際、許可がもらえなかったので、カチーナに無理矢理頼み込んで調達してもらいましたから。

最終的にはバレて、両親から大目玉を食らったのはナイショです。

カチーナの口添えで、叱ったところで止まらないだろうと判断されたので、実験する時は事前に言うようにと、ルールが設けられました。

守ったり守らなかったりしているルールですけど……。

「あまり両親に心配を掛けるものではないぞ」

「殿下は……ブーメラン、という……投擲《とうてき》、武器を……ご存じ、ですか？」

「知っている」

苦笑しているので、自覚はあるのでしょう。その辺りはお互い様ということで。

サイフォン王子とそんなやりとりをしながら、ふと周囲を見回せば、王子付きの方々が、何やら衝撃を受けている様子。

そんなに衝撃を受けるような話でしたかね……？

「ともあれ、だ」

その空気の中、王子は気にした様子もなく、私へと質問を投げてきます。

「君に運ばれる食事に毒が含まれていた場合、敢えて無視しても問題ないというコトかな」

「毒の入って、いないお料理……であるコトに、越したコトは……ありませんが……殿下の『面白いコト』に、必要な……のでしたら……」

入っていると、料理の味が悪くなるので、あんまりやって欲しくないのですけどね。

それでも、王子の趣味や生き甲斐《がい》を考えると、こういう答えが一番好みなのではないでしょうか？

実際、王子は嬉しそうです。

「毒が入っているで、思い出した。成人会の時、君はワインの毒を『箱』に取り込む前に気づいたな？　毒の内容そのものは口にしてからのようだが、どうして事前に気づいたんだ？」

そこは、目の前でやってしまっているので、当然の疑問でしょう。

全てを答えるつもりはありませんが、一端だけは口にしておいた方が、無理矢理聞き出される心配が減りそうですね。

「毒を、口にしている……うちに、使えるように、なった『箱』のチカラです」

これもある意味では、王子付きの皆様の心配事を減らす能力だとは思うのですけれど。

「やはりか。毒の内容までは分からずとも、その有無だけは、上面に載せた時点で分かるのだな？」

「完全、では……ないです、から……漏れは、あると……思いますが――その、とおりです」

やはり――ということは、漠然と推測はされていたようです。

ちなみにこのチカラなのですが……判断がどうにも私の知識が基準になっているようです。なので私の知識にある毒であれば、その有無が分かるようなのですよね。

ただあくまで上面に載った時点では、私の知識にある毒が使われているかどうかだけが判明します。

実際に何が使われているかまでは、口にしないと分かりません。

もっとも、その辺りの詳細をここで語るつもりはありませんが。

「それでも充分すぎるほどだ」

そういってうなずく王子は本当に楽しそうです。

とはいえ、王子の喜色とは裏腹に、ほかの方々の顔色は悪くなっていっているようですが。

そんなやりとりをしながらも、私たちのお喋りは弾んでいきました。

徐々に話題は毒から離れていき――

そのまましばらく談笑をしていると、サイフォン王子が突然何かを思い出したように目を瞬きました。

「そうだ。君の話が興味深く、そして会話が楽しくて、すっかり口にするのを忘れていた」

「なん……でしょう、か？」

急に改めた態度となった王子に、私は首を傾げます。

「本当は一番最初に言っておくべきだった言葉だ」

少しだけ真面目な顔をして、サイフォン王子は告げます。

「突然の婚約の申し入れだったにもかかわらず、快く受け入れてくれて、ありがとう。これからよろしくお願いする」

「………」

その言葉の意味を理解するのに少し時間がかかりました。

じわじわと理解しはじめると、なんてことのない言葉のはずなのに、なぜだかとても嬉しくて

「こちらこそ……よろしく、お願いいたします」

自分でも無自覚に言葉を弾ませながら、誰も見ていない箱の中で、笑顔でうなずきました。

「これだけ話をしていて今更だとは思ったのだが、大事なコトだと思ってな」

「はい。大事な、コトです」

笑いながら告げるサイフォン王子に、私も笑いながら応じました。

互いにしばらく笑い合ったあと、私は少しだけ覚悟を決めることにします。

相手と思いの繋《つな》がりを感じた時、一歩踏み出す。

そうやって、ジャバも信頼を得ていましたからね。ここは、私も勇気を持って踏み出す場面で

す。

「殿下……！　……その、あの……もし、よろしければ……『箱』の中へと、来て……頂けませんか？」

「良いのか？」

「はい……。

殿下が、触れば……入れるように、してあり、ます……ので。

入ったら……まっすぐに、以前来ていただいた……客間に、お願い、できます……か？」

やや声を上擦らせながら、何とかそこまで言い切ると、王子は少しだけ考える素振りを見せました。

ちらりと側近たちに目線をやり、ややして王子は力強くうなずいてくれます。

「では、失礼する」

そう口にしたサイフォン王子は、席から立ち上がり『箱《わたし》』へと近づくと、ゆっくりと手を伸ばして触れてくるのでした。

◇

サイフォン王子を箱の中に招いたのには理由があります。

それは、こちらからの誠意を見せ、信頼を勝ち取る一手。あるいは切り札の一つ。

……などと、色んな理由と思惑がごちゃごちゃと入り交じってはいますけど、そういうのを脇に寄せて素直に答えてしまうなら――要するに、素顔を見せたいから、です。

王子にはどうしても、顔を見せたい。

思惑とかそういうのではなくて、純粋な私の気持ちです。

それに、渡したいものもあるんです。

だけど――どうしても緊張してしまい、ドキドキと心拍数があがっていきます。

正直言ってしまえば怖いです。でも、お母様と相対した時同様に、勇気の出しどころだと思うのです。

とはいえ、怖いものは怖いので、ドキドキしっぱなし。

そんな状態の自分を落ち着けるべく呼吸を整えようとしていると、サイフォン王子が中へとやってきました。

中に入ってきたサイフォン王子は以前同様に、きょろきょろと内部を見渡し、宙を漂うハココをつつきながら、私がいる部屋に近づいてきます。

途中にある本棚を見、何やら少し考え込む素振りを見せましたが、それもわずかな時間だけで。

どんどんこちらに近づいてくる王子に、私の心臓はどんどん激しく動きだします。

……素顔を見せたいという感情と、

……素顔を見られるのが怖いという感情と、
ごちゃ混ぜになって自分でもよく分からなくなってる中、扉がノックされました。

「はい……どうぞ。お入り、くださ、い」

「ああ。失礼する」

許可を出す声は、何とか出ました。

思わず――少し待ってと口にして、延々と待たせてしまいそうな状況だけは回避できたと言えます。

ゆっくりと部屋に入ってくる王子。

だけど、実際の速度以上に、時間の流れがゆっくりと感じます。

思わず、扉に背を向けてしまう。

入ってきたサイフォン王子は扉を閉め、私の後ろ姿を見た時に、息を飲んで動きを止めました。

……？

えーっと、どうしたんでしょう？

でも、おかげで少しだけ余裕ができた気がします。

だから……ここでッ、勇気をッ、持って――

……動けたら苦労しないワケですが……。

どうしましょう。

ドキドキばっかりが強くなって、身体が動いてくれません。

「モカ嬢？」

さすがに不思議に思ったのか、サイフォン王子が声をかけてきました。

私は上手く応えられず、その代わりというワケではありませんが、大きく深呼吸をしました。数度ほど。

そして、拳をグッと握って気合を入れて……

ふ、振り向けませんでした……。

我ながら情けないとは思うのですが、身体が強ばって動いてくれないのですよ……。

このまま振り向かなければ、招き入れたことが無意味になってしまうというのに、この期に及んで私は動けません。

「…………」

「…………」

それでも諦めず、私はもう一度深呼吸をし、準備を整えます。

敢えて声に出して、気合を入れて、あとは振り向くだけです。

「よしッ！」

……そう、振り向くだけなんです。

…………振り向くだけ、なんです。

…………振り向くだけ、なんです、が。

ダメです。どうしてもダメなんです。ダメダメです。

なんだか泣きそうな気持ちになってきます。

……見せたいのに、怖くて、怖いけど、がんばって見せたくて……。

「……うう……」

思わず両手で顔を覆います。

ジャバくん勇気をください……！　と思っても、やっぱりどうにもなりそうにない……。

『木箱の中の冒険』のように上手くいくわけが無く、私はこうやって呻《うめ》くだけしかできないのでしょうか……。

そんな時――

「ええいッ、じれったいッ！」

王子の手が、私の肩を掴《つか》みました。

「え？」

突然の出来事に反応できず、思わず惚《ほう》けた声を上げてしまいます。

「覚悟はあれど勇気が足りぬというのなら、手を貸そうッ！」

「殿下、ちょ……」

何をされるのかを理解して、思わず制止の言葉を投げようとしますが、間に合わず……。

そして、その一瞬で――グイッと私は身体を反転させられて……。

正面から……王子と顔を見合わせる形になりました。

ううう……恥ずかしい、怖い……でも――

目的が達成できたのは、少し嬉しくて……。

どんなリアクションをされるのか、怖々と待っているものの、王子に動きがありません？

不思議に思って、様子を窺《うかが》うと――サイフォン王子は、なぜか時間が停止したように硬直していました。

どうして良いのか分からず、私が恐る恐る声をかけると……

「あ、あの……」

「……！」

王子はハッとしたような様子で、再び動き出しました。

その様子に、私は思わずホッとします。

私が安堵《あんど》していると、彼にしては珍しく慌てた様子で摑んでいた肩から手を離し、私から少し身体を離しながら手を振りました。

「す、すまない」

そうして彼はいささか強引な方法で振り向かせたことを詫《わ》びてから――

「想像以上に美しかった君に、見惚《みと》れていた」

それこそ想像していなかった素直な言葉を口にしてきました。

「……ッ！」

私は……その、容姿を褒められることに馴れていません。

そもそも、容姿について何か言われたことすら少ないのです。

それを、それを……そんな良い顔で、良い声で、まっすぐに口にされたら……ッ!!

恥ずかしさと照れと嬉しさで顔どころか全身が真っ赤になっていく自覚があります。どんな顔をしているのか自分でも分かりませんが、だけど何か顔を見られたくないので、思わず両手で顔を覆い隠してしまいました。

そんな私の姿をサイフォン王子は純粋に可愛いと感じているなど、私はまったく気づかないまま。

そんな私の様子をしばらく眺めていた殿下はややして――

楽しそうに、嬉しそうに、そして見守るような眼差しで、訊《たず》ねてきます。

「ところで……かぶり物はしなくても良いのか？」

「そ、その……」

それを答えるのは、何というか、気恥ずかしくて……

もともと人と話をするのが苦手なせいで言葉が上手くまとまらなくて……

だけど、それでも――

こういう場面ではっきりと言葉にしなければ、後々にお母様を納得させることなんてできないでしょう。

だから私は、せっかく勇気と覚悟の後押しをしてくれた殿下のために、一生懸命に顔を上げて、それを答えます。

「婚約……するの、ですから……。せめて、婚約者……様くらい、には……素顔を、お見せ……する、べきかと……思いまし、て……」

相変わらず全身は真っ赤ですし、両手で顔を覆ったままというのが、なんとも情けないですが、今の私にとってはこれが最大限の勇気です。

「そうか。君の勇気、嬉しく思う」

それに王子は微笑みながら礼を告げられました。

上手く隠しているつもりのようですが本心半分に、空気を読んだのが半分といったような感じです。

あるいは、まだ出会って間もないのにどうしてそこまで自分を信用できるのか──そんな困惑も混ざっているのかもしれません。

ですが、ですけれど……ッ！

その言葉に、勇気を出して良かったと思えるくらいの感動が私の中にありました。

だから私は、女神とジャバくんにもう一歩踏み込む勇気をくださいと祈ってから、顔を覆っていた手を下ろし、用意していた小箱へと手を伸ばします。

「──それ、から……」

手に取った小箱を両手で持って、サイフォン殿下へと差し出しました。

本当はまっすぐに殿下の顔を見れればよかったのですが、顔を直視する勇気がもてなくて、下を向いたままではありますが。

「……これを、渡した……くて」

「これは？」

「箱魔法の、一つ……です」

手のひらよりも少し大きいサイズのこの小箱の名前は『送り箱』。

ハココたちと同じような顔のついた箱ですが、機能はまったく異なります。

例えばサイフォン殿下がこの箱に何かを入れておくと、私がその中身を、自分の箱の元へと手繰り寄せることができるという使い箱です。

もちろんその逆に、私から王子の小箱へとモノを送ることができます。

これを使えば私が帰領したあとも、ほぼ一瞬で手紙のやりとりができるため、使者や冒険者などを利用して手紙を送り合う必要もないものです。

「……恐ろしい能力だな」

この箱の能力に関して、さすがと言うべきかサイフォン王子は色々と思い浮かんだようですね。

でも、そういう使い方はあまりして欲しくないので――

「ですので……基本、的には……私と、殿下……のみが、利用できる、ようにして……あります」

「そうか」

色々と、制約は掛けてあります。

瞬間的に遠距離で手紙がやりとりできるというのは、連絡手段として強力ですからね。

サイフォン王子の脳裏には、婚約者とタイムラグなくやりとりできるというロマンチックな使い方だけでなく、政治や戦争での利用方法が即座によぎったことでしょう。

それは、私も考えたことのある使い方です。

でもできればそんな使い方はしたくはないので――

まぁ最後にはなぁなぁになってしまいそうな言葉ではありますけれども、意志は伝えたいわけでして……。

「それ以外に、使うつもり、も……ありません、ので」

「分かった。あくまでも我々の私用のみ、だな」

「基本的に、は……それで」

そう、基本的には、二人のやりとりだけに使いたい。

でも、そうも言っていられない状況が発生した場合は、その限りではありません。

緊急手段としての使い方そのものは否定する気はありませんので。

「手紙以外も入るのか？」

「……と、いいます、と……？」

「小物などのアクセサリーの類いだ」

「えっと……だいじょうぶ、です……。

この箱に、入るモノでしたら……」

「それを聞いて安心した。

できれば贈り物などもすぐに渡したかったからな」

王子とのやりとりで、贈り物を受け取る自分を思わず想像してしまいました。

途端、また全身が朱色に染まっていくのを自覚します。

と、とにかく何か言わないと……！

「……あの、その……あり、が……とう、ござい、ます……」

「まだ何も渡してない。礼を言うには早すぎる」

「あ、えと、そう……です、ね。その……」

私の言葉にサイフォン王子が苦笑する。

た、確かにそのとおりですよね……えっと、その、えっと……ああ、なんだか言葉が湧きませ

ん。口にしたいことが形になってくれません。

そのせいで、どんどん頭が真っ白になって……あうあう。

そんなタイミングで、『箱』の外のカチーナから、声が掛かった。

ああ、ナイスタイミングで、『箱』の外のカチーナから、声が掛かった。

『お嬢様。そろそろサイフォン殿下をお戻し頂けないでしょうか。

サイフォン殿下がお帰りになるお時間となりましたので』

だけど、カチーナの声が聞こえたおかげか、少し落ち着いてきました。

「もうちょっと……お話、したかったの、ですが……。

そろそろお時間、の……ようですね……」

「そのようだ。

是非、次の機会には箱の中を案内して欲しい」

「……はい。その時は、是非……」

殿下は私が手渡した小箱を大事そうに抱えると、客間の扉へと向かう。

その扉を開ける前に振り向き、微笑んだ。

「『箱』のままで構わぬ。また、茶を飲もう」

「……はい……サイフォン殿下」

その言葉に、私がお辞儀をすると、彼は何を思ったのかこちらへと戻ってきた。

そして、どこか真面目な顔をして告げる。

「サイフォンだ」

「はい？」

「公の場では仕方がないが、『箱』の中や手紙など、人目のないところでは、敬称はいらぬ。私も――俺も、モカと呼ばせてもらいたい」

それはとても戸惑う言葉で、だけど少し嬉しくて。

なんて返答するべきか――なんて考える前に、私は自分の感情に従うように、彼の名前を……口にしました。

「で、では……サイ、フォン……。

また、お会い……しましょう」

「ああ。モカ。またな」

それを口にすると、サイフォン王子は颯爽《さっそう》と客間を後にしていきます。

その背中はとても格好良くて、客間から出たあとも、そのまま箱の外へと完全に出るまで、私はずっと小さく手を振り続けるのでした。

◇

王子たちが屋敷を出て、彼らの乗った馬車が見えなくなった頃、カチーナが部屋に戻ってきました。

私は少し大きめな声で、カチーナに声をかけます。

「カチーナ……その、入ってきて……くれる？」

『かしこまりました』

すると、カチーナは馴れた様子で『箱』へと触れ、中へと踏み込んできます。

「カチーナッ！」

「どうされました？」

不思議そうな顔をするカチーナに、私は待ってましたと言わんばかりに抱きつきます。

「お嬢様？」

不安そうな声のカチーナに、私は自分の心情を口にしました。

それに、彼女は優しく相づちを打ってくれます。

「ドキドキした……」

「そうでしたか」

「顔を見せるの、怖かった……」

「はい」

「少しだけ、このまま……いさせ、て」

「お好きなだけどうぞ」

カチーナに抱きつき、その胸に顔を埋めるような形のまま私は動きを止めます。

抱きついていると、自分の身体が小刻みに震えていることを自覚しました。

ああ、本当に、限界だったのかもしれません。

勇気を出す、覚悟をするというのは、こんなにも大変だとは思いませんでした。

「それにしても……」

こちらの震えが落ち着いてきた辺りで、カチーナが問いかけてきます。

私はカチーナに抱きついたまま、顔を上げました。

「よろしかったのですか？　素顔をお晒《さら》しになって」

その問いに、私はうなずいた上で、私自身の考えと意図を答えます。

「……サイフォン殿下は……たぶん、一定の距離……を、越えさせて……くれない、タイプ……だから」

「――と、いいますと？」

「こちら、が……信用と、信頼を……見せて、距離を詰めて、いく必要が……あるかな、って」

だからこそ、魔法の一つをサイフォン王子に提供したんです。

「人と、一定の……距離を保つ、みたいな人だけど……誠実さは、ある……から。信用や、信頼を……必要である限り、裏切らない、かな……って」

だからこそ、勇気を出して素顔を晒すことを選びました。

素顔を晒し、手の内の一つを見せる。

それはある種の誠意ある行いとして、サイフォン王子は受け取ることでしょう。

ただ単純な婚約というモノではないのは、貴族の――それも王族と上位貴族によるものなのだから仕方がないことですしね。

「ただ……本心を、見せずに……取り繕える人、でもあるから……」

こちらの行いに対してどう思ったのかは分からないけれど――

向こうにも思惑があっての婚約だというのも理解しています。

だけど、こちらにも思惑はあるのです。

そのためには勇気を出す必要があったのだから、仕方がありません。

お互いの関係は婚約者であると同時に、互いの思惑のために利害を一致させた関係というものでありますから。

お互いがお互いの思惑の内容を読みきれずとも、婚約することそのものを利用できると判断してのことなわけで……。

「だけどそれでも――」

「お嬢様？」

「美しかった……って褒めてくれたの……。私、を」

嬉しくて、照れくさくて、恥ずかしくて……。

だけど間違いなく、私の胸は感じたことのない感覚で高鳴っていて……。

だからこそ――

私はあの瞬間に対して、願わずにはいられない。

「あの言葉は……本心で、あって……欲しい、な……」

――と。

第7章

サイフォン王子とのお茶会が終わったあとは、あれよあれよといううちに、お母様はドリップス領の領都にある本邸へ帰っていきました。

そして私は帰らず別邸に逗留《とうりゅう》決定です。

まぁ領都の本邸にいようと、王都の別邸にいようとも、私がすることは基本的に変わりません。

自室に箱を設置して、その中で過ごすだけです。

――なのですが、ふと思いついたことがあり、一枚の紙を手にします。

どう思われるかはわかりませんが、でも……ちょっとやってみたくて……。

思いついたその日の夜に、早速やってみることにしました。

《殿下はそろそろお休みの時間でしょうか？　今日も一日お疲れさまでした、どうかよい夢を》

何てことのない内容。

わざわざ手紙では送らないだろう内容ではありますが、距離を無視して手紙を送れるのであれば、その時々に合わせた内容を送っても問題ないのではないか――そう考えて、一筆認《したた》めてみました。

それを送り箱に入れて、転送します。

もちろん、送った直後に見てもらわなければあまり意味がないのですけど――

「あ」

そうです。

送ったタイミングで見てもらわなければ意味がないのです。

なので、これに気づかれず明日の朝にでも見られた場合、とても間抜けな手紙が届いてしまうのでは……ッ⁉

あまりにも浅はかだった自分の行為に頭を抱えますが、ややして、こちらの送り箱に何かが届きました。

「これは……？」

どうやら王子からの返信が届いたようです。

私の不安をよそに、無事に手紙を読んでもらえたのでしょう。

そのことに安堵《あんど》しつつも、届いた手紙を恐る恐る開きます。

《突然の手紙に驚いたが、内容には二重に驚いた。瞬時にやりとりできるというコトはこのような時間に応じた些細《ささい》な内容のやりとりもできるのだな。これはなかなかに面白そうだ。これからも気にせずに色々と送って欲しい。それはそれとして、モカもこれから休むのだろう？ ならばこちらからも言葉を返さなければ非礼というもの。おやすみ、モカ。そちらも良い夢を》

「～～～～～っ」

思わず声にならない声が漏れました。

本当に些細なことかもしれませんが、王子から返事がきたのが嬉《うれ》しくて、思わず手紙を抱きしめます。

改めて、王子に送り箱を手渡せていたのを実感します。

私とサイフォン王子の婚約はまだ正式には成立していません。

基本的には親同士が最終決定をするので、今はまだ私と王子の口約束状態で、仮婚約とも言えない状況ではあります。

お母様曰《いわ》く、お父様と陛下が色々と動き、王子までそこに乗っかってるのだから、そこまで心配する必要はない——とのことですが……。

でも、お母様がこの婚約に反対している理由どおりの懸念はどこまでもついてきます。

それをどう克服していくかを考えていかなければならないところはありますよね。

正直、それがとても難しいこともわかってはいるのですけれど。

加えて、王子の思惑が完全に把握できないのも不安です。

もちろん、婚約者としてサイフォン王子の信頼を勝ち取るための立ち回りのようなものは意識していますが、それが必ずしも効果があるというものでもありません。

サイフォン王子が私のことをどう思っているのか——

そこがなかなか分からないので、もどかしさと不安を感じている面もかなりあります。

彼が私を意識してくれるのか。

私は彼にとって面白い女以上の存在になれるのか。

とはいえ、こちらからアプローチするにも限界はありますし……。

とりあえず、この送り箱でのやりとりをもうちょっと気軽に頻繁にできるようになれば――とは思うのですが……。

◇

……などと考えていた翌日。

朝、目が覚めると送り箱の中に手紙が入っているのに気づきました。

《おはようモカ。昨晩、君から手紙をもらったので、是非ともこちらからもと考えて送らせてもらった。遠く離れた者に対しても気軽に挨拶が送れるという経験は、なかなかに新鮮だ。それに、君がいつこれに気づいてくれるか、そして返信をしてくれるのか――それを待つのも悪くない。こんな得難い経験をさせてくれるとは、君が婚約を受け入れてくれたことを嬉しく思う》

「～～～～～～っ」

文脈上、面白い体験をありがとう以上のことが読みとれない部分はありますが、それでも、王子にそう思わせることができたのは大きいです。

……でもやっぱり、サイフォン王子が私をどう思ってくれているのかというのは読みとれるわけではないので、不安そのものは拭えないのですが……。

――そんな私の不安はさておいて。

こうして、いつもどおりの日々の中に、サイフォン王子と送り箱でやりとりをするという日常が追加されました。

本来の手紙と異なり、相手に届くまでの時間がほとんどないので、お互いが送り箱の前にいると、まるで会話のようにテンポ良くやりとりできるのがとても楽しいです。

これは夜、寝る前のちょっとしたひととき――まぁ私は、おやすみなさいと言い合ったその後も夜更かししてあれこれやってることが多いですが――になっていて、サイフォン王子も離れていながらにして言葉を手早く交わし合える体験が興味深いと楽しんでくれているようです。

ただ私は楽しいと感じてはいるのですが、王子が文面どおり楽しんでくれているかどうかの判断が付かないというのは、やっぱり不安になりますね。

とりあえずは、文面を信じるだけなのですが……。

そんなワケで、お互いにこの一ヵ月の間、寝る前に日課のように、送り箱でお喋《しゃべ》りをしています。

これでやりとりしていると、《君は、口よりも文字の方が饒舌《じょうぜつ》なのだな》なんて、褒めてもらったりするのはちょっと嬉しいです。

何より他人の些細な言葉で一喜一憂する感じは、とても久しぶりで、これが人と関わるということか――なんてことをちょっと思ったりもして。

最初は良い紙を使ってやりとりしていた夜の語らいですが、習慣化していくにつれ、お互いになんだか良い紙の無駄遣いをしているような気がしてきた結果、メモの切れ端や、裏紙などを使ってやりとりするようになりました。

最初、送られてきた紙の裏側に妙な数字の羅列があったことがありました。

その数字に心当たりがあったので、それに関する情報をメモしてあった紙を裏紙に使って手紙を送ったのがキッカケだったとは思います。

そのやりとりをした翌日に、その人物の予算の使い込みが判明。捕まったようですが、まぁ特に関係はないはずです。

別の日、自分の罪を否定し、証拠がないのを良いことに言い逃れを続けていた犯罪者の証拠が見つかり、関わっていた貴族が罰せられたのも関係ありません。

前日の夜に、彼の関係者に関する情報が書かれた裏紙など、見てもいませんし、私が集めていた似たような情報の書かれたメモを返信に使ったりもしていません。

そんなワケで時々、その紙片の裏側にさらりと変な情報が混じってたりするのは、たまたまそういう紙片を使っただけなので問題ありません。

指摘しなければ、そういう事実はないんです。

……思ってた以上の速度で、政治などには使わないっていう部分がなぁなぁになってしまったところに驚いています。

まぁ、私自身もそれに応じてしまったので、仕方ないのですが。

……仕方ないとかではなく、ちょっとしたやりとり用の箱が政治的な利用がされているようにも見えますがそんなことありません。そう、別にそんなことはないのです。そういうことにしときましょう。

現状、特定の情報を主題にしたやりとりはしてませんし、そっちが主目的で使っているワケではないですし。ええ。そうです。

たまたま混ざり込んでいた情報に対しての解答になりうる情報が書かれた紙を裏紙にして、紙片としてサイフォン王子へと送っただけで、他意はありません。ええ、ありませんとも。

だけど、それでも……時々、裏面のやりとりが本来の目的で、雑談に関してはついでなのではないか——と、そう思ってしまう日もあります。

我ながら、ちょっと疑心暗鬼になりすぎているような気もしますが。

さておき、送り箱を渡した私自身もこんな頻度でのやりとりをするとは思っていませんでしたが、使い方としては悪くないのかもしれませんよね。

そんな送り箱での会話を、今日も今日とてやっています。

《そういえば、聞いておきたいことがあったんだ》

《なんでしょう？》

《モカ。君は秋の第一月にある建国祭のパーティはどうするんだい？》

建国祭。

毎年、秋の第一月の、水の曜日・風の曜日・地の曜日の三日間で行われるお祭りです。

王都や、大きい領都などでは、街中で盛り上がるそうです。

加えて、貴族の場合は三日間のパーティを行っています。

基本的に参加は任意なのですが、三日目には王様が必ず出席しますので、そういう意味では参加可能な貴族の参加は必須のようになっているそうです。

これまでずっと引きこもっていた私としては、あまり縁のない催しではあるのですが――

《出席、必須ですか？》

これも、分かってはいることではありますが、敢えて訊《たず》ねます。

ひょっとしたら出なくて良いよって言ってもらえるのでは――という淡い期待がないわけではないです。

《これまでは欠席でも問題はなかったかもしれないが、俺の婚約者様だからね。父上としては、建国祭の初日あるいは最終日の挨拶の時に、我々の婚約を国民に公表したいそうだ》

《フラスコ殿下が先にするべきなのでは？》

思わずそう認《したた》めて送り箱へと紙片を入れると、まもなくこちらにサイフォン王子からの紙片が届きました。

《兄上は今回のタイミングでの発表は見送るそうだ。婚約者のコナ嬢も理由を知らないらしい。ともかく、兄上が何を考えているかは分からないが、だからこそ父上は我々に声をかけてきた。つまるところ、建国祭の時に婚約発表をする必要があるということだ》

おぅふ……。

思わず口から変な声が出てしまいます。

私が頭を抱えていると、サイフォン王子から続けて紙片が届きました。

《その辺りを踏まえて相談がしたい。相談だけなら、送り箱でのやりとりで問題ないが、それだと表向きの相談している姿が存在しなくなってしまうからな。後日、正式な手紙が届くと思うが、夏の第三月の第一週くらいには、王都へと来てくれると助かる。婚約発表は拒否できても、建国祭の三日目にあるパーティに関しては、婚約者である以上は欠席できないよ》

……おや？

サイフォン王子は、私が帰領せず王都にいることを知らないのでしょうか……？

……そういえば、言ってなかった気もしますけど。

サイフォン王子すら気づいていないなら、過激な方々からすれば私が王都にいるというのは夢のまた夢みたいな状況なのかもしれませんね。

それはそれとして、今は夏の第二月の第一週です。

第四週が終われば、夏の第三月。第三月の第四週が終われば、秋の第一月がはじまります。

そう考えると、帰領してた場合、本当にドタバタしていたかもしれませんね。

帰領していた場合、今から王都へ向かう準備が必要でした。

以前、母国の祭事のスケジュールくらい、王族の妻としては知っていて当然だとお母様が言っていたことを思い出します。

《とりあえず、モカにお願いしたいのは》

こちらが何の返信もしないのをどう思っているのか、サイフォン王子からの紙片が連続して届きます。

《大変かもしれないが、出席するための準備をしておいて欲しいってコトかな。もちろん、俺が協力できるコトなら協力するから、気軽に言って欲しい》

そうは言われても、ここ一ヵ月ちょっとで何かできるのでしょうか……。

色々と不安はありますが、だからといって、拒絶できるものではありません。

サイフォン王子の婚約者になった以上は、いずれやってくるだろう出来事ではありますしね。

なので私は紙片を手に取り、ペンを走らせます。

《わかりました。現状では何も浮かびませんが、夏の終わりまでに何か考えておきます》

《よろしく頼む。楽しみにしているよ》

……楽しみにされているのですか……。

ああ、文面というか文字というか……にじみ出てますね。

ニッコニコの王子の顔が。どれだけ楽しみなんでしょう。

私に会いたいというよりも、私がどんな策を講じるかを、楽しみにしているようにも見えます……。

たぶん、気のせいではないのでしょうね。

私の魔法や行動だけではなく、私自身にもっと興味を持ってもらいたいのですけれど……。

うーん、私から行動と魔法を無くしたら……。

あ、ちょっと本気で家柄以外の価値のない女っぽくなりますね。

自覚するとすごい凹《へこ》みます。これ以上考えるのは危険そうです……。

何はともあれ――

「明日からは色々と考えなければなりませんね」

はぁ――と嘆息混じりに独りごちながら、私は『箱』の天井を見上げるのでした。

……さすがに、『箱』のままで良いワケではないでしょうから……どうしましょうかねぇ……。

◇

暦は夏の盛り。

外を見れば、強い陽光が降り注ぎ、庭の緑を色鮮やかに萌《も》えさせて、爽やかな風がそよいでいるようです。

見た目だけなら気持ちの良い風景と口にできてしまいますが、その実、気温はかなり高いです。

送風の魔心具《ましんぐ》を屋敷のあちこちで稼働させていても、暑さを完全に防ぐことはできないくらいには暑いようです。

窓を全開にしても暑いものは暑いわけで――

まぁそうは言っても、私の場合は『箱』の中が常に快適な室温に保たれているので、何も問題はありません。

とはいえ、私自身に問題がなくても、屋敷の中で働いてくれている人の中には暑さにやられてしまう人もいたりします。

そこで、私は自室を閉め切ってもらい、『箱』を中心に快適冷風をお裾分けして、部屋を冷やすことにしています。

消費する魔力量が増えてしまいますが、部屋の一つくらいなら問題はありません。

体調を崩した者はこの部屋へと連れてきて、水分補給をさせるようにと言ってあります。

最初こそ、両親も使用人も、みんなこぞって『お嬢様が自分の部屋を開放するのはよろしくない』と言っていたのですが、そこはカチーナに協力してもらってみんなを説得しました。


私がそれを強引に進めたのにも理由はありまして——

この『箱』の中にある『知識箱』より得た情報によれば、夏などに発生する、暑さが原因の熱中症なる病気があります。

夏の暑さが体内に溜《た》まってしまい発症するというこの病気は、最悪の場合、神の御座《みざ》への扉が開かれることまであるそうです。

それを知ってから、体調を崩す使用人たちに、熱中症の症状に心当たりがあるか確認しました。

結果として、放置しておくのは危険だと判断し、知識を得てからすぐに始めたのが、この自室を冷やすことだったんです。

使用人だけでなく、騎士や庭師などもめまいや軽い頭痛に心当たりがあったようなので、両親やカチーナを通じて、病気について通達しました。

私がいないとできないことではありますけど、私がいる間くらいはこういうことはしてあげたいなと、そういう風に思ってるんですよね。

もちろん、私が屋敷にいない場合の応急処置についても、共有してあります。

ちなみに、王子とのお茶会でこの冷風機能を使わなかったのは、まだ手札としては伏せておきたかったからです。

王子だけならともかく、お付きの方々もいましたしね。


ともあれ。

そんなワケで、『箱』の中に限らず、私の自室もそれなりの快適空間となっているんです。

それがなくなってしまったからでしょう。

領地にいるお母様から届いた雑談メインの手紙には——

『モカちゃんがいないから、涼しくない』

——という、どこかヨレた筆跡の弱音が書かれていました。

とりあえず、部屋を冷やす魔心具の研究が順調そうであるという情報を手紙に書いて送り返しておきましょう。

数年以内に部屋を暖める魔心具ともども実用化されはじめるかもしれないと補足しておけば、お母様には充分でしょう。

一応、まだ噂《うわさ》のうの字も出回ってない話なので取扱注意とだけは書いておきます。

お母様への返信を綴《つづ》り終わったら、私は箱から顔だけ出しました。

「カチーナ、これ……」

「はい。承ります」

封をした手紙をカチーナに手渡せば、あとは彼女が無事に送り届ける方法を選んでくれます。

「では、少し失礼しますね」

「うん。お願い……」

手紙を持って部屋を出ていくカチーナを見送りながら、私はぼんやりと考えます。

お披露目となると、『箱』のままではダメでしょう。

そうなった場合、がんばって外を歩く必要が出てくるのですよね。

……王子に顔を見せるだけで動けなくなった私が、顔も知らない方々の前に出られるのでしょうか……。

王城の式典用のバルコニーから国民の皆様へのお披露目ですよ？

……うん。無理です。

そんな大勢の人たちに注目されるだなんて、死んでしまいます。

はぁ――ぁ……。

今のところすぐに乗り切る手段は思いつきませんので、少し現実逃避がてらに、見聞箱《みききばこ》でも起動しましょうか。

出していた上半身を『箱』の中に戻し、私は机に向かいます。

宙を漂う知識小箱《ハコ》を手に取り、見聞箱を利用する準備をします。

サイフォン王子の着替えをうっかり見てしまった時のような、空を飛ばして操る使い方をする時は、事前にこの『箱』の中で見聞箱に魔力を与える必要があります。

その上で、『箱』から発進させないといけないという制約があるのです。

……この不便さを解消するための方法を現在検討中だったりするんですけどね。

実際、サイフォン王子と結婚して王城で暮らすようになると、今以上にその制約が煩わしくなりそうですから。

そんな想像の域をでない未来の話はさておいて――

見聞箱を好き勝手に操作する方法はとれませんが、一応その目と耳が捉えた情報を知る手段はあるのですよね。

今回はその方法で、遠い場所の様子を窺《うかが》います。

王城とか良いかもしれませんね。

お城の中庭とか、どんな感じなのでしょう？

どうやって、そんな場所に設置したのかって？

それは、秘密です。

……というかカチーナに設置をお願いしているのですが、どうやって設置してるのか、私にもよく分かりません……。

さておき、何か無いかなぁ……といくつかの見聞箱を順番に起動させていると……

中庭の人目のつかない場所に設置された見聞箱の一つに、ちょっと興味が引かれました。

見聞箱が見た光景は、知識箱を経由して、知識箱が作り出す半透明の箱に映し出されます。

そこに映っていたのは、どこかの貴族令嬢たちでした。

お城の一部は一般開放――とはいえ、利用者は利用することに気後れしない一部の貴族くらいのようですが――されていて、申請をしておけば、普段あまり使われないサロンなどでお茶会を開くこともできるそうです。

そういった催しに参加していた令嬢たちなのでしょう。

隙間の時間なのか、催しの終了後なのかは分かりませんが、サロン近くの小さな中庭で、何やらお話をしているようでした。

『……がご婚約されたそうよ』

『ええ、伺っているわ。まだ公表されていないようですけど』

どうやらお話の内容はサイフォン王子の婚約に関する噂話のようです。

『サイフォン王子と一緒の成人会に参加していた箱が相手だという噂は聞きましたわ』

『はい？』

『箱？　ですか？？？』

はい。『箱』ですよ。

正しくはその中身との婚約ですけど。

……冷静になってみると、噂になるのが早すぎる気はしますけど……。

成人会での王子とのやりとりが、そのまま婚約という尾鰭《おひれ》がついて広まってる感じなのでしょうか？

『実際のアレを見ていないと理解ができないと思いますが、箱なのです。実際に……』

『箱？』

『どうして成人会に箱が？』

『魔法で作ったものらしく、中に女性が入ってましたわ』

その光景を知っているということは、ほかの方と異なり、この人は成人会にいたのでしょう。

つまり、私と同じく夏の生まれで成人された方なのですね。

濃紫色の髪……橙色《だいだいいろ》の瞳……猫のような切れ長の目……。

はて？　私とサイフォン王子のやりとりを目撃してるらしいこの人なのですが……どこかで見覚えがあるような気がします。

どこでしたっけ？

思い出そうと、眉間に皺《しわ》を寄せている間も、そこでのやりとりは続いていきます。

『それにしてもお詳しいですわね。その成人会に出席されていたのですか？』

『ええ。もっとも、箱や王子から離れた場所にいたので、やりとりの詳細までは……。

私の知っているやりとりの全ては周囲にいた方から聞いたものでしかありません』

『それでも充分ですわ。何かご存じありません？』

『その箱とやらの中身が誰だったのか、とか』

興味津々といった様子の周囲に、頼られている感じが嬉しいのか、どこか得意げに、濃紫色の髪の令嬢が告げます。

成人会に出ていたということを思えば、おそらくあの中で彼女が一番の最年少。だからこそ、年上に頼られるというのが嬉しいのかもしれませんね。

それにしても、やっぱりこの人……どこかで見た記憶がありますね。

『事実であるという保証まではありません。それを前提に――ではありますが、私が聞いた箱の中にいた方は――』

『いた方は……？』

『ドリップス公爵家のご令嬢だそうです』

ほかの令嬢たちがわずかな間、沈黙します。

その沈黙の間に、濃紫色の髪の令嬢の言葉がじわじわと脳に浸透していったのでしょう。

そして、理解するまで浸透したところで、ほかの方々は顔を上げました。

『ドリップス公爵のご息女は箱入りだと伺っておりましたが……』

『文字どおり箱に入っていたのですかッ⁉』

あ、その驚愕《きょうがく》は成人会の時に見ました。

『しかし、これまで箱入りという噂以外を伺ったコトのない方と殿下がご婚約とは……』

『なんとなく気にくわないですわね』

『いくら箱入りとはいえ、婚約が決まった以上は、今度の建国祭のパーティには出席されますわよね？』

あ。

唐突に、唐突に思い出しました。

あるいは、彼女の仕草に思い出すキッカケがあったのかもしれません。

濃紫色の髪の方は……メンツァール家のご令嬢です。

名前は確か——ルツーラ……そうです、ルツーラ・キシカ・メンツァール嬢だったはず。

魔性式の時、私の、本を、奪った人……。

希少属性だと思われる『順』なる属性を授かったと、そういえば自慢していました……。

人のこと言えませんけど、どういうチカラを持った魔法なのでしょうか？

順番や順序を強制的に守らせる……とかでしょうか？

……よくわかりません。

『ええ、ええ。そうでしょうね。せっかくですから、皆さんでご挨拶する機会を作りたいものです』

『それは良いですわね。できれば、建国祭の前にお会いできれば良いのですけれど』

ご挨拶。ご挨拶か……。

言葉どおりに受け止めてはいけないものですね……。

この人はまた……私に、嫌な思いをさせるつもりなのですね……。

こういうのが面倒だから人前に出たくはないのですけれど……。

ここで逃げて、引きこもることを選ぶと、お母様に認めてもらえなくなってしまいそうなのが、大変面倒くさいです。

正直、ルツーラ嬢なんて、顔も合わせたくないくらいですし。

おそらくは、こういうのを上手く捌《さば》いた上で力を見せつけることが、『王家に連なる者と結婚するために必要なこと』だと、そう言われることでしょう。

器の大きさを見せつけるなり、華麗にいなすなり、豪快に反撃するなり――上に立つ者としての振る舞いというものが求められるというのは、理解できますけど……。

いざ、自分がその振る舞いを求められる立場にいるというのは、こういうのを見ると実感します。

お母様に認めてもらうだけでなく、対外的な意味でも『令嬢たちからの嫌がらせくらいは捌ける姿』というモノは必要なのでしょうけれど。

……はぁ。

今後はルツーラ嬢たちへの対処法なども、少し考えておく必要がありそうですね。

とはいえ常にこの場所で情報収集できるとは思えませんし――

ここでのやりとりを見てて思い出したのですが、すぐそこの一般開放されているサロンの中には、見聞箱の設置はしてませんでした。

なので、近いうちに設置したいところです……。

いつ、カチーナに頼みましょうかね。

サイフォン王子には、見聞箱の設置方式に関する話だけ明かして、協力してもらう……というのもアリ……かも？

その辺りも踏まえて、もう少しどうすれば良いか考えてみるべきかもしれませんね。

第８章

その日の夜も、サイフォン王子と送り箱でやりとりをしていました。

もはや就寝前の日課になってますね。

そんな、いつものやりとりの中で、サイフォン王子が書いてきた内容に、私は少しだけ悩みました。

《こうして、まるで側にいるようにやりとりができるとはいえ――やはり、お茶会のようなコトはしたいな。秋が近くなるまで、それもできないというのはもどかしいものだ》

サイフォン王子としては、単にお茶会がしたいというよりも、もっと『箱』に触れたいという本音がありそうですが、そうやって言ってもらえるのは嬉《うれ》しいものです。

――ここは素直に王都にいると、サイフォン王子に教えるべきでしょうか。

ですが、王子がこの家に来るとなれば、わざわざお母様が仕込んでいった『私は王都にはいない』という話を覆してしまうことになります。

少なくとも、送り箱でやりとりする分には、周囲に私が王都にいると思われることはまずないでしょう。

でも、サイフォン王子が家に来るとなれば、少数であっても目立つはず。
……あ。
でも、そうですね。
その辺りの話を踏まえた上で、私が王都にいるということを教える分には、おそらく王子も考慮してくれることでしょう。
それに何より、私自身が王子と直接会いたいですから。
そこまで考えて、私は紙に言葉を認《したた》めます。
《実は王都の邸宅にいます》
色々と言葉を連ねようと思いましたが、とりあえずはこの言葉でサイフォン王子の反応を見ることにしました。
《すごいな。俺も気づけないほどの情報操作か。さすがはモカだ》
《お褒めいただいたところ申し訳ないのですが、帰領する母の置き土産なものでして》
《それは失礼した。しかしドリップス公爵夫人もさすがだな》
即座に反応が返ってきます。
どこか筆跡が軽やかな感じもするので、楽しそうにしているのかもしれません。
《王都にいるのでお茶会をするのであれば可能なのですが、殿下が我が家に出入りしているのを見られると、私は領地に帰っているという話が覆ってしまうのではないかと危惧しておりまして》
《確かにな》

簡素な返事のあとで、しばらく間が空きます。

おそらくは何か考えているのでしょう。

《モカ。王都にいるというのであれば、早々の顔合わせをしたいのだが、大丈夫か？　宰相と相談の上、モカが王都にいるとバレないような形での登城方法も考えよう》

サイフォン王子からの提案に、私は眉を顰《ひそ》めてしまいました。

確かに私たちの婚約は現状、口約束状態です。

本格的な婚約状態にするには、親同士の顔合わせをした上で、双方の家が納得しなければなりません。その顔合わせの場で、婚約の成立や今後の予定なども話し合われることでしょう。

そうなると、私自身もお父様と共に陛下の前に顔を出す必要があります。

……顔合わせは、いずれは挑まねばならないことです。

それが早いか遅いかの違いであると言われればそうなのですが――

《正直に言ってしまえば怖いです。完全に箱の中へと引きこもってからは、身内以外の人とほとんどやりとりをしてなかったので》

《俺に素顔を見せようとした時もあの様子だったからな》

その返信のあと、またしばらく何も送られてこない時間が流れます。

こちらとしても何と返事をしたものかと、悩んでしまうのですけど。

《母上主催の内々の小さなお茶会という形ならばどうだろうか。事前に父上と母上に断りを入れ、無理そうなら箱から出る必要もない》

サイフォン王子から送られてくる文面から推測するに、早いうちに婚約を成立させてしまいたいのでしょう。

それが、私を思ってなのか、政治的な思惑があるのかまでは判断できませんが。

《それでもロクに喋《しゃべ》れないかもしれませんが》

《母上ならそれでも大丈夫だと思うがな。それに、顔合わせが上手く行こうが行くまいが、婚約が成立さえしてくれれば問題はない》

……その言い回しは、私よりも私との婚約に意味がある——という風にも取れてしまいます。

ちょっと悪意のある受け取り方だな、とは思うのですけど……。

ダメですね。どうしてもそう受け取ってしまって、少し悲しくなってしまいます。

とはいえ、婚約を成立させてしまいたい——という王子の考えも分からなくはないのです。

今のままですと、簡単な妨害で婚約が白紙になってしまいかねませんから。

何より、王妃様とのお茶会それ自体は、王族の妻となる以上は、今後機会も増えるわけで……。

お母様との約束もあります。

怖くて怖くて仕方がないですが、逃げるわけにもいきません。

私は『箱』の中の本棚に収まっている『木箱の中の冒険』の背表紙に視線を向けます。

ジャバくんも本当に必要な場面では絶対に逃げませんでしたから。私もがんばりましょう。

《わかりました。覚悟を決めるとします》

《君の勇気と覚悟に敬意を表するよ。でも無理はしないように》

その文章と共に、王子の爽やかな笑顔が脳裏に浮かんだのですが、その笑顔がどうにも胡散臭《うさんくさ》い感じの想像になってしまいました。

本当に心配しているかどうかすら、ちょっと疑ってしまいますね……。

それを振り払うわけではありませんが、軽く頭を振って、返事を認《したた》めます。

《はい。ありがとうございます。がんばります》

《必要な手配や相談などはこちらでしておく。君は準備だけをしておいてくれ》

《はい》

逃げることのできないことです。

予定が前倒しになる程度で、怖がっていても仕方がありません。

何より、今後は人前に出る機会も増えていくのです。

今からでもどんどん練習していかなければなりませんから。

私が小さく嘆息しているうちに、サイフォン王子からいくつかの質問が飛んできます。

それを確認し回答を書きつつも、私はカチーナに相談が必要な事柄を、王子宛の紙とは別の紙に書き記していくのでした。

◇

あれから三日ほど経った日の夜。

サイフォン王子は顔合わせの提案をしてからすぐに動きだしたのか、あれよあれよという間に彼は根回しを終えたようです。

仕事を終えて帰宅したお父様が私の部屋にやってきて、そのことについてお話ししてくれています。

私はそれを『箱』の中から耳を傾けていました。

「王妃より、お前宛のお茶会の招待状を預かった。お前とラテの立ち回りを考慮して、密かに行われる内々のモノだ。そのお茶会では婚約の顔合わせも兼ねるそうなので、途中で私と陛下も顔を出す」

その辺りは、サイフォン王子が提案してくれた話と大筋同じですね。

それにしても、三日でこのような場を準備してしまうなんて、さすがはサイフォン王子……と、いったところでしょうか。

「それで、その……その、お茶会というの、は……いつ、やるのです、か……？」

訊《たず》ねると、お父様は一つうなずき、答えました。

「三日後だ」

「え？　その、準備……期間の、ようなもの……は？」

「登城するのに問題のない最低限の格好で良いそうだ」

ドレスの準備どころか、心の準備をする時間もほとんどないじゃないですか……ッ⁉

私が驚愕《きょうがく》していると、お父様は部屋の中に控えているカチーナに声をかけます。

「そういうワケだ、カチーナ。抜かりなく準備を頼むぞ」

「かしこまりました」

お父様の言葉に、カチーナは一度うなずいてから、問いかけます。

「ところで旦那様。お嬢様は当日はどのように登城されるのか、お伺いしてもよろしいですか？」

「当然の疑問だな」

うむ――と、軽くうなずき、お父様は答えます。

「当家からの荷物運搬用の馬車で、『箱』ごと運ぶ予定だ」

「運搬用の馬車ですか？」

荷物運搬用……。

「そうだ。ラテのおかげで、モカは現在王都にはいないコトになっている。だが、そんな中で私の勤務時間中に、我が家の家紋付きの豪華な馬車が堂々と城へと行けば、色々と疑われてしまうだろう？」

「確かにそのとおりですね」

いえ、いいんですよ。

確かにお父様の言葉の意味は理解できますから……。

「ゆえに、私の出勤に合わせて荷物用の馬車も出す。それならば、私が何かを持参するために出した馬車だと思われるコトだろう。むろん、本物の持参品も用意するから、変に疑われても問題はない」

「帰りはどうなさるのですか？」

「そこも抜かりはない。今回の荷物はただ王家へ献上するだけの品ではなく、王家との取引の品だからな。こちらの荷物と引き替えに、城で別の荷物を受け取って帰ってくることになる」

「そこに『箱《おじょうさま》』を乗せられる、と」

「そういうコトだ」

そしてその王家から渡される荷物は手違いでなかなか用意されず、私が帰る頃まで準備が整わないのでしょうね。

「ほかに何かあるか？」

「『箱《おじょうさま》』はどこに運ばれるのでしょうか？」

「空き部屋をいくつか押さえてあるそうだ。そのうちの一つに運び入れる予定となっている。そのほか、詳しい手筈《てはず》や細部の詰めなどは、明日の夜改めて伝えよう」

「かしこまりました」

お父様とカチーナのやりとりを聞きながら、私は三日後のことについて、考えます。

お茶会――私は、ちゃんとできれば良いのですけれど……。

三日先の話なのに、はやくも私は不安と焦燥で体調が悪くなってきた気がします。

……『箱』の効果で、中にいる限り体調不良なんて発生しないはずなのですけどね……。

◇

私の心の準備ができようができまいが、時間というのは流れるもので――

あっという間に三日たち、私は今、王城の中にある空き部屋の一室にいます。一緒に運び込まれた箱と共に。

あとはサイフォン王子が呼びに来るのを待つだけなのですが、お父様の出勤に合わせてここに運ばれたのにもかかわらず、お茶会は午後。

そうして到着とお茶会の時間をズラすのも、少しでも私が王都にいないという誤魔化しを続けさせるための策だそうで。

なので、それまではここで『箱』のまま待機なのだそうです。

ちなみに、今日はカチーナも『箱』の中にいます。

待っている間は、カチーナと一緒にここで過ごすわけですが……。

「お嬢様、動かないでください」

「……うん」

私は椅子に座らされ、カチーナにされるがままになっています。

待機時間が長いので、最低限の準備は家でして、最後の仕上げは『箱』の中ということになったのです。

ちなみにこの着せかえ状態――実は家を出てすぐから、こんな感じになっています。

馬車の中であろうと、誰かが持ち上げて運んでいようと、『箱』の中には何一つ影響はありません。

なので、カチーナは運ばれていることなど気にせずに、私を飾り付けていきました。

到着してもなお、あーでもないこーでもないと言いながら、カチーナは色々と合わせてくるのです。

「……最低限で、いいって……言ってたけど……」

「はい。ですので、最低限ナメられない姿になるように着飾らせていただいております」

そもそも、完全な内輪のお茶会に近いものなので、そこまでナメられることはないでしょうけれど……。

そんなことを思いつつカチーナの顔を見て、私は諦めました。

一見、いつもどおりのクールな顔のようで、明らかに楽しんでいる顔をしてますもの。

カチーナは私が唯一、『箱』への自由な出入りを認めている人物です。

加えて、私は『箱』の中に、カチーナの部屋も用意してあります。

……いずれは、サイフォン王子の部屋も……いえ、今はそれは置いておきましょう。

ともあれ、用意した部屋はカチーナの自由に使って良いとしていたのですが、彼女はその部屋に、『箱』の中でも私の侍女として仕事ができるように、必要な道具をアレコレと――そして、本命として色んなアクセサリーやドレスなどを置いていました。

最初こそ、カチーナはそういうドレスや小物を集めるのが好きなのかと思っていましたが、実はそれは私の勘違いで……。

カチーナ曰《いわ》く、あの部屋に置いてあるモノの大半は、値段や作り手に関係なく――ただ純粋にカチーナから見て、私に似合うだろうと判断したものなのだそうです。

タダ同然の安物であろうとも、私の魅力を引き立ててくれるだろうモノであれば購入し、どれほど高価であろうとも、私に似合わないと思ったのであれば見向きもしない。

そうして購入したものを選別してこの『箱』の中の部屋に置いているようです。

今回のお茶会はそれらコレクションが火を吹くに相応《ふさわ》しいとでも思ったのか、何やら気合も入っています。

私は私で、椅子に座りながら世を儚《はかな》んでいます……。

このまま世間に対して不貞寝したい気分です。

いや、もはや逃げられるものではないと分かっているんですけど、やっぱりまだ色々と心境的に覚悟が定まってないというか、勇気が足りてないというか……。

この期に及んで、まだ逃げ出したくて仕方ないのです。

ここまで来たら腹を据えろよと言われそうなんですが、無理です。

本気で無理です。

……失敗しても良いからと言われても、失敗するのが怖いのです。

いえ、むしろ失敗しかしない気がして……ならこんなコトしなくても良いのでは？　となってしまって……。

「お嬢様」

「……なに？」

「私も人のコトを言えませんが……それでも、もう少し明るい顔をなさってください」

言われて、私は思わず自分の顔に触れます。

「……そんなに、暗い……顔を、してた……？」

「はい」

真顔でうなずくカチーナ。

まぁそうですよね。こんな不安感いっぱいなら、表情も暗くなるでしょう。

でも――

「もともと、そんなに……明るく、は……ないよ？」

「何ともお答えを返しにくいお言葉ですが……。表情が大きく変わらずとも、視線や口角などの些《さ》細《さい》な部分で、印象が変わります。それに何より、先ほどからずっと普段よりもそれらが暗く見えるような動きをしておりましたので」

そう言ってから、カチーナは自分の指で口の両端を軽く持ち上げます。

「このように――表情を上手く作れずとも、口角をわずかに上げるだけでも、印象が変わるものです」

「指が邪魔で、よく、わからない……かな？」

思わず意地の悪い言葉が口から出ます。

それに対して、カチーナは顔から指をどかしますが、その表情は微笑を保っていました。

主従揃《そろ》って普段の表情が冷たい感じという自覚はあるのですが、カチーナはそんな印象が吹き飛ぶくらい美人な笑みを浮かべているのは、ちょっとズルいのではないでしょうか。

加えて、その微笑み顔のまま――

「そう言われると思っておりました。これで、どうですか？」

――なんて返してきたので、完全に私の負けです。

別に勝負らしい勝負なんてしてなかったのですが、そう思ってしまうくらいの敗北感はあります。

そして、カチーナは私のことをよく理解しています。

なので、こちらから何も言わずとも、完全に私が負けを認めているのだと、分かっているのでしょう。

「お嬢様が此度《こたび》のお茶会に対して大きく不安を抱いているのは理解しております。王妃様とは初対面となりますし。ですが、殿下や旦那様も仰《おっしゃ》っていたでしょう？　最悪『箱のままでも構わない』と――それでも、より良い印象をもってもらいたいなら、たとえ『箱』のままであったとしても、笑顔とまで言わずとも、微笑を浮かべ続けるコトは大きな武器になります。今日はその練習ができるのだと思えば良いのではないですか？」

「そ、そうは……言っても……」

「幼少の頃はできていたそうですから、きっと大丈夫です」

普段あまり表情の変わらないカチーナが、はっきりと表情を出し、純粋に私を信じてくれているかの笑みで告げました。

きっと大丈夫、と。

そう信じてくれていることの分かるカチーナのレアな笑顔。

あ、あ、あ……。

期待を、カチーナの期待を思うと、どんどん、息苦しくなっていくの、ですが……。

「お昼までまだ少し時間もありますし、背筋を伸ばす練習と、口角を上げる練習……少ししましょうか」

いつもの表情に戻りながらも、心なしか嬉しそうなカチーナを見るに、本当に信じてくれているのでしょう。

練習となればスパルタ気味になるカチーナですが、それは忠義からくるものであるのは、普段の彼女を見ていれば分かります。

……分かるからこそ、余計に辛いのですけれど……。

「きょ、今日のカチーナは、だいぶ……やる気いっぱい、だね」

「もちろんです」

思わず口にした私の言葉に、カチーナは大きくうなずきました。

「お嬢様の性格上、今回の件は拒否したいと強く願っているコトは理解しております。ですが同時に——いえ、それ以上の強い思いが、殿下との婚約に対してあるのも理解しておりますので。今後のお嬢様のお立場や心境を思えば、どれだけお嬢様が強い拒絶を示したとしても、今回は成否問わず参加させるのが、お嬢様がもっとも望む結末に近づくと、そう考えておりますのでッ！」

全てはお嬢様のためです――そう言い切るカチーナが眩《まぶ》しいです。

私の性格を熟知して、私の望みを理解して、その上で私が目指す結末のために先んじて動き、私を支え、時に咎《とが》め、最後には私が真に喜ぶだろうところを目指す。

……ああ、カチーナの厚くて熱い従者の鑑《かがみ》のような忠誠心に、心が吐血しそうです……。

「それにしても、少し遅いですね」

予定の昼過ぎ頃になっても誰の迎えも来ないので、カチーナが首を傾げます。

確かに、遅いですよね。

そろそろ誰か迎えに来ても良いような気がしますが……。

「お嬢様」

「なに？」

「何か手違いがあったのかもしれませんね。少々、様子を窺《うかが》うために外へ出させていただきます。城内の構造は把握してますので、旦那様か殿下はすぐに見つけられると思いますので」

見知らぬ部屋で一人にされてしまうのは少し心細くはありますけど。

まぁ普段から基本的に一人で『箱』の中にいるだろ、と言われてしまうと、そのとおりではあるのですが……。

「誰かに、見つかったら……大変、じゃない？」

「誤魔化す手段はいくらでもありますので」

うーん……。

でも、このまま迎えが一向に来ないというのも問題ですしね。

私自身は『箱』から出る気もありませんから、大丈夫――でしょう。きっと。

「わかった。よろし、く……ね」

「はい。

大丈夫かと思いますが、お嬢様は『箱』から外に出たりはしませんよう、お願いします」

この『箱』は頑丈でもあるから、中にいる限りは危害を加えられることもないですから。

何せ、騎士団長を務めたこともあるお爺様《じいさま》の本気の一撃を受けても、『箱』には傷が一つもつかなかったくらいですので。

そうして『箱』から出ていくカチーナを見送って、空いた時間をどうするか考えます。

『箱《わたし》』が置いてある場所は、どこかの空き部屋のようです。

そこに、『箱《わたし》』と一緒に運ばれてきた箱たちも置いてありますが、全てではなく半分くらいですね。

おそらく残り半分は別の場所に置いてあるのでしょう。

むしろ、その残り半分が置いてある場所こそが本来、私がいるべき場所だったのかもしれません。

だとすると、それに気づいたお父様やサイフォン王子などが慌ててしまっているような気がするので、カチーナに確認してもらうというのは正解だったのかもしれないですね。

とはいえ、結果が分かるまではイマイチやることがないのも事実。

だからといって、『箱』の中のベッドなどに横になるには、すでにあれこれセットされてしまっている身としては難しいわけで……

とりあえず、本でも読みましょうか。

私はメインルームに設置してある本棚から、『木箱の中の冒険』を手にとります。

『箱』の機能でお茶を淹《い》れて、座り心地の良い椅子に座りながらのんびりと待つとしましょうね。

そうして、本へと意識を沈めてしばらくした時――

「これでよろしかったですか？」

「ええ、そうです。このサロンへと運んでもらったつもりだったのですけど、なぜかあの部屋へ置かれてしまったようで」

「それは大変失礼しました。

あの部屋は何かの荷物置き場になっているようですからね。運んだ者が勘違いしてしまったのかもしれません」

何やらそんな会話が聞こえて、ハッとしました。

どうやら、本に集中しているうちに、運び出しが始まってしまっていたようです。

もしかしたら何度か声が掛けられていたかもしれません。

その罪悪感と、申し訳なさから、少しだけ冷静さを欠いていたのでしょう。

さらに言えば、『箱』のままとはいえ王妃様とのお茶会です。緊張感もあったのでしょう。

本来の私であれば、もっと冷静に周囲の確認をしていただろうに、それを怠って思わず声を出してしまいました。

「反応を、せず申し……訳ありま、せん。お部屋に……到着したので、しょうか？」

声を出して、しまった……と思いました。

お茶会はお茶会でも、ここは王妃様とのお茶会の場ではありません。

どういうワケか、私はまったく無関係のお茶会の場へと運び込まれてしまっていたようです。

「あら？　やはり中におりましたのね？」

「え？」

こちらを見下すような目をする女性に、見覚えがあります。

この『箱』にもっとも近い位置から下目遣いで『箱』を見下ろしているのは――

「どうしてお城に運び込まれていたのかは分かりませんが、荷物に紛れておりましたのよ。そのまどこか遠くへ運ばれてしまっては大変でしょう？」

ルツーラ・キシカ・メンツァール嬢。

魔性式の場で、私の本を奪った人。

おそらく、空き部屋に運び込まれるところを目撃されていたのでしょう。

ルツーラ嬢は同じ成人会の会場にいたようですし、『箱』の見た目を知っていても不思議ではありません。

「成人会の会場で遠くからとはいえ見ておりましたからね。ほかの箱と共にどこかへと持ち運ばれ

てしまう前にと、この場所へと運ばせていただきましたの」

ほかの荷物に紛れていたことが裏目に出てしまいましたか。

恩に着せるような言い方をしていますが、完全に私がこっそりお城へと登城したのだろうことを疑ってないようです。

しかし、ここでお礼を返すのは悪手ですよね。

文字どおり恩に着せられかねません。

お父様がメンツァール家をどう思っているのかは分かりませんが、私個人としては仲良くなんてしたくないですからね。

特に、この、ルツーラ嬢とは。

「どうなさいました？」

「何か仰られてはどうです？」

「何が起きたのか分からず混乱されているのではなくて？」

「もしかしたらお昼寝でもされていたのでは？」

「箱の中でお昼寝だなんて、優雅なことですね」

そして、こっちが黙っているのを良いことに、この会場に集まった令嬢たちは好き勝手言ってきます。

中にはこちらを見て、ハラハラした様子や、心配した素振りを見せている方がいるのは、多少の安心材料でしょうか。

全員が全員、ルッーラ嬢に便乗するような方々でないことは、とても良いことだと思います。

それはそれとして、この場をどう乗り切りましょうか。

「いくら人嫌いの箱入りとはいえ、お礼くらいは言えませんの？」

このまま黙ってても良くないですよねぇ……。

ルツーラ嬢は、口を開かずけれども意地悪そうな顔でニヤニヤしてますけど。

そういえば、ここへ連れてきた経緯を説明して以降、ルツーラ嬢は喋っていませんね。

私をドリップス公爵令嬢であると理解しているからこそ、あとで揚げ足を取られかねない迂闊《うかつ》な発言は控えている――と、いったところでしょうか。

だとしたら、逆に好き勝手言ってくる方々は、相手の身分を気にせず体の良いサンドバッグがやってきたとでも思っているのでしょう。

んー……まぁ録画はしておきましょう。

サイフォン王子は好きそうですし、こういうの。

それと、送り箱でメッセージですね。

《なぜか、令嬢たちがお茶会をしている一般開放サロンへと運ばれてしまいました》

――と。

サイフォン王子が気づいてくれれば良いのですが。

「極度の人見知りで、お話をするのが苦手だとは伺っております。ですが、せめてお顔を見せていただけませんこと？　それとも、それすらできないほどに、人嫌いなのですか？」

私が箱の中であれこれとやっているうちに、業を煮やしたのかルツーラ嬢がそんなことを言ってきます。

気遣うような言い方ですが、明らかにこちらの瑕疵《かし》を付ける気まんまんですよね？

顔を出さず、名乗らなかった場合、そんな礼儀ができない奴が王子の婚約者なのか――と、その手の嫌みと噂《うわさ》が広がっていくことでしょう。

まぁ顔を出したところで、ロクに喋れなければ結果は同じでしょうけれど……。

さて、現実に向き合うとなると、対応が必要なんですけれど――

困りました。

何か反応するべきなんでしょうけど、反応しようとすると、心臓が嫌な感じにバクバクと言い始めます。

サイフォン王子に素顔を見せようとした時とは全然違う――心臓が早鐘を打つことで、まるで私自身を追いつめていくようです。

それでも何とかしないと――と、考えるのに、思考がまったくまとまってくれません。

どんどん悪化していくように、何も考えられなくなっていきます。

「……ぁ」

それでも何とか声を出そうとして無理して喉を震わせてみたものの、出てくるのは掠《かす》れたような吐息だけ。

嫌な汗が流れはじめます。

反応しなければならないという脅迫感にも似た感覚。

反応しようとするものの声が出てくれない焦燥感。

「……ぁ……っ……」

バン！　と誰かが『箱』を叩《たた》きました。

普段なら気にも留めないはずなのに、今のものにはビクンと身体が大きく反応してしまいます。

どうにか……どうにかしないと……。

「はぁ……はぁ……はぁ……」

無自覚に呼吸が荒くなっていて。

無意識に両手の拳を握り込んでいて。

怖い……辛い……吐きそう……泣きたい……。

もともと人と話をするのが苦手で、魔性式の時に本を取られたのが引き金となって引きこもるような生活を始めたのに。

また、ルツーラ嬢の嫌がらせで、こんな気持ちになるなんて……。

あの時は、身分を明かせない場で、彼女は調子に乗っていただけだけど。

ここではそれも明かされている状態で嫌がらせを……。

……て、あれ？

嫌な記憶を思い返していた時、ふと何かが引っかかりました。

……皆さん、私が誰か分かっているのでしょうか？

そんなささやかな疑問が湧いた瞬間に、視界が開けた気がします。

反応しなきゃ反応しなきゃという言葉ばかりで、どんな反応をすれば良いのか不明瞭で、だからこそ何もできてなかったのかもしれませんね。

声を出すのは勇気がいりますけど、だけど、それでも——

思い出すのは大好きな物語。『木箱の中の冒険』の主人公であるジャバくんは、悪い国の兵士たちに囲まれてピンチの時も、一筋の光明を見つければ、一歩踏み込む勇気を持ってそこへと飛び込んでいきました。

……私も、今この瞬間、その勇気を少しでも分けてもらうべき場面かもしれません。

それに、お母様から「この程度を捌《さば》けないで、どうするの」なんて言われてしまう場面である以上、乗り越えなければなりませんしね。

何より、サイフォン王子やカチーナが助けにくるのを待っているだけでは、王族の妻らしくないと言われるネタとなってしまいます。

いつの間にか、きつく握り締めていた拳をゆっくりと開いていきます。

その汗ばんだ手を片方、胸に当てて大きく深呼吸。

カチーナは言っていました。絶やさぬ微笑は武器になると。

どんな時でも、優雅な笑みを。たとえ相手に私の顔が見えずとも。

この程度の嫌みや嫌がらせ、引きこもる前なら躱《かわ》せていましたから。

今からそれを、思い出すだけです。当時よりも頭と知恵の巡りは良くなっているはずですしねッ！

さぁこの顔《て》に、武器《ほほえみ》を携えたなら——

主人公のような勇気を少しでも抱えて、一筋の光へと踏み出しましょうッ！

やる気が出たなら、あとは勢いに任せます。

もはや周囲の嫌みの類いは右耳から左耳。

時折、『箱』が叩《たた》かれたりもしてましたが、そんなことなど、どうでもよく。

「あ、あの……ッ！」

私が勇気を出して上げた声は、思っていたよりも大きかったようで、皆さん、驚いたように動きを止めました。

チャンスです。

ここを逃してはダメです。

たとえ『箱』のままであったとしても、あからさまにナメてくる相手に、遅れをとっていてはいけないはずです。

「み、皆様は……その、私が、誰か……ご存じ、なの……ですか？」

ある意味で、成人会でサイフォン王子が私に問いかけてきた時と同じ質問の仕方です。

その質問のタイミングの関係で、私から名乗らざるを得ませんでした。

では、今回は？

あの時と同じです。実際に私を知っているかどうかは問題ではなく、質問に対して、どう答えるかが問題になってくる話なのです。

一度、大きな声を出したからか、かなり頭がすっきりしてきました。

もちろん怖いは怖いですし、声を出したり喋《しゃべ》ったりは、あんまりできそうにないですけど、だけどそれでも――この場を乗り切るくらいには、思考も舌も滑らかに回転させていかなければなりません。

でも息苦しさは薄れてます。

始まってしまえば、最後まで走りきるしかないのです。

やれる限りのことはやりましょう。

緊張と、恐怖と、不快感と、焦燥感と、そんな色々がごちゃ混ぜになった息苦しさで倒れるのは、この場を乗り切ったあとでも、遅くはないのですから。

皆さんには気づかれぬように、深呼吸を繰り返したあとで、こっそりと周囲の様子を窺《うかが》えば、答えあぐねた皆さんが困っている様子。

それでも、その辺りの駆け引きが読めない方もいるようで。

「存じ上げておりますわ」

私を囲んでいる一人が、自信満々に答えました。

その方に対してルツーラ嬢は目を眇《すが》めましたが、それだけです。

「つまり……私が、誰であるかを……知って、攻撃、した……と」

このように、知っている——と答えた場合、ドリップス公爵家の人間を相手どって囲んでいじめていたことになります。箱を叩いた人もいたのですから、暴力も振るったと取られても不思議ではありません。

「では……ご覚悟を。当家は、表立って……敵対する、者に……容赦は、しません。箱の、中からでも……お顔は、見えてます、ので……。記憶力には、自信があります……よ？」

私はそう断言してみせます。

見たところ、このお茶会には王族も、うちと同格の家格を持つ人もいない様子。つまり、この場においてもっとも家格が上なのは私ということになります。

そうなると、私を知っていると答え、それに同意した人は身分も理解せず目上の相手を自分の機嫌の赴くままに、直接的な攻撃を加える方々、となります。

「え？」

「相手の身分を、知ってなお……躊躇《ためら》わず、表立って……攻撃をする。そんな……危険な、相手を——その家を……放っておく、わけ……ありません、でしょう？」

当然、そこまで読めている人たちからすれば、それを不味《まず》いと思うのでしょう。

では、知らない——と答えた場合はどうでしょう？

「ところで、ほかの方々は……私のコト、知らなかったの、ですよ……ね？」

これもこれで問題となります。

なぜならば、彼女たちは――

「つまり、皆さんは……誰とも知れない、女性に対して……嫌みを口にし、時には……暴行を、加える……集団である……と、そういう、コト……ですよ、ね？」

もちろん、このことはお母様たちに報告します。

これから王妃様ともお茶会がありますし、せっかくだからその場で報告するのもありでしょう。

攻撃をするというのは、反撃を受けるリスクと常に隣り合わせである自覚が、彼女たちには足りなすぎると思います。

そもそも彼女たちの中に「何が起きたのか分からず混乱されているのではなくて？」と口にした人がいる以上、私の正体がなんであれ、状況が分からず困惑している女性が入っている箱を叩いてたことになるんですよね。

「それに、噂《うわさ》が……立っていま、したよね？　私と、殿下の……。しかも……箱に入った、女という……情報も、噂には、あった……はずです」

噂の程度にもよりますけど、婚約は噂になっているのは間違いなく……。

以前、覗《のぞ》き見した時のやりとりを思うと、私が箱入（物理）令嬢だという話は、ある程度広まってるはずです。

「……私が、誰であるかも、想像できない……ほど噂に、疎いだなんて……皆さん、貴族の……女性社会で、生きていけます、か？」

貴族の――とりわけ女性の社交は流行と噂に敏感でなければなりません。なのに彼女たちは私のことを知らないと言うのですから、こう思われても仕方ないですよね。

そんなワケで個人的にはどっちで答えてくれても問題はない質問でした。

「基本……自宅の自室で、しかも箱の、中で、生活している……私より、噂に疎い……って、さすがにちょっと……どうかと、思います、よ？」

『箱』の中に引きこもっている私が言うのもどうかと思いますけど、この人たち――自分たちが成人会を終えた貴族の一員であるという自覚が少し薄すぎませんか？

人に嫌みや皮肉を言うのはそこまで得意ではありませんが、でもまぁそれも貴族の嗜《たしな》みだというのであれば、がんばります。

それはもう、やるなら徹底的に。とことんまで相手の戦意を削ぎましょう。それがお母様とカチーナからの教えです。

貴族としての戦い方や立ち居振る舞いは、一応習ってますからね。

「先ほど、困惑する……私に、『何か……言ったら、どうです、か？』などと、仰《おっしゃ》った……皆さんらしく、ありませんよ？　お答えを、してくれない方々……は、私を……知っているの、ですか？　知らない……のですか？　ただそれだけの、質問に……どうして、それほど悩まれて、いるのでしょう？　もしかして……分かっている、から……答えられ、ないの、ですか？」

ダメ押ししてみました。

これで『分かっているから答えられない＝沈黙は肯定と見なす』――ということになりましたので、何も答えない場合、この人たちは私が誰であるか知ってて嫌がらせをしていたことが確定します。

こういう、相手をハメるみたいなの、本当に好きじゃないのですけれど、だからといってやられっぱなしでいるわけにもいかないので、やるしかありません。

こういう駆け引きがあまり好きじゃないから、引きこもってる身としては、シンドいです……。

でも、やらないのは逆効果なのでやるからにはやり抜きます。

「…………っ」

近場の皆さんは、青ざめたり、歯を食いしばったりしている様子。

遠巻きに見ている方たちは……あれ？　若干、退き気味なんですが……。

だ、だいじょぶですよー？

私、怖い箱じゃないですよー？

まぁ、それはそれとして、ルツーラ嬢……。

あくまでも一歩引いた場所にいるのですね。

自分は連れてきただけという言い訳のため、というところでしょうか。

立ち回りとしては悪くはありませんけど、それは現状を傍観者に徹しきれた場合です。

そんなもの、私は許すつもりはありません。せっかくですから魔性式の時の本の恨みを晴らすのも悪くはないですね。

「貴女は私をご存じなのですよね？　ルツーラ・キシカ・メンツァール様？」

引きこもってからの私史上最高に滑らかに詰まることなく淀《よど》みなく完璧な発音でそれを言いきれ

ました。

さぁルツーラ嬢？　名指しされた以上、反応は必要です。知らぬ存ぜぬは通用しませんよ？

「…………」

とはいえ、ほかの令嬢に比べるとまだ冷静なルツーラ嬢は、わずかな逡巡《しゅんじゅん》の後に答えます。

「ええ、存じ上げておりますよ。ドリップス家の方であるコトは」

「そう……でした、か。知っていたのに、皆さんの……行為を止めなかった、の……ですね。つまり、貴女から……すれば、この人たち、なんてどうでも……よかった、のですか？」

すかさず――というほど滑らかな反応ではないですけど――私は質問を投げます。

さっきまで沈黙していた人たちの顔色がさらに変わりますが、気にしません。私にとっては、どうでもよい人たちですから。

「どうでもよいだなんて、思ってはおりませんわ」

多少冷静さを伴って反論してきますが、反論になっていません。

「ではなぜ、私に……対する、攻撃を、やめなかった……のですか？」

結局、この質問がキモです。

どれだけ反論しようとも、これに筋の通った返答ができなければ、説得力は生まれません。

「……それは……」

「それは？」

「は、箱に入ったまま、顔を見せない人に答える気などありませんわッ！」

「おかしな、コトを……仰います、ね。この件に……関しては、私が箱の中に……いたままだろうと、外に出ようと、あまり関係ない、のでは？　質問の内容は、『なぜ、私に……対する、攻撃を、やめなかった……のか』なのです、から」

ルツーラ嬢は答えられず、露骨に機嫌の悪そうな顔をしましたが、それでは返答になりません。でも、すぐに返答してくれるわけではないでしょうから、ちょっと余計な話でもしましょうか。

「あ、ちなみに。私を……囲んでいる、方々で、まったく、答えを返して……こない人……。皆さんは、私の質問を……肯定したって、コトにします、ね。途中で、私が……ルツーラ様に、声をかけた……せいで、タイミングを逸した……とか言い訳された、としても、聞く耳は……持ちません。だって、私がルツーラ様に、声をかけるまで……時間は結構、ありました、もの。そこで……答えられなかった、人たちが……今更、答えてくれる、なんて……思ってはいません、から」

あー……一気に喋ったら喉が渇きましたね。

私は、皆さんがまとめて顔色を悪くするのを確認しながら、本を読み始める前に淹《い》れたものの、すっかり冷めてしまっているお茶で喉を湿します。

ふとサロンの奥を見ると、遠巻きにこちらを見ていた方々から畏怖の視線を感じます。

嫌がらせに関わることなく、サロンの奥で縮こまってただけの方たちにまで怯《おび》えられるのはちょっと不本意なのですけど……。

心臓の嫌な動悸は未だに続いてますし、泣きそうで吐きそうなのも、現在進行形で、それでも表情や声には出さずにがんばっているのに……。

まぁいいです。

最後までがんばりぬきましょう。

次の質問です。

「ところで……皆さん、どうして、そんなに……青くなられて、いるのです……か？　もしか……しなくとも、箱に、引きこもった、私が反撃……なんてしてくるとは……思わなかったと、そう考えて、いらっしゃるので？」

だとしたら温《ぬる》い考えと言いますか、浅はかであると言いますか……。

「それが、どのような……手段であれ、攻撃をして良いのは……反撃される、覚悟がある者……だけ——そんな、お話を……ご存じでは、ありませんでしたか？」

ああ、ますます固まってしまいましたね。

図星だったのでしょうか……？

この質問にも、答えは返ってこなさそうです。

小さい頃、反撃をしなかったのは面倒くさかったからですし。

引きこもってからは、反撃する必要のある場面には出くわしてきませんでしたし。

反撃してこない相手と思いこまれても仕方なくはありますが、でも私がそれを公言したことはありませんからね。

……そういえば、ルッーラ嬢って私のことを覚えているのでしょうか？

小さい頃のことをいつまでも――とか思われるかもしれませんが、せっかくなので、十年越しの反撃をしてみますか。

「ああ、そういえば……ルツーラ様。少々、ご確認したいコト……があるのです、けれど」

「な、なに……？」

「モカ・フィルタ……という名前に、覚えは？」

「え？」

突然、何を――という顔をするルツーラ嬢の横で、何かに気づいたらしい取り巻きの女性が目を見開きます。

「魔性式の時に、聞いた名前ですけど……まさか……」

「ああ。当時から、ルツーラ様の……取り巻きで、いらした……方です、ね。今も……まだ、ルツーラ様と、ご一緒だ……なんて、仲がよろしいコト」

自分でも、思っていた以上に低めの声が出ました。

あの時の出来事は、自分で考えている以上に、結構怨みが深いのかもしれません。

ここで名乗りを上げれば完璧なのでしょうけれど……それだけでは、足りない気がします。

……ああ、思いついてしまいました。あと、もう一歩を。

それを思いついてしまったことを後悔したいくらいです。

でも、だけど……。

最高のタイミング。最高のシチュエーションです。

彼女に対して反撃するのであれば、ここしかないってくらいの状況です。

終わったあとで、ストレスと緊張で吐いて倒れるかもしれませんけど……でも……。

ジャバくんが旅の途中で出会った人も言っていました。

死中に活あり。手元に活路が来たのであれば、躊躇うことなくつかみ取り、それをモノにしながら、その死中を乗り越えるんだ――と。

私は『箱』から腰くらいまで外に出て、ルツーラ嬢に最高の笑顔を見せて、名乗ります。勢いのままに。

「モカ・フィルタ・ドリップスと、申します。魔性式の際は、わざわざ、フルネームを……名乗ってくださった、のに……その場の、マナーにおいて、フルネームを……名乗るコトが、できなかった……失礼をお許し、ください、ね？」

ああああああ……勢いのままに――そのつもりだったとはいえ――やってしまいました。

自分でやっておいて、胃がシクシクします。顔には出しませんが。

でも、やったことに後悔はありません。

このくらいやっておかないと、この先もナメられっぱなしになるでしょうから。

ナメられっぱなしというのは、王族の妻としてもよろしくないですものね。

さぁ、ここからどうされますか？　ルツーラ嬢？

◇

箱から腰元まで出して、背筋はまっすぐに。

瞳には感情と意志を込めて。だけど口元は優雅な笑みを。

実践するのは初めてに近い淑女教育の成果ではありますが、それなりにできていると思っております。

時と場合によっては瞳からも感情を読みとらせないようにするべきですが、この場においては感情を明確にしておくべきですからね。

とはいえ、感情を明確にしたいからといって感情のままに振る舞う行為は淑女ではありません。

なので、瞳で語るのだそうです。

なんて回りくどいやり方でしょう。でもそれが淑女らしさ、貴族らしさであるというのであれば、やってみせましょう。

この場においては、その淑女らしさ、貴族らしさこそが最大の武器であり防具です。

……それはそれとして、やはり『箱』から外に出ると暑いですね。

送風の魔心具《ましんぐ》は機能しているので、サロン全体を優しい風で包んでこそいますが、完全に温度を下げるには至っていないようです。

やはり部屋を冷やす魔心具は、早急に完成して欲しいものですね。

まぁ私は箱の中にいれば良いので、あまり問題はないのですけど。

そんな気温のことはさておいて――

「ねぇ、ルッーラ様。魔性式の……時のような、振る舞い。その、在り方は……今もなお、続けて……ていらっしゃる、のですか？」

身分をひけらかし、下だと断じた気に入らない相手を徹底的に貶《おとし》めようとする。

当時、私に対して見せたその振る舞いと行いは、今もやっているのでしょうか？

「できれば、今もやって……いる方が、私としては……好ましい、のです、が……」

「な、なぜですか？」

あら？　ルッーラ嬢がなぜと問いますか。

なんとも察しが悪い人です。

まぁこれから言うことを思うと、傍から見れば私もだいぶ性格が悪く見えるかもしれませんけど。

「なぜって……。貴女が、そういう……人であるならば、私は……躊躇うコトなく、存分に……貴女を――ルッーラ様を、存分に……見下せるでは、ありません……か。自分の、方が……身分が上だから、下の者を……貶めて、好きに扱って……良いのでしょう？　嫌がる、相手から……本を取り上げ、大切にしている本を、床へ叩きつけたり……して、良いの、でしょう？」

私自身、自分がどんな顔をしているのかよく分かりません。

笑みだけは絶やしてないはずですが、それがかえって恐怖を引き起こしている可能性は――まぁ無くもないでしょう。

「モ、モカ様は……私に何をするつもりですか……ッ!?」

「さて、何を……しましょうか？」

ルツーラ嬢の質問に対して、ニッコリと、笑ったつもりです。笑ったつもりなんですけど。

いや、ほんと奥で見ている人たちがドン引きしている様子が視界に入ってくるのは、だいぶ堪《こた》えるのですけど……。

「だ、だったらッ！　やってやりますッ、何かされる前に……ッ！」

ちょッ⁉　ルツーラ嬢ッ⁉

そういうヤケはちょっと良くないと思いますけどッ！

予想外の行動に、私は目を見開きます。

ルツーラ嬢は左手を開いてこちらへ向けて掲げながら、走ってきました。

左手の手のひらには、何やら、目のような形の模様が浮かび上がり妖しい光を放ち出しました。

「……ッ！」

あれは、良くないモノです……ッ！

ほとんど咄嗟《とっさ》に、何か考えていたわけでもなく、そうしようと思考したわけでもなく、本能に近い感覚で、私はルツーラ嬢の手を払い、突き飛ばします。

きっと、サテンキーツ家の武人の血が、私の本能に作用してくれたのかもしれません。実際はどうであれ、そう信じたいくらいには、咄嗟に捌《さば》くことができました。

「ふ、ふふふふ……」

ただ手を払われ、私に突き飛ばされて尻餅をついたにもかかわらず、ルツーラ嬢は笑みをこぼしています。

その様子があまりに不気味で、周囲の令嬢たちも得体のしれないものを見る目になっていますね……。

でも、私はそれどころではありません。

頭の中に、さっきの目のような模様がずっとチカチカとしています。まるで意識の奥底にでも焼き付いたようです。

この感覚――おそらくは……。

「精神作用系、幻覚系の魔法、は……王城敷地内に……おいての、行使を禁じられて……いるのはご存じ、かと思いますが？」

脳の中がチカチカする感覚に集中力は削がれますが、それ以外の影響は今のところはないようです。

「ふふふふ……知っていますわ。でも問題ありません。直接触った方が効果は高いのですけど……貴女はしっかりとその両目で、この模様を見てくださいましたから」

「……『順』属性でしたか……」

「ええ。そうです。覚えていてくださって光栄です。これは順序や序列を強制的に守らせるもの。皆さん、序列が上の相手の言うコトを素直に聞くようになる魔法です」

ルツーラ嬢が喋っていると、チカチカとする感覚が大きくなりますが、やっぱり何かを強制させられるような感じはないですね。

……となると、本人も知らないような前提条件が存在するのかもしれません。

「つまり、貴女は……この魔法で、人に言うコト……を聞かせてきた、のですか？」

「ええ、そのとおりです。お父様とお母様以外には通用したので、貴女も私に逆らえなくなりますわ」

両親には通用しない。

……私にも効果がない。完全に無効化できてないのかもしれませんが、ほぼ無意味。

私と彼女の両親との共通点……。

「負けを認めるのは貴女ですよ、モカ様。いいえ、モカ。陰で貴女を利用して、私はもっと上に行ってみせましょう」

まあ、できないでしょうけどね。そんなこと。

私が完全に操られようとも、そもそもお父様とお母様、サイフォン王子……そして何よりカチーナを敵に回して、全うに生きていけるワケがないんですけど。

「さっきまで強気でいたコトを詫《わ》び、その上で婚約破棄を宣言なさい！」

「ヤです」

自信満々に命令してきたルツーラ嬢に対し、私は即答しました。

「……え？」

惚《ほう》けたような顔を見るに、魔法を掛けた状態で反抗されたのは初めてなのでしょう。

……となると、これまで使ってきて両親以外に失敗は無かった……ということでしょうか？　あるいは――

「ああ……ご自身の、魔法効果を……正しく理解されて、なかったのですね」

さも私はお前の魔法を理解できたぞ――と言わんばかりの態度でそう口にしますが、実際はこれから考察するところです。

ふむ。

「おそらく、貴女の魔法は……一定の段階を踏むか、いくつかの条件を満たすか……する必要が、あるのでしょう」

まぁこれ以上のことは口にしませんが。

「そ、そんな……」

私がかかっていたのは初期段階といったところで、この後、さらに何かされれば危なかったのですけど、ルツーラ嬢自身がそこまで自分の魔法に理解がなかったようで、助かります。

「決して、効果が……無かった、ワケでは……ありません、よ？　軽く……ですけど、クラクラというか、チカチカというか……してます、ので」

これまで魔法を掛けてきた相手は、直接触って付与できた上に、条件もちゃんと満たしている相手だったとか……そんなところでしょうか。

「でも、それだけ……です」

条件としては――

・ルツーラ嬢にとって対象は、下に見ている相手である

これが大前提であり、
・対象も、自身がルッーラ嬢よりも下の立場と自覚している
これが成立条件なのでしょう。
おそらくそこに――
・対象は、家格や能力において、ルッーラ嬢より下である
――という、ルッーラ嬢本人も意識していなかったであろう、条件があるのではないでしょうか？

彼女のご両親や私に共通しているのはこれです。

現実的なところでの身分差や、立場の差。これが魔法効果に影響するわけです。

ここに――
・直接触って魔法を発動した
――という条件があるとしたら……。

……そうですね。

これらの四つの条件のうち、最低三つは満たさなければ、正しく効果は発動しない――といったところでしょうか。

「面白い、魔法……です、ね。もしかしたら、伝説級の……魔法へ、進化……するポテンシャルは……ありそう、です」

「あ、貴女が……ッ！　私の魔法のッ、何を……！」

すごい顔をして激高していますが、少なくとも私はルツーラ嬢本人よりも、ルツーラ嬢の魔法を理解できた自信はあります。

「さて、実験、です……」

精神作用系の魔法の影響下にいるなんて、滅多にありませんからね。

こんな時でもないとできない実験をするとしましょう。

……といっても、別に特別なことをするワケではなく。

単純に今のこの脳内がチカチカする感じの状態のまま、『箱』の中に戻るだけなんですけど。

全身、『箱』の中へと入ると、頭の中でチカチカしていた何かが、砕け散り霧散していったような感覚があり、頭がすっきりしました。

なるほど。『箱』は物理的な毒だけでなく、精神作用系の魔法の影響すらも無効化してくれるようです。

「マディア！　その箱をッ、叩き壊しなさいッ！」

その言葉と共に、取り巻きのうちの一人――マディアと呼ばれた令嬢が動き出します。

意思の薄れた瞳でこちらを見て、躊躇い無く拳を箱へと叩きつけてきました。

それは、無意識の手加減すらない一撃。

拳の方が、箱の固さに耐えきれずに、血が飛び散ります。

元騎士団長であるお爺様《じいさま》の本気の一撃ですら傷つかない『箱』です。いくら本能的な加減すらない拳とはいえ、荒事に縁のない令嬢の拳などたかが知れています。

箱に拳を弾かれたマディア嬢は、その意思の薄れた顔を苦痛に歪《ゆが》ませました。ですが——

「マディア！　手加減なんてするんじゃありませんッ！」

続けて口にするルツーラ嬢の言葉に、私の中の何かがキレた気がします。

「……貴女は……ッ！」

私は切り札の一つを切ることにしました。

箱の上面から姿を見せるのは、私——ではなく、箱を組み合わせて人の形にした、『人形箱』。

今回は上半身だけですが、それで充分でしょう。

「あああああああ……ッ！」

涙を流しながら振るわれる拳を——人形箱は優しく受け止め、マディア嬢を一瞬だけ『箱』に取り込みます。

そして、『箱』の持つ無効化の影響を与え、洗脳状態を解除し、瞳に正気が戻るのを確認したら即座に、『箱』から放り投げました。

「マディア！」

ルツーラ嬢が三度名前を呼びますが、呼ばれたマディアは弱々しく首を横に振ります。

「私の魔法が……」

よろよろと、だけど間違いなくそこから逃げ出そうとするルツーラ嬢へと私は叫びます。

「逃げるなッ!!」

自分でも信じられないくらい大きな声。

自分でも信じられないくらい感情の乗った声。

それに応えるように、人形箱は右手をルッーラ嬢へと向けて——

「は、箱から出れないのでは……追いかけられないでしょう……！」

ヒッと喉の奥で小さく悲鳴を上げながら、それでも言い返してくるルッーラ嬢。

ですが、問題ありません。

それほど射程が長いわけではありませんが、人形箱の拳は——

「発射！」

肘と手首の中間くらいから切り離された手が、ルッーラ嬢めがけて飛んでいき、クリーンヒットすると、彼女の意識を刈り取ります。

——飛びますから。

ルッーラ嬢にぶつかり跳ね返るように戻ってきた右腕を繋《つな》げてから、私は人形箱を『箱』の中に戻します。

それから、改めて上半身を出しました。

もう出す必要はないのですけれど、ナメられないように振る舞うなら、やっぱり出す方がよいでしょう。

……せっかく戻れたのに……という感情はもちろんあります。

意図せず戦闘みたいなものまで発生して、結構限界に来ている部分はあります。

だけど、この場を乗り切るまでは、泣いたり吐いたり気絶したりなんてできませんから。

「皆さん……ルッーラ様は、そのまま、に。近づかない……で、ください、ね。彼女の……魔法で、先ほどのマディア様の、ように……操られて、しまいます……ので」

実際のところ、マディア嬢は最初から影響下にいたのでしょう。

普段はそこまで強烈な命令はすることはなかったのでしょうけれど、さっきはヤケになってたようですしね。

「マディア、様……。手を……見せて、頂いて、も……？」

とても痛いのでしょう。涙を流しながら、マディア嬢はうなずいて、私に手を見せてきます。

「これは……治癒系の、魔法が……必要、かも……しれませんね」

「そ、そんな……」

ふつうの治療では、もしかしたら綺麗《きれい》に治らないかもしれません。

ルッーラ嬢の取り巻きとしての彼女は、魔性式の時にも肩へ乱暴に手を乗せたりしてきたのを覚えています。

それを水に流す気はないですが、とはいえこの手は少し酷《ひど》すぎます。

「ツテで、紹介は……できます。料金、などは……ご両親を、交えて……交渉、してくださ、い」

とはいえ、そのまま放置はできないので、『箱』の中にある道具を取り出しての応急処置をします。

知識箱で色々と学んではいますが、実践するのは初めてなので、たどたどしく、お世辞にも手際よくとはいきません。

「今は、それで……我慢、して……ください」

「……はい」

ちょっとした仕返しのつもりが、とんだ大事になってしまいましたね。

いや、元を正せばルッーラ嬢が私をここへ連れてきたワケですから、もともと大事になる素地はあったのかもしれませんけど。

私が嘆息混じりに、安堵《あんど》の息を吐いた時、ふとサロンの奥にいる人に目が行きました。

……って、おや？

奥の方のうちの一人、ただ怖がって青くなっているにしては様子が……。

あちらにいる、小柄なオレンジ色の髪の方――少し気にかけていた方がいいかもしれませんね。

「モカ様。貴女はマディア様に謝らないのですか？」

もともと私を囲んでいた令嬢の一人が戻ってきて、何やら言ってきます。

まったく――状況を読めない人というのは、面倒です。

「謝る？　私に、何の……落ち度が、ありまして……？」

そう告げると、私を囲んでいた人たちの半分くらいは、一斉に怒気の交じった顔をしてきます。

ですが――

「魔法戦を、仕掛けて……きたのは、ルッーラ様、です。私は、それに……応戦した、だけです、よ？　城内で禁止、されている……精神作用魔法を、用いて、マディア様を操った……。それを見ていながら、私が……悪い、と？」

「……貴女は……ッ！」

「なにを……怒られて、いるの……ですか？」

こんな状況を作り出してまで喧嘩《けんか》を売ってきておいて、反撃されたら怒り出すって、どれだけ勝手なのでしょう。

「ツテで、治癒魔法の使い手を……紹介すると、約束までした……私に、これ以上の、何を望まれる、ので？」

操られていたとはいえマディア嬢は加害者ですしね。

私を囲い込んだ一人ですよ？　それに対して、応急処置をして、治癒魔法の使い手の紹介までするというのに、どうしてここまで怒れるのでしょうか？

「それと、マディア様を……勝手に、引き合いに、出すのは……失礼、です。ご本人は、これ以上の……喧嘩を、望まれては、いないようです……よ？」

私がマディア嬢の方へと視線を向ければ、彼女は涙で濡れた顔で、コクコクとうなずいていました。

「他人を……理由に、喧嘩を売らないで、ご自身の言葉と、態度で、売ってきて……ください」

私は呆《あき》れながら、チラと先ほど見た奥の方の様子を窺います。

あちらのオレンジ髪の方は、ますます顔色が悪くなっているように見えますね。

ここからだと症状がわかりませんが、もしかしたら応急処置が必要な類いの不調の可能性もありますし……何より、この暑さを思うと……。

反撃もするだけしましたし、もう面倒な令嬢方の相手はしなくて良いかもしれないですよね。

「あの……そちらの、オレンジ色の髪の、方……」

「ひっ……」

何度目かの勇気を持って、ちょっと大きな声を出して呼びかけると、ご本人とその周囲の人たちが息を飲んで怯えます。

……なんだか、凹《へこ》みます。

私は人畜無害の引きこもった箱入りなのですけど……。

「怯え、ないで……ください。お顔の色が……大変、悪いので……少し、診察を……したくて……。マディア様を診たように……多少……ですが、医師の真似事が、できます……から」

それでも、がんばって声をかけた時、周囲の方々が彼女を見ました。

「モカ様ッ！　貴女は私と話をしていたのでは？　お茶会と分かっていて体調を整えてこれない男爵令嬢など、どうでも良いではありませんかッ！」

何やら叫ぶやかましい令嬢がいますね。本当に面倒です。

リーダー格のルッーラ嬢が大人しく気絶しているのですから、一緒に大人しくしててくれると助かるのですけど。

「今の……私にとっては……貴女の方が、どうでも良いです。症状によっては、放置すれば……神々の御座《みざ》への道が、開かれる……かもしれない、のです。どちらが……重要かといえば、圧倒的に……あちらの方の、命の方が……大事です」

私は面倒な令嬢とやりとりしながらも、視線だけは男爵令嬢の方へと向けたままで告げます。

尻込みをする男爵令嬢でしたが、周囲に引っ張られて私の方へと連れてこられました。

「それと、そちらの……緑の髪の方。

貴女も……私の側へ。一緒に、診させて……頂きます」

その様子を見つつ、周囲を確認すれば、私を攻撃してきた方々の中にも、顔色が悪い方がいました。

反撃を受けて青くなった顔ではなく、明らかに体調不良による顔色の悪さが出ています。

「で、ですが……私は、モカ様を……」

確かに、彼女もルツーラ嬢の取り巻きの一人でしたね。

でも、それとこれとは話が別です。

「目の前で、神々の元へ……行かれても、困ります。敵対する……コトと、その身を……救うコトは、別でしょう？　何より、今は敵対してても……将来は分かりません。ここで、貴女を助けるコトが、未来の私を……助けるコトに、なるかもしれない……のですから、当然、手を……差し伸べます」

素直に前に出てくる緑の髪の方から許可をもらって、額や首元に触れます。

「頭痛や、吐き気、身体の、だるさなどの、症状は？」

「頭痛と、あと……とても喉が渇いていて……」

軽い脱水症状になりかけているようです。

「私の箱に、背を預けて……座って、ください。

暑さによる……熱中症という、症状でしょう。酷いと……本当に命に、関わります」

それから、周囲に連れられてやってきた男爵令嬢の調子を診ると、彼女も似たような状態のようです。

「貴女も、私の『箱』に寄りかかって……座って、ください」

二人は恐る恐るといった様子で寄りかかると、少し表情が和らぎました。

『箱』から冷気を出してますからね。

暑さが多少、和らいで感じることでしょう。

「ひんやりとして、気持ちいいですね……」

「……涼しいです……」

そんなことを口にする二人の様子を、周囲は羨ましそうに見ています。

まぁ暑いですからね。気持ちはわかります。

「少々、中に戻って……必要なものを、とってきます……ね」

『箱』の中に戻った私は、『箱』の中を駆けて必要なものを集めます。

濡《ぬ》れタオル。

それから、コップ一杯の水に、砂糖と塩、レモン果汁を加えたもの。

用意が終わったら『箱』の上面から身体を出して、二人へそれぞれ手渡しました。

「額、首筋、脇の下、股の……足の付け根の辺り……をタオルで、冷やして、あげて、ください。

それから、こちらの水を……一気に飲まず、少し……ずつ飲んで、ください」

二人が素直に従ってくれるのを見て、私は軽く息を吐きます。

ちょうどそのタイミングで、聞き慣れた声が私を呼びます。

「モカお嬢様！」

「カチーナ！」

良かった。

戦力が増えました。

「お嬢様、いったい何があって……」

「ごめん。話は、あと」

カチーナの疑問を遮ると、彼女は即座に表情を変えます。

のんびりしてられない理由があるのだと、すぐに悟ってくれるのですから、さすがはカチーナです。

「ここで、『箱』に寄りかかってる、お二人は……熱中症の、初期症状が、出てる……から」

「かしこまりました。涼しい部屋と、人手を確保して参ります」

「お願い」

カチーナが一礼して動きだそうとした直後に、新しい声が聞こえてきました。

「モカ嬢。私は何をすればいい？」

「殿下」

現れたのはサイフォン王子です。

突然の王子の登場にみんなが息を飲みます。

『箱』に寄りかかっていた二人も立ち上がろうとしますが、それをサイフォン王子は制しました。

「お前たちは体調を崩しているのであろう？　無理をするな。

カチーナ。私のコトは気にしなくていい。モカ嬢の指示に従え」

「恐れ入ります。では失礼します」

「待て、カチーナ。サバナスを連れていった方が早く済むはずだ。サバナス、カチーナが必要とするものの確保を頼む」

「かしこまりました」

こちらが何か言う間もなく、サイフォン王子は手配をしてくれます。

カチーナとサバナスが一緒ならば必要なものは、すぐ用意されることでしょう。

「モカ嬢、二人の手当を手伝おう。何かするコトはあるか？」

「いえ、応急処置はしまし、た。殿下の、前で……申し訳、ありませんが、お二人が……グラスを、傾けるのを……咎《とが》めないで、いただければ」

「それが必要な処置だと言うのなら、文句を言うつもりはない。一気に飲まない方がいいのか？」

「はい。身体を、冷やし……ながら、ゆっくりと、水分を……補給するのが、大事ですので」

「――だ、そうだ。

モカ嬢が慌てて自分の侍女に指示を出すような症状のようだから、しっかりと言うコトを聞いておくように」

王子が二人へとそう告げれば、二人は素直にうなずきます。

「殿下」

「なんだ？」

「あそこで、伸びている……ルツーラ様の、拘束を……お願いします」

「何があった？」

「精神作用系の……魔法を、行使されました……ので、応戦しました」

私の説明に、サイフォン王子とリッツは顔を見合わせると、即座に動き始めるのでした。

◇

ルツーラ嬢の拘束が終わると、あとはカチーナとサバナスを待つだけです。

その間に、事の発端とその顚末《てんまつ》を私が語れば、サイフォン王子はルツーラ嬢へと冷めた眼差しを向けました。

それから、マディア嬢へと向き直ります。

「マディア嬢。その手の傷については同情しよう。だが、ルツーラ嬢について回っていた其方《そなた》の自業自得の面もある。いつから其方が、彼女の魔法の影響下にあったか知らないが、見極めきれなかった其方の落ち度でもあるからな」

サイフォン王子からそう言われてしまえば、彼女は何も言えないでしょう。

いささか可哀想だとは思いますが、一方で貴族と貴族の付き合いとはそういうものでもあります。

付き合いが深すぎると、このように巻き添えをくうことも珍しくはありませんから。

「さて、サバナスたちがまだ戻りそうにないなら、いくつか聞いてもいいか？」

「はい、なんでしょう？」

私がうなずくと、サイフォン王子は『箱』に寄りかかる二人の症状について色々と質問をしてきます。

詳細を語るのは別の場所でと断りをした上で、ざっくりした部分を私は答えました。

熱中症と呼ばれる病気であるということ。

主に、夏の暑さが体内に溜《た》まって発症するということ。

症状が出たら涼しい場所で休むこと。

症状が出たら身体を冷やすこと。

症状が出たら水分を摂取すること。

重篤化すると命に関わること。

その辺りのお話をしていた時、一番に反応したのが、王子の護衛をしている騎士のリッツです。

真夏の訓練中に、似たような症状を出す騎士の方々が多いというお話に、サイフォン王子も難しい顔をしていました。

それがどのように解消されるかは、まぁ王子たちの判断によるものなので、私は特に口だしするつもりはありません。

口を出さないと言えば、周囲にいるご令嬢たち。

私が王子たちと話をしている間、特に何も言ってきませんでした。

ちょっと魔力の消費は増えますが、『箱』から放つ冷気の範囲を広げたのが良かったのでしょう。

あるいは、ここで話を聞いておいた方が得だと判断されたのか。

そうでなければ……私がここであった出来事を王子に説明したら困るという意味で、緊張しているのかもしれません。

気にしすぎなくて大丈夫なんですけどね。

誰かが我慢できなくなって、私に聞いてきたりしない限りは、特に言う気もありませんので。

……などと、口にも表情にも出さず考えていたのですが……。

「あ、貴女はッ、殿下たちに報告するんでしょうッ!?」

「はぁ……」

思わず嘆息が出るというもの。

わざわざ話題に出さず、王子とやりとりしていたのですけど。

「報告？　何をだ、モカ嬢？」

「お二人の処置と、熱中症に……関する説明に、必死で、すっかり……忘れて、おりました。わざわざ……思い出させて、頂いて、ありがとう、ございます」

瞬間、多くの令嬢たちから、迂闊《うかつ》な令嬢へと殺気の籠もった視線が向けられます。

それだけで、サイフォン王子はざっくりとは状況を理解したのか、私にだけ見える角度で笑みを浮かべました。

面白がる笑み――というよりは、嘲笑に近いようなものに見えましたが。

とはいえ、王子からは特に何も言われないので、素直に報告したいと思います。

「先ほども軽く説明しましたが……ルツーラ嬢が、わざわざ助けて、くださった……のですよ。成人会の会場で、『箱』を見た、コトがあった……ので、同じものが、荷物と一緒に……置いてあったから、勘違い……されて連れて、こられてしまったのかと、思われたようで」

「ああ、それでこのサロンに連れてこられたと言っていたな」

「はい。そこで多くの、方に歓迎して……もらいまして、その途中に……お二人の、様子が、おかしいコトに……気づき、今に至ります」

「なるほど」

うなずき、ニッコリと王子が笑いました。

「ルツーラ嬢、其方がモカ嬢をこのサロンに連れてきてくれたのか？　寝たふりをしているようだが、騎士ほどでなくとも気配は読める。答えろ」

どうやら、いつの間にかルツーラ嬢は目を覚ましていたようです。

騒がないのは頭が冷えたからか――あるいは、状況を完全に把握できていないのか。

ともあれ、ルツーラ嬢は渋々といった様子でうなずきます。

「ええっと、その……はい」

立場上、私が客人である以上、共に置いてあった荷物に関してどうこう言えない部分がありますが、王子は違います。

サイフォン王子であれば、あの場にあった私以外の箱に関して言及することもできる立場にいるのです。

「そうか。

理由があって、モカ嬢には荷物に紛れて登城してもらったのだが、それが逆に、君を勘違いさせてしまったようだな」

「…………ッ！　よもやそのような方法で登城するなど、思いも寄らず、ご迷惑をお掛けしました」

歯ぎしりするように顔を歪めてから、ルツーラ嬢はうなずきました。

神妙に謝っているようですけど、本心ではないでしょう。

まぁ、本心から謝っていたとしても、そんなもの関係なく王子は彼女を追いつめていくのでしょうけれど。

実際、王子は彼女の謝罪に対しては何のリアクションもせずに、問いかけを続けます。

「ところで、其方はどうやってモカ嬢を見つけたのかな？」

「どう……とは？」

「運び込む際に、モカ嬢の『箱』を目撃したというのは理解できる。問題はそのあとだ」

「そのあと……ですか？」

そうなのですよね。

冷静になってみると、そこを狙えたのですよね。

状況が状況だったので、私もだいぶ慌てていたようです。

「運び込まれた空き部屋を、君は開けたのかな？」

「え、ええ……。モカ様をお助けするには、そこを確認しなければなりませんし……」

「そしてモカ嬢の『箱』を確認して運び出した……と」

「はい。それが何か……」

「そうか」

確認するところまでならば問題ありませんでした。

まぁ空き部屋とはいえ、勝手に扉を開けたことも多少は問題です。でも道を間違えたとか部屋を勘違いしたとか、そこはいくらでも言い訳ができる範囲です。

なので、問題はその次。

ルツーラ嬢が、『箱《わたし》』を運び出したことにあります。

「君は王家宛の荷物を勝手に運び出した自覚はあるかい？」

「え？」

そうなんですよね。

たまたま私が中に入ってましたし、うっかり私も反応してしまったから、流れで色んなやりとりが発生しましたけど……。

あの瞬間の一番の正解は沈黙なんですよね。

私はただの荷物です――って態度が一番、正解でした。

「モカ嬢を助けたいと思うのであれば、まずは荷物の担当であるとか、警備の騎士だとかに声をかけて、事情を説明するべきだった」

「そ、それは……」

結構ズル賢い立ち回りをしているようで、初手が迂闊すぎましたね。

「だが其方は勝手に部屋を覗き、箱を見定め、独断で持ち出した」

「え……いや、それは……」

「さらに言えば、モカ嬢の今回の登城に関して、書類の上では荷物の一つという扱いだ。考えようによっては、中にモカ嬢がいるかどうかの確認をし、モカ嬢の存在が判明した時点で、君は、王家に届いた荷物を勝手に開けたというコトにもなる」

ルツーラ嬢が助けたと主張しようとも。

私が助けてもらったと口にしようとも。

王子――いえ、王家からすれば、自宅へ届いた荷物を勝手に漁られたことにほかならないのですよね。

「さらに付け加えよう。君はモカ嬢が『箱』の中に入っているコト前提で動いていたようだが、そもそもソレがおかしい」

「それはどういう……？」

あー……そうです。それもありました。

何と言いますか、最初から詰んでいたって話ですね。

「君は情報収集ができていなかったという話だ。ドリップス家の娘は、成人会のあと、ドリップス公爵夫人と共に領地へと帰っていたのだからな」

「ですが、彼女はここに……」

「そうだな。それに関しては私も驚いた。モカ嬢とはマメに手紙のやりとりをしていてな、その中で実は王都にまだいるのだと教えてもらったくらいだ」

理屈としては、まだ反撃のしようがある発言なんですけど、サイフォン王子のように胸を張って断言すると、かなり強く感じますよね。

穏やかな調子で喋っているはずの王子なのですが、威圧感といいますか、迫力といいますか、そういうのを感じます。

それに圧倒されてしまうと、冷静な判断ができなくなる。冷静な判断ができなくなってしまえば、完全に王子のペースになってしまいます。

「それを踏まえて……君はどうして、彼女がここにいると確信したのかな？　よもや、私と彼女の手紙のやりとりを何らかの方法で覗き見したりしたのかい？」

思います。

「そ、それは……」

そういうのを見ると、言葉って内容だけでなく、発する時の態度ってとても大事なんだって、思います。

だって――ルツーラ嬢、完全に萎縮してますよ。あれ。

疑問の形を取ってますけど、やっていることは糾弾にほかならないですから、厳しいのも仕方はないのでしょうけれど。

などと、サイフォン王子とルツーラ嬢のやりとりを見ているうちに、カチーナとサバナスが人を連れて戻ってきました。

事前に二人が説明をしてくれていたのでしょう。

テキパキと準備が進められると、お二人は連れてこられた女性騎士に抱えられて、別のお部屋へと連れていかれました。

そこまで深刻な症状でもなかったので、涼しい場所で水分をとりながらしばらく安静にしていれば、良くなることでしょう。

「さて、モカ嬢」

お二人を抱き上げたのが女性騎士であるという配慮は、さすがカチーナとサバナスですね。

ぐったりとした人を持ち上げるって結構大変らしいですから。

侍女よりも騎士に頼むのが正しいとは思いますが、一方でお二人はご令嬢。いくら体調を崩したといえども、王城の中で男性に持ち上げられるというのは、はばかられるワケで。

その点、女性騎士であれば、騎士としては多少非力と言われようともやはり騎士。小柄な女性を抱き抱える程度のことは問題なさそうでした。

「モカ嬢」

あとの心配事があるとすれば、それぞれのご実家ですかね。

熱中症というのは、理解が足りないと、お茶会中に突然倒れた失礼な行為に思われてしまいます。

お二人は、私の『箱』に寄りかかりながら、王子とのやりとりは聞いていたと思うので、その説明くらいはできそうですけど……。

あー、でも頭ごなしに、言い訳するなとか怒るタイプのご家族だったりすると、それはそれで大変な——

「モカ嬢！」

トントンと、誰かが『箱』を叩いた音が聞こえて、私はハッと顔を上げます。

「はい？」

「君は考え事をするる時、百面相をするのだな。『箱』から顔を出しているせいで、普段は見えない君のそういう顔を見られたのは僥倖《ぎょうこう》だ」

「え、あ……」

言われて、恥ずかしくなってきます。

そういえば、今は『箱』から身体を外に出したままでした。

「何を考えていたのかは聞かないが……。ルッーラ嬢や、君を囲んでいた令嬢たちのコトはどうする？」

「え？　正直、どうでも、良い……です」

みんなが一斉に顔を上げて不思議そうに見てきますが、はて、どうしてでしょう？

私と王子からやりこめられて、それなりに反省した顔を皆さん見せてますし。

ルッーラ嬢はどうなのかは知りませんけど、恥やプライドを考えるなら、ここで変に暴れたりすることもないでしょう。

あとはもう、なんていうか……面倒くさくなってきました。

カチーナやサイフォン王子が来てくれましたし、あとのことは全面的に任せたい気分です。

ただまぁ、そうは言っても、ここで『箱』に戻って「あとは、よしなに」と黙《だんま》りを決め込んでしまうのも、ちょっと無責任ではありますから――うん、何とかそれっぽい理屈を付けて、投げましょう。

「取るに、足らない相手で……したし、だからといって、反省もできない……方々ではない、でしょう？

何より、サイフォン殿下が……仰ったとおりに、今日の私は、荷物です。

手違いで、ここに運ばれた……荷物を、サイフォン殿下が、取りに来ただけ。それで……いいではない、ですか」

あー……これだけだと、なんか調子に乗った酷い女っぽい気がしますね。何かほかに付け加えるような言葉を……。

そうです。良いことを思いつきました。

「先ほど、倒れたお二人を、診ていた……時にも、言いました、けど。今ここで……敵対していても……将来的には、わかりません。未来永劫《みらいえいごう》敵対しそうな、人であれば……ともかく、そうでもない、人たちを……むやみやたらに、追い込んだりは……良くないか、と」

うん。

これは、かなり器の大きい人っぽさが出たのではないでしょうか？

などと内心で自画自賛をしていると、横でサイフォン王子が大きくうなずきながら、補足してくれました。

「そうだな。そのとおりだ。例えば……そう、近い将来、突如悪魔の類いが降臨し、若い女の生け贄《にえ》をよこせばこの国には手を出さないなどと言われたら、ためらいなく出せる生け贄の確保は大事だな」

「どういう例えですか……ッ！」

思わずツッコミを入れますが、王子の補足は、かなり絶大な効果があったようで、皆さんから、恐ろしいものを見る目を向けられてしまっています。

待ってください。

なんで令嬢たちのみならず、カチーナは呆れた視線を、サバナスとリッツはちょっと退き気味の視線を向けてくるのですかッ⁉

今のは私の考えではなくて、王子の考えだったじゃありませんかッ！

そして、王子はその様子を楽しそうに見ないでくださいッ!!

「はぁ……戻ります……」

「待つんだモカ。まだ終わってない」

「はい？」

「ルツーラ嬢だけは『どうでもよい』で終わらせるコトはできない」

「あー……まぁ、そう……ですよね」

彼女は、王城敷地内での使用が禁止されている精神作用系の魔法を行使したという明確な罪があります。

それによって、マディア嬢という被害者が存在してしまっている以上は、誤魔化しようがありません。

「では、相応の……罰を、お願いします」

「わかった」

「ちなみに――」

推測の範囲での、ルツーラ嬢の魔法効果を王子に説明すると、何やら呆れられた視線を向けられてしまいました。

「一度、影響を受けただけでそこまで推察したのか？」

「大した影響……ではありません、でしたし、ある程度の……推察をして、おかないと……対処ができない、ではありません……か」

「それはサテンキーツ由来の武人の血か？」

「え？」

はて？　なぜ、そこでサテンキーツの名前が出てくるのでしょうか？

「戦闘中に、不発した魔法を一度見ただけで、その効果をそこまで推測できるのは、並のコトではないからな」

「あー……」

そう言われてしまうと、そうかもしれません。

「でも、私が……人より、魔法について……詳しい、だけです、よ？」

「それでも、実戦でそこまで頭を回すのは難しいコトだからな？」

「そう、なのですね……」

いまいち釈然としないまま相づちを打つと、サイフォン王子はどこか苦笑混じりに息を吐きました。

「まぁいい。ルツーラ嬢は、魔法を封じた上で牢《ろう》へと拘束する。他者への魔法行使はもちろん、城内での精神作用系魔法の行使の罪は重いぞ」

精神作用系や幻覚系はかなり危険ですからね。

それこそ、宰相であるお父様や陛下などが影響を受けてしまえば、国が傾きかねません。

だからこそ、禁止されている行為です。

また、他者への魔法行使も、その使用に正当性が見いだせなかった場合は暴行などと同じように罪となります。

今回の場合、マディア嬢を操っただけでなく、その手に大ケガを負わせていますからね。

「――と、いうワケだ。ルツーラ嬢」

私から必要な情報は得たと判断したサイフォン王子は、拘束されているルツーラ嬢へと向き直り、冷徹な王子の顔で告げます。

「最悪は其方の処刑。命が助かった場合も、魔法永久封印の後に、貴族籍を剝奪する。むろん、家族ともども、だ。貴族籍剝奪を免れても、多額の賠償金の支払いは発生する。沙汰は追って下すが、どうあれ温い処罰にはならん。覚悟しておくように」

それを見届けてから、私は小さく息を吐きました。

「はあ……終わりまし、た」

なんだかとても疲れてしまったので、私は『箱』の中に戻ります。

あー……さすが私の『箱』。涼しいです。快適です。

やはり、全身がこの中にいるのが一番落ち着きます。

『箱』、さいこー……。

「さて、ルツーラ嬢以外の諸君。聞いていたとおりだ。モカ嬢は荒立てる気はないようなので、彼女の意見を尊重しようか。そうだな……成人して間もない者ばかりのお茶会であったがゆえの手違いと勘違いによるもの――とでもして、不問としておく」

サイフォン王子がぐるりと周囲を見回しながら告げます。

「だがな、今回のコトで身に染みただろう？　面白いコトを引き起こすというのは、良かれ悪しかれ、入念な下準備と確実な情報収集が必要なのだ、と。雑な下準備と半端な情報収集でコトを起こした結果がこれだ。そんな基本ができてないつまらん者ばかりだから、私はモカ嬢を婚約者に選んだ」

それから、どこかを一瞬チラりと見ました。

……今、どこを見たのでしょうか？

ともあれ、その何かを確認したあと、サイフォン王子は続けます。

「彼女はその在り方が面白いだけでなく、その基本がしっかりとしている。その上、今見せられたとおり、噂や流行のみならず病気に関するコトなど豊富な知識を持ち、それを生かすコトができる。箱入りであるデメリットを上回る大きなチカラと器と面白さを持っているのだ。彼女に嫉妬するなとは言わんが、嫉妬するならせめて、同じ舞台に立てる程度に自分を面白可笑《おか》しく磨いてからにして欲しいな」

……え、あの……。

なんだか、すごく、褒められて……ます？

サイフォン王子の本音であれ、この場を治めるためのその場限りの言葉であれ、こんなに褒めてもらえるのは嬉《うれ》しいです。

多少無茶だったかもですけど、勇気を出して立ち向かって、正解だったかもしれません。

「では、探していた『箱』も見つかったコトだし、我々は本来の場へと戻るとしようか」

サイフォン王子がそう口にすると、カチーナを見ました。

それにカチーナはうなずきます。

なんだか余計な出来事が挟まってしまいましたが、いよいよ本来の目的を果たしにいくことになりました。

……うん。

やっぱり怖いですね。

その、何というか、その、このサロンでは勢いで顔とか出しましたけど、その勢いが消えてしまいますとね、はい。胃の痛みとか吐き気だとかそういう諸々《もろもろ》がどっとこみ上げてくると言いますか……。

「お嬢様」

カチーナに声をかけられて、私はハッと顔を上げます。

「リッツさんが持ち上げてくださるそうです」

「わかった……」

どれだけ怖くても、だからといってどうこうできるわけでもないので、必要なことはちゃんとしないといけませんね。

私は『箱』へと意識を集中させて、少し操作を行います。

「重量軽減……しました」

「ほう。『箱』の重さを変えられるのか」

「はい。普段は、見た目どおりの……重さですが、今なら……その半分以下に、なっています」

そんなワケで、リッツが持ち上げて、サロンの外に用意してあった台車に乗せられました。

「……と、すまない。一つ、確認したいコトがあった。少し待っていてくれ」

いざ出発――というタイミングで、サイフォン王子はそう告げると、何やらルツーラ嬢の元へと行き、耳打ちしたようです。

……あまり大声で確認したくないことなのでしょうけど、サイフォン王子の顔が近づいた時に、なんだかムッときました。

それはそれとして、王子が訊《たず》ねた内容がなんであったかはわかりませんが、ルツーラ嬢は殊更に青ざめて首を横に振りました。

どこか必死な様子なので、答えようによってはかなり危険な内容なのかもしれません。

そのあと、二言三言やりとりをしたあとで、王子は戻ってきます。

「待たせた」

「何を……確認して、きたのか……聞いて、も？」

私が思わず小さな声で問うと、同じように小さな声でサイフォン王子が答えてくれました。

「ん？　ああ、モカへの仕打ちが、ルツーラ嬢個人によるものなのか、誰かに唆《そそのか》されたのかの確認だよ」

「誰、か？」

「成人会の時の毒。あれの黒幕と思しき人物にとっては、きっとモカも邪魔だろうからね。可能性はあっただろう？」

「黒幕……もしかして、ダ……」

思い当たる人物の名前を口にしようとした時、サイフォン王子は『箱』を優しくトントンと叩《たた》きます。

顔を見れば、口元に人差し指を当てていました。

その意味が理解できないはずがありません。

名前は口に出すな――ということでしょう。

「確証はないがな」

あくまでも容疑者ということでしょうか。

現ダンディオッサ侯爵家の当主。

サイフォン王子の兄であるフラスコ王子に王位をと暗躍するフラスコ派の――とりわけ過激派の筆頭でしたか。

「ところで、どうして……彼女は、私を狙った……の、でしょうか？」

「君が気にくわなかったそうだ」

「はぁ」

そんなことを言われましても――というのが正直な感想で、何ともいえない吐息だけが口から漏れます。

「時に嫉妬や羨望は、理性を上回る。そうなると人は突飛な行動を取ることもある。そこに至ってしまえば、相手の格だの、自分の立ち位置だのというものがスッポ抜けてしまう」

そう口にしてはいるものの、サイフォン王子もどこか納得していないところがある様子。

「なんとなくだが、彼女のその感情を焚《た》きつけた者がいそうではある」

「彼女本人に、その自覚が……なくとも、これも……黒幕の手のうち。実は、彼女の近くに……黒幕の息の、掛かった者がいた……可能性、ですか？」

「私はそう考えている。こちらも証拠の類いは皆無だがね」

ルツーラ嬢――というか、メンツァール家はフラスコ王子派閥。

とはいえ、彼女が私を攻撃することにメリットは……思いつきません。まず無いといってもいいでしょう。

それでも、踏み切ってくるのは、ルツーラ嬢の暴走であったと言えます。

ただ、そこに、暴走するように唆した者がいるとなると、また話が変わってくるでしょう。

「それでも――そうだとしても、暴走に……踏み切ったのは、彼女自身……ですよね？」

「そうだな。それに、今回は不問としたが、君を囲んだ彼女たちが裁かれないワケではないだろう」

「そう、ですね……」

ルッーラ嬢と共に仕掛けてきた彼女たち——今後大変でしょう。

どういう形で噂《うわさ》が広まるかはわかりませんが、間違いなく噂は広まっていきますから。もしかしたら、サイフォン王子がその噂を後押しする可能性があります。

私がそんなことを考えていると、サイフォン王子がサバナスへと視線を向けました。

「どうしたサバナス？　不問にするのは手緩《てぬる》いか？」

「いえ」

何か不満でもあるのでしょうか？

けれども、問われたサバナスは首を横に振りました。

「今回の一件で、殿下から不問にされたところで、噂が生まれて広まるでしょう。城に保管されていた荷物に手を出しただけでなく、精神作用魔法まで使用した令嬢。それに協力して王子の婚約者に嫌がらせをした令嬢。その辺りの話題に尾鰭背鰭《おひれせびれ》がついて、茶会参加者の体調不良を引き起こした元凶だとか、自分の気に入らない人物を参加者にいじめさせる人物などなどの話が付いて回るのは明白です。何より、目撃者も多いですから、噂の拡大を止めるコトは不可能でしょう」

サバナスの話に、サイフォン王子も私もうなずきます。

「噂の内容によっては、彼女たち自身が引きこもってしまうかもしれないな」

「本人の、意志で……引きこもれるなら、まだマシですね」

「家の判断で外出禁止になる可能性は確かにあるな」

私たちのやりとりに、サバナスはその辺りも理解できているという顔です。

「私が不満というか納得できかねているのは、相手の仕掛け方です。確かに彼女の自業自得であるとはいえ、成功しても失敗しても、彼女の人生に与える影響は大きい。成人して間もない女性を使って仕掛ける姑息《こそく》さというか、利用した他人への無関心さといいますか……そういうものが、どうにも……」

そう口にしてから、サバナスは小さく嘆息して謝罪しました。

「申し訳ありません。少々、感情的になりました」

「構わん。お前のそういう部分は嫌いではないしな。他者を利用し、使い潰すのであれば、その業を背負う覚悟が必要だと言いたいのだろう？」

「はい」

おそらく――ですが、黒幕からすると今回の嫌がらせは、成功すれば幸運。失敗しても仕方がない程度のものだったのかもしれません。

ただその代償は黒幕そのものが払う気なんてさらさらなく、ルツーラ嬢ら実行者のみが被《こうむ》るようになっていたのでしょう。

サバナスはそこを敏感に感じ取ったのでしょうね。

ですが――私はそこに対して思うところはあります。

「殿下、サバナス……あの……」

「どうした、モカ？」

「これは……私の、考え方……ですけれども……」

そう前置きしてから、私はそれを口にします。

「暴力も、財力も、権力も、どんなチカラであれ……チカラというのは……より大きなチカラに、負けるもの……です。彼女は、魔性式の時から……権力を振りかざして、いたようですから……ね。そのツケが、ここで回ってきた……それだけ、なのでしょう」

「そうだな。ルツーラ嬢に関しては、魔法も財力も権力も、その全てを、全てが上回る君に砕かれた。いや、ルツーラ嬢だけでなくほかの令嬢たちも同じか」

「砕いた……つもりは、ありませんが、結果そうなった……のは、そうです……ね」

そこから立ち直れるかどうかは彼女たち次第。

とはいえ、かなり難しいのは間違いありません。

そして、もう一つ。

「そして……それは、黒幕も……同じ、です。自らの立場……権力。財力。そして、間接的にも、暴力を使って……います。でもきっと、それはいつか……それを上回る……チカラに、潰される、のでは……ないでしょうか」

私の言葉に、サバナスはわずかな間だけ目を瞑《つぶ》って、軽く息を吐きました。

「お気遣い、ありがとうございます。気を遣わせてしまい、申し訳ございません」

気が晴れたかどうか分かりませんが、サバナスの声からははっきりと感謝の気持ちが伝わってきます。

口にして、良かったです。

「逆に、チカラを……善きに使えば……きっと、それを上回る善きチカラに、助けてもらえる……時が、あります、よ」

あくまで持論です。

ですけど、サイフォン王子や、リッツ、カチーナも私の持論を否定する気はなさそうです。

「君の持論、胸に刻もう。それは上の立場にいる者こそが、覚えておくべき言葉だ」

「ありがとう、ございます」

そこで、話は一段落。

サイフォン王子は、一度私たちを見回してから、軽くうなずきます。

「さて、少しここで話し込みすぎたな。

そろそろ母上のサロンへ向かうとしよう」

「はい」

王子の言葉に、私は『箱』の中でペコリと頭を下げます。

その時、サイフォン王子がまたどこかを一瞥《いちべつ》していたのですが、頭を下げたタイミングだったので、そのことに私は気づいていませんでした。

◇

結構な距離を移動したようですが、ようやく目的地のサロンに着いたようです。

先のサロンと比べると、より豪華でお洒落《しゃれ》です。

おそらくは城内のサロンの中でもかなり上位の、それこそ王族用のサロンなのではないでしょうか。

訊《き》けば、実際ここは王妃様専用のサロンだそうで。

おかげで嫌でもこれから王妃様とお茶をするのだと実感してしまいます。

だからこそ……

……ワタシ、イマ、トテモ、ニゲタイ。

などと、後ろ向きなことを考えていると、それを察知したのか、カチーナがすかさず訊ねてきました。

「……お嬢様、『箱』の奥に逃げ込んだりしませんよね？」

あ、はい。

私はその視線を恐る恐る、箱の中から見返しながら、うなずくことしかできません。

とはいえ、実際に逃げるわけにはいかないので、ちゃんと覚悟をしないといけないでしょう。

「ここまで、きたら……がんばる、から」

「かしこまりました」

こちらの答えに満足したのか、カチーナは一礼をしてから、失礼しましたと告げて一歩下がります。

いえ、うん。

さっきの今で、胃がとても痛いけど、お茶会を終えるまではがんばりますよ？

「モカは、『箱』の奥に逃げるコトがあるのか？」

さすがに今のやりとりを疑問に思ったのか、サイフォン王子はカチーナに訊ねました。

その声色はどことなく楽しそうです……。

「はい。『箱』の中にいてもなお逃げ出したい時などは、時折そこに」

「そうか」

わずかな逡巡《しゅんじゅん》のあとで、素直に答えるカチーナに、サイフォンはくつくつと笑いました。

「さっきまでの勇ましさが嘘《うそ》のようだな」

「あ、あの……！　さ、さすがに……ここまで、来たら、逃げません……から！」

「ああ。分かっている。君にはちゃんと勇気があると知っているさ。先ほど孤軍奮闘していたようだから、よく分かっている」

思わず私が口にした言葉に、サイフォン王子は少し真面目に、だけどどこか優しい眼差しで、『箱』《わたし》に向けてうなずきます。

……なんだか、ズルい……と、思ってしまう顔です。

もう、こんな顔されたら絶対に逃げられそうにないです……。

なんて思っているうちに、カチーナはリッツに一声かけて台車に手を掛けました。

「サバナス」

「はい」

カチーナが台車を押す準備ができると、サイフォン王子がサバナスに呼びかけます。

サバナスが前に出て目の前の扉をノックし、中で控えていた女性の返事が聞こえてきました。

ああ、もう……。

この期に及んでって感じですが、本当の本当に、覚悟を決めなければなりませんね……。

そうして、開けられた扉から、中へと運び込まれると――

「あらぁ！　本当に箱なのね！」

最初に聞こえてきたのは、そんな言葉。

大人の女性の声にしては甘く、どこか現実感のないふわふわとした声。

それでいて、声色とは裏腹に、歴戦の淑女のような――どこかお母様を思わせるような強さや芯を感じる声質。

そんな不思議な印象を持つ声を発したのは、間違いなく王妃様なのでしょう。

「母上。紹介の前からそんな前のめりにならなくても」

サイフォン王子が苦笑すると、王妃様は申し訳なさそうに「あらぁ」と呟《つぶや》いて、姿勢を正しました。

「サイフォンの婚約者さんを見られると思ったら、気持ちが逸《はや》ってしまったのよ」

明るくそう口にする王妃様。

そのタイミングで、サイフォン王子がこちらに目配せをしてきましたので、私はがんばって声を出します。

「お、お初に……お目にかかり、ます……。こんな姿で……恐縮、です。モカ・フィルタ・ドリップスと……申します……」

「あらぁ、可愛い声。きっと素敵な女の子が入っているのね！」

喜んでいる……のでしょうか？

声は弾んでいるのですけど、何とも摑《つか》みづらい人のようです。

それにいきなり砕けた調子でやってこられると、その……どう対応して良いやら……。

「あ、ありがとう……ございます」

ともあれ、褒めてもらっているので、私はお礼を口にします。

声が可愛い——って、そんなこと言われたのは初めてですね。

「それはそうと、初めまして。

フレン・チプレ・ドールトールよ。

ふふ、直接会うのは初めてだけど、貴女のコトって実はよく知っているの」

「そう、なの……ですか？」

「ええ。だって、ラテからよく聞いているもの。彼女とは昔から、お友達でね？　王妃となった今でも、個人的なお付き合いは続けているのよ」

まったく知りませんでした。

今でもフレン様はお母様と手紙でのやりとりも、それなりにやっているそうで――

私は情報収集を色々やっていたわりには、確かに身内に関することは、意外と収集してなかったのだな……と、ちょっと反省です。

「それに、貴女と出会ってからサイフォンも、よく貴女の話をしてくれるようになったのよ？」

「は、母上！」

「あらぁ？　急に大きな声を出してどうしたのかしら？」

王子が、私の話をよくしている……？

「どんな風に、私の話を、しているのか……興味はあります……」

「あらぁ――それはねぇ」

「母上……」

どこか諦めたようなサイフォン王子に笑いかけながら、フレン様は快活に答えてくれました。

「サイフォンはね、『箱』に興味津々で色々とお話ししてくれるわよ？　面白いお嬢さんと箱に出会った、て」

ですよね……。

「そ、そうですか……」

頭では分かってるんです。

あくまでも、王子の興味を引けたのはこの『箱』だって……。

「あらぁ。残念がる必要はないわよ」

「え？」

思わず顔を上げて、目を瞬きます。

外からはそんな様子分からないでしょうけれど。

「魔法だって、貴女の一部でしょう？　箱の魔法に興味を持ったってコトは、貴女自身に興味があると言い換えても良いと思うの」

「……箱魔法も、私の一部……」

生活の……いえ、人生の一部のように思っている部分はあったものの、私自身の一部であると、そういう風に考えたことはありませんでした。

そういう意味では確かに、サイフォン王子は私に興味を持ってくれているのだと、言い換えても良いのかもしれませんが……。

なんとも言いがたい感覚に上手い返しが思い浮かばずにいると、フレン様の侍女が声をかけてきました。

「ご歓談中に失礼します。お茶とお菓子をお持ちしました」

その時、フレン様は、まだサイフォン王子が立ったままだったことに気づきました。

「あらぁ……私ったら！　サイフォン、座って。モカちゃんは……どうすればよいのかしら？　さすがに箱に入った女の子とお茶会はしたコトがないものだから、分からなくて」

まぁ、私以外にそんな人がいるのであれば、お目にかかりたいところではあります。

「カチーナ」

「はい」

私がカチーナに呼びかけると、彼女はそれを汲《く》んでくれました。

「王妃様、御前を失礼いたします」

「構わないわ」

カチーナは一礼すると、台車をテーブルの側に移動させます。

台車が止まった時、『箱』の重量を軽くし、カチーナは軽くなった『箱』を抱えて、テーブルの側へとやんわりと下ろしました。

「失礼しました」

そして、私を下ろし終えるとカチーナは下がります。

「あらぁ、そのままお茶を飲めるの？」

「はい……その、お茶とお菓子は、箱の上に……載せていただけると、助かります」

「ではそのように。お願いね」

フレン様は私の言葉にうなずいて、侍女に伝えました。

指示をされた侍女は戸惑った様子で、『箱』の上に、お茶とお菓子を置いてくれます。

その際にチラっとカチーナを見たのは、本当に載せて良いのか不安だからでしょう。

いくら、箱とはいえ、一応公爵家の令嬢で王子の婚約者予定の人物ですからね、私は。

載せ方とかで粗相しないように、だけど載せるってどうすれば良いのか分からない——という思考があるのでしょう。

そんな視線での問いに、カチーナは心得たように視線で返答をした——そんなところでしょうか。

「成人会や以前のお茶会の時にも見せてもらったが、モカが『箱』の中にモノを取り込む時の姿は面白いのですよ、母上」

「あらぁ、それは楽しみだわ」

えーっと、そんなに楽しみにされていると、恐縮してしまいそうなのですが……。

「き、期待に添えるような……姿かは、わかりません……が……」

思わず勢いでティーカップを『箱』の中に取り込んでしまいそうになりますが、考えてみればまだ、ティーカップやお茶菓子を手に取るのは早いですね。

私が答えたあと、一瞬の間が空きます。

そのわずかな間、フレン様の目が眇《すが》められたような気がしたのは錯覚でしょうか……？

私の勘違いでないとしたら、軽く試されているのかもしれません。

でも、本当に試されているのだとしたら、『箱』の時点でダメな気もしますので、ただ私がそう見えただけ……かもしれませんが。

「あらぁ、どんな風になるのか気になって仕方ないから、頂きましょうか」

ふと生じた疑惑に逡巡していると、フレン様はそう告げてお茶とお菓子を一口ずつ口にします。

「いただきます」

「いただきます」

それを見、私とサイフォン王子も動きます。

先にサイフォン王子がお茶を飲んだところで、こちらをちらりと見てきます。とても期待に満ちた眼差しです。キラキラと輝いています。

……そんなに、『箱』にモノを取り込む光景って面白いのでしょうか？

自分ではよく分かりませんが、フレン様からも期待に満ちた眼差しを向けられているので、がんばりましょう。

いや、『箱』の上に載っているものを取るのに、がんばることなんて特には無いのですけれど。

ともあれ――私は、『箱』の上に載っているティーカップを取り込みます。

「あらぁ！」

『箱』の天辺で波紋を広げながら沈むティーカップの姿に、それはそれは楽しそうな顔をしているフレン様とサイフォン王子。

その二人のそっくりな表情に、思わず「ああ、親子ですねぇ」などという感想が湧くほどです。

周囲を見れば、見たことのあるサイフォン王子付きの方々はともかく、フレン様付きの方々は目を見開いて驚いていますね。

天板から取り込まれたティーカップは私のいるテーブルの上に現れます。

それを手にとり、少し飲んでから、テーブルに置きました。

そして、ティーカップは天板と同じように波紋を広げながらテーブルに沈んでいきます。

同時に、『箱』の天板に再び波紋が広がりその中心からティーカップがせり上がってきていることでしょう。

「美味しい、お茶……ですね……。北側の……隣国、バックスタース王国の、北東地区の山間《さんかん》で……栽培、されている……スキュー種の、夏摘み《セカンドフラッシュ》でしょうか？　それに、これは早摘み……ですね。そこに、去年の冬摘み茶を、少しブレンドした……モノですか？」

ティーカップが天板へと完全に戻ったところで、私はそう口にします。

バックスタースが栽培しているスキュー種の茶葉は春、夏、冬と三回旬を迎えるのですが、二度目の旬……つまり夏に採れるものをセカンドフラッシュと呼びます。

スキュー種はどの旬のモノも美味しいのですが、味と香りが一番強いのが夏なのです。同時に夏のモノは渋みや苦みも強いので好みが分かれやすいもの。

ただ、その中でも旬の時期よりも気持ち早めの若く柔らかい葉を採ることを早摘みと呼び、これは夏摘みでありながら渋みと苦みが抑えられた柔らかな味になるのです。

反面で、その強い味と香りもわずかに柔らかくなってしまうという欠点があります。

このお茶は、そんな夏の早摘みの弱点を補うように、冬摘みを混ぜることで、冬摘み特有のフルーティな香りがわずかに加わり、ふつうの夏摘みよりも芳醇《ほうじゅん》な味わいにしているようですね。

もともと、高級茶の一つであるスキュー種の、一番美味しいとされる夏摘みの、さらに希少な早摘みとなると、かなり希少なお茶のはず……。

ましてや、その風味を高めるために、去年の冬摘みだろう茶葉を敢えて混ぜるような職人技で作り上げられているのですから、なおさらでしょう。

そんなものをさらりと出してくるフレン様は、やはり王妃様なのだと実感します。

「あらぁ……どうしましょうサイフォン。箱から出入りするティーカップに驚いているうちに、モカちゃんったら軽く飲んだだけでお茶について完璧に答えちゃったのだけど……どちらに驚けばいいのかしら？」

「落ち着いてください母上。どちらにも驚けばいいのでは？」

「そうね。どちらにも驚くコトにするわ」

のんびりとしたそんなやりとりをしている時点で、もう驚くタイミングを逸しているような気もしますが、よいのでしょうか？

なんとも、明るくのんきなフレン様ですが、どうにもさっきの鋭い視線が気になります。目を眇めたのは気のせいでなかった場合、その胸中が読めません。

しかし、フレン様はお母様の友人でもあるのですよね？

そう考えると、お母様同様の立ち回りができる方であるとも言えます。

……ああ、つまり、気のせいではないのですね。

あの砕けた調子や、フレンドリィな雰囲気にうっかり乗せられてしまいそうになりますが、その実、しっかりと私を吟味していたようです。

さておき、一頻《ひとしき》り驚き終わったところで、フレン様はお茶で口を湿して笑いました。

「ふふ、それにしてもモカちゃんは本当にすごいわ」

「え？」

「箱の中にいるのは残念だけど、それを補ってあまりあるモノを持っていると思うの」

「母上、それでは？」

「それではっていうのは変な話よ。少なくとも私は最初から反対していなかったし、実際に会ってみたらやっぱり反対する理由はなかったわ」

……嘘、ですね。

『箱』の中にいても、それを補ってあまりあるモノを持っていると、そう確信できたからこその言葉なのでしょう。

実際に会って印象がマイナス方面になっていたのであれば、この場で婚約は反対した可能性があります。

なんのかんので、この方も社交界の頂点に立つ女性ですものね。

そういう部分はきっと油断できない人なのでしょう。

まぁ、変に威圧的な人や、妙に偉そうな人に比べれば、全然話しやすいのですけれど。

◇

サイフォン王子を交えた、フレン様とのお茶会は、終始和やかに進んでいきました。

……時々、フレン様から鋭い眼差しを向けられているような気がすることだけを除けば。

お茶もお菓子も美味しいですし、サイフォン王子もフレン様も、私に負担が掛からないように気にかけてくれているようですし、久々にちゃんと社交をしている気分です。

私の外見は箱ではありますけど。

「サイフォンは、モカちゃんの素顔を見たコトあるの？」

「ええ。『箱』の中に入ったコトもあります」

「あらぁ！　それはうらやましいわね」

王子の話に、フレン様は楽しそうに相づちを打ってから、こちらへと視線を向けました。

「そうだわ。モカちゃん。箱の中を見せて――なんて無理は言わないけれど、良かったらお顔だけでも見せてもらえないかしら？」

「えーっと……その、それは……」

ど、どうしましょう。

話の流れ的には分からなくないのですが……。

「貴女が人前に顔を晒《さら》したくないというのは分かっているつもりよ。でもね、貴女自身も考えがあってサイフォンとの婚約を承諾したのでしょう？　それなら、その思惑のためにも、私や私のお付きたち、サイフォンのお付きたちにもちゃんと顔を覚えてもらった方がいいと思うの」

そう言われるとそうかもしれませんけど。

公爵令嬢として、身内以外に顔を知っている人が増えることそのものに悪いことはないと思います。

王妃様や王子の側近たちであれば、悪いようにはしないはず……。

顔を見せるメリットはありますが、デメリットは少ないように思います。

「それに、ラテは——心情的には貴女の婚約に反対しているのでしょう？　私たちの前で素顔を見せるというのは、ラテに認めてもらうための布石になるのではないかしら？」

「……それは……」

言われてみると、確かにそうです。

お母様に認めてもらうために必要なことかもしれません。

……顔を出さない方がむしろデメリットが多そうな……というのは、理屈の上では分かっています。分かっているのですが……。

でも、身内やサイフォン王子以外の前で顔を出すのは……。

ましてや初対面のフレン様や、フレン様付きの皆さんの前で……。

ど、どうしましょう……。

顔を出してもいいと思う反面で、いざ出そうとすると身体が震えてきてしまいます。

さっきは勢いでできましたけど、今はその勢いも勇気も使い果たしちゃってるわけでして……。

「あらぁ？」

「モカ」

私が身体を震わせながら必死に悩んでいると、何やらフレン様とサイフォンが声をかけてきました。

「カタカタと『箱』が震えているようだが大丈夫か？」

「え？」

どうやら、悩みすぎて、震えすぎて、『箱』までもがカタカタと震え出していたようです。

今までは、そんなことなかったので、サイフォンと婚約をするに当たっての心境の変化が、魔法に何らかの影響を与えているのかもしれませんね。

なかなかに興味深い現象ですが——

「あらぁ、止まったわ」

「何だったんだ？」

——と、考察を始めようとした時、ふと視界にカチーナの顔が見えました。

こっそりと嘆息しています。

いいえ、呆《あき》れられているようにも見えます。

…………あ。

そうですよね。

今は、王子と王妃様とのお茶会の場。

魔法に関する考察をしている場合ではありませんでした。

「し、失礼しました……。どうも……魔法が、私の感情に……反応していた、ようで……」

「あらぁ、常時展開されている魔法だからこその現象かもしれないわね」

……なるほど。

ふつうは、使いたい時に発動するのが魔法ですからね。

感情や精神の影響を受けていても、分かりづらいのでしょう。

一方で、私は『箱』という形で常時展開しているからこそ、感情の影響による変な挙動が分かりやすく出たということかもしれません。

――って、いけません。

フレン様の言葉から現象に対する考察が捗ってしまって、また黙り込んでしまいました。

「カチーナ」

「はい、殿下」

「モカの様子がおかしいようだが?」

「お嬢様は魔法に関する考察が大変お好きでして……。現状は、無意識の現実逃避も兼ねている可能性はありますが」

「なるほど」

何やら楽しそうにうなずくサイフォン王子。

現実逃避……。

いや、はい。カチーナの言うとおりではあるかもしれませんが。

「あらぁ、要するに問題を先送りにしたがっているのね!」

そうはっきりと言葉にされると、なかなか……。

分かってます。分かってますよ。ここでは顔を出した方が良いってことくらいは。

ですが、ですが……。

「あらぁ？　またカタカタしだしちゃったわ。でも、もう一押しかしら？」

フレン様が何か呟いています。

私はそれどころではなくて、なにを言っているのか聞こえていませんでしたが……。

「モカ」

「はい、サイフォン殿下」

「『箱』の中ではなく、外で、君の顔を見たい」

うっ……。

とても真摯な顔つきで、サイフォン王子が告げます。

それをフレン様は「あらぁ」と目を輝かせ、見守るように手を合わせていました。

サイフォン王子にそう言われると、拒否しづらいといいますか……。

さっき見せたのだから、もう勘弁して欲しいといいますか……。

「母上のためではなく、私のためという形ではダメか？」

ううう……。

サイフォン王子……その顔は反則です。

真摯ぶってて実は面白がってるのでは……と疑っている自分がいるのと同時に、王子に見せるなら――と思っている自分もいるのです。

「あらぁ、私からもあと一押しするわ」

「ほう。母上はどんな一押しをするのですか？」

サイフォン王子の質問にフレン様はニッコリと笑って、私が思ってもみなかったことを口にしました。

「意地悪なご令嬢たちの前にお顔を晒して、今後、あなたのお母様になるかもしれない私にお顔を見せてくれないのは、ちょっと寂しいなぁ、て」

……え？

衝撃発言に私は思わずサイフォン王子に視線を向けます。

すると、彼は額に指を当てて頭を振っていました。

どうやら王子は気づいていたようです。

そういえば、ルツーラ嬢たちとのやりとりの最中、サイフォン王子はどこかへと視線を向けていた時がありましたが……。

もしかしなくても、あの時、王子がチラっと気にしていたのって……。

「ふふ。だから言ったでしょう？　最初から反対していない……って」

「最初から……とは、『お茶会の最初から』……という、意味でした、か……」

「ええ」

ニコニコとうなずくフレン様。

「あの、いつから……こちらの、様子を……？」

「貴女がサロンに運ばれているところから、よ」

「最初からッ⁉」

「ええ。でも本当に、最初は見知らぬお嬢さんが、空き部屋から箱を運ばせているのを見て、気になって覗《のぞ》きにいっただけなのだけど」

何というか、王子が来ようが来まいが、ルッーラ嬢は完全に詰んでたんですね。目撃者が王妃様って、もうどうにもならないじゃないですか。

「まさか箱が啖呵《たんか》を切って、箱から女の子が生えてくるなんて思わなくて、面白かったわ」

「生える……」

思わず引っかかった単語を口に出すと、横にいたサイフォン王子は手を口元に当てて身体を震わせます。

完全に、笑いを堪《こら》えているというか、堪えきれてない感じです。

「上半身が女の子で、下半身が箱の魔獣ってどこかにいなかったかしら？」

「蜘蛛《くも》の魔獣ならいたはずです。確かアラクネ、と」

悩み出す王妃様に、サイフォン王子が補足します。

いえ、そういう補足はいらないのですけど。

「魔、魔獣……扱い、ですか……？」

「例えよ、例え。アラクネ、アラクネ……そうね、さっきのモカちゃんはハコクネって感じかしら？」

まるで面白い思いつきとばかりに、手を合わせて顔を輝かせるフレン様の横で、サイフォン王子が口元を押さえています。

「ハコ……クネ……」

なんでしょう。

固有名詞を付けられてしまった結果、自分が新種の魔獣のような気分になってきました。

確かに客観的に見れば、上半身が人間、下半身が箱の異形に見えなくもないですよね。あの姿って。

あ、しかも、人形箱も生やしましたね。

アレって完全にハコクネって感じではないでしょうか……。

「でも悪くはなかったわ。人嫌いで滅多に社交に出ないって言うから、ああいう嫌みと皮肉のやりとりには馴《な》れてないかも——と、勝手に思っていたから。相手の皮肉や嫌みを受け止め、受け流し、必要なら揚げ足を取って、理屈をもってやりこめる立ち回りも。相手を咎《とが》め、諌《いさ》める手腕も。相手の暴力を受け止め、最低限の反撃で制圧する胆力も。相手のやったコトを寛大に許す器も。何より、感情はどうあれ、目先にある優先すべきコトを正しく全《まっと》うできる判断力も。どれもこれも王族の末席に加わるには、必要な能力だもの」

こ、これは……完全に見られていたやつですね。

最初から見ていたというのは嘘でもハッタリでもなく事実なのでしょう。

で、ですが——最初から見ていたというのなら……！

「あの……その、見ていられた……の、でしたら……今更、見せる……必要は……」

「あらぁ！　でも見えたのはモカちゃんの後ろ姿だけだもの。ちゃんと正面から見せて欲しいわぁ」

どこかおねだりするような少女を思わせるあざとい視線を向けてくるフレン様。

だけど、なんともそれに抗いがたく――

「そういうコトだそうだ。モカ、私からも頼む」

サイフォン王子からも重ねてお願いされてしまえば、もう観念するしかありません。

いつも心に『木箱の中の冒険』の精神です。

今日何度目ともわかりませんが、ジャバくんから勇気をもらうとしましょう。

「わ、わかり、ました……」

「ありがとう。モカ」

「あらぁ、嬉《うれ》しいわぁ」

なんていうか、親子の波状攻撃にいいように振り回された気がしないでもないですが、負けを認めたのですから仕方がありません……。

「か、顔……だけですから……ね」

箱の縁に手を掛けるように、私は天板から顔を出します。

外から見ると、波紋の広がる水面から顔を出しているように見えるかもしれません。もっとも、私が顔を出すのは水面ではなく木面のような『箱』の天板から、ですが。

「あらぁ……！」

ゆっくり、ゆっくりと……。

私は天板から顔を出すと、フレン様は嬉しそうに笑いました。

「やっぱり、美人で可愛い子だったわね」

美人で可愛いと、フレン様は言いました。

「きょ、恐縮……です……」

容姿を褒められたことに対して、なんと答えて良いのか分からず私は俯《うつむ》き加減で、言葉を返します。

「ふふ、モカちゃんはラテに似たのね。ネルタじゃなくて良かったわぁ」

フレン様は何やら楽しそうです。

「ラテの娘自慢も、まんざら嘘ではなかったのねぇ」

「むすめ、じまん……？」

「そうよ。お家でのラテの様子までは分からないけど、手紙なんかには、自慢としか言いようのない内容も多かったの。娘は美人だとか、娘がネルタみたいに頭が良いんだ、とか」

「お、お母様……」

じ、自分の知らないところで、すごい褒められているというのは、どう反応して良いかわかりませんね。

「だから私もね。お返事に色々書いたの。フラスコのカッコいいところとか、サイフォンの可愛いところとか」

「母上ッ⁉」

横で完全に聞き役に徹していたサイフォン王子が思わずといった様子で声を上げた。

「あらぁ？　どうしたのサイフォン？」

「今の流れで、どうして可愛いところになるのですか？」

「どうしてだったかしら？」

こてり――と首を傾げてみせるフレン様だけど、これは完全にサイフォン王子をからかってるように見えますね。

なんというか非の打ち所がない感じのするサイフォン王子ですけど、フレン様には敵わないのかもしれません――そう思うと、ちょっと笑ってしまいました。

「あらぁ！　笑うともっと可愛くなるのね」

「…………っ」

フレン様が、こちらを見てニコニコしながら言います。

不意打ちと言いますか、そんなこと言われると思ってなかったと言いますか、もうなんだかよく分からなくて、でも顔だけは真っ赤になってる自覚があります。

穴があったら入りたい――そんな心境で……。

あ、いえ。穴はないですけど、箱はありました。入りましょう。逃げましょう。

そうして私は、ズブズブと『箱』の中へと潜るように逃げます。

……そういえば、サイフォン王子だけは特にリアクションがないような……。

沈みながらも、ふと王子へと視線を向けると――

どうにも解釈しがたい顔をして、こちらを凝視していました。

……え、それってどういうリアクションなんでしょう……？

でも、真っ赤な自分を見られ続けるのも恥ずかしいので、箱に入るのはやめませんけども。

「あらぁ、箱に戻っちゃったわね」

残念そうな口調のわりには表情が楽しそうなのはどういうことでしょうか、フレン様。

そんな賑《にぎ》やかとも言えるやりとりをしていると、サロンの入り口からノックする音が聞こえてきました。

「邪魔をするぞ」

やってきたのは、お父様と――

「……箱？」

「だから言ったではありませんか、うちの子は箱入り娘だと」

「いやいやいやいやいや。箱入り（物理）とか想定外がすぎる」

――国王陛下……バイセイン・ディープ・ドールトール様でした。

挨拶をしないと――と思っていると、フレン様が告げます。

「バイセイン様。私は、サイフォンとモカちゃんの婚約に賛成ですので、そのおつもりで」

「え？」

私というか『箱』を見て戸惑う陛下に、フレン様は間髪をいれませんでした。

フレン様の言葉に、戸惑うような陛下。

そこへ、畳みかけるようにフレン様は口にします。

「ネルタ。貴方はどうなの？　ラテからもらった手紙では、ラテとしては心情的に反対だけどモカちゃんが望むなら賛成するって書いてあったけど」

「むろん、私はモカが望むなら応援します。心情的にも賛成ですよ」

「そうですか」

お父様の言葉に、フレン様は満足そうにうなずき、陛下に視線を向けました。

「で、陛下は？」

「いや、その前に私はモカ嬢のひととなりを知らぬわけだが」

「あらぁ？　貴族の政略結婚にひととなりはそこまで重要ではないのではなくて？」

何やら冷たく言い放つフレン様。

バイセイン陛下に何か思うことがあるのでしょうか？

「確かにそこまで重要視はせぬが、さすがに何も知らぬというのは……」

「あらぁ？　なんでモカちゃんについて知らないのかしら？　私に相談もなく、ネルタとこっそり話を済ませて、成人会でサイフォンとモカちゃんを強引に引き合わせる話をされていたというのに？」

あ、なるほど。

フレン様としては、陛下が私を成人会に引っ張り出そうとする計画を立てておきながら、『箱』

について何も知らなかったことに怒っているのですね。

さらに言えば、成人会での出来事は噂話になっていますし、宰相であるお父様とは会う機会も多いことでしょう。

――だというのに、私に対する『箱入り』という言葉を正しく理解できていなかったことに対して、息子の結婚に関する話なのに仕事が雑だと、そう言いたいのではないでしょうか。

「ま、待て……私がネルタに話を持ちかけたコトをどうして知っているんだ……？」

ニッコリ――と、フレン様は笑うだけで、答えません。

十中八九、お母様からの情報でしょう。

お母様はお父様を締め上げて、陛下とのあれこれを色々と聞き出してましたし。

つまるところ、このやりとりはお母様とお父様のやりとりの第二幕。

幕が上がるのがドリップス家ではなく、ドールトール王家であるという違いはありますけれど。

だからでしょうか。

陛下は必死にお父様に対して、視線で助けを求めてますが、お父様は肩を竦《すく》めるだけで、バイセイン陛下を助ける気はなさそうです。

それどころか、ちらりとフレン様からの視線で何かを示されたのか、お父様は、何かを諦めたかのように盛大に嘆息してから告げました。

「諦めろバイセイン。妻たちに何も言わずに縁談話を進めた俺たちの落ち度だ。付け加えるなら、モカに関してお前が俺の言葉を聞き流していたというのもある」

お父様らしからぬ砕けた言葉。それはこの場が身内だけの場だからでしょうか。もしかしたら、先ほどのフレン様からの視線は、態度を崩して良いという意味だったのかもしれません。

周囲の従者の皆さんもそこまで驚いてないようなので、実はあまり珍しくない光景……なのでしょうか？

「箱入りだという言い回しがよもや直球の話だったとは思わないだろ」

砕けた調子のお父様に、陛下も砕けた言葉で返します。

うちの両親と国王夫妻は、揃《そろ》ってそれぞれが友人同士だったようです。

「あらぁ？　やっぱりバイセイン様は、縁談を考えておきながら、モカちゃんについてロクに調べられていなかったのですね？」

それに、フレン様もお父様に対して気安いようですし、お母様を含めた四人は大変仲が良いのでしょうね。

「いやまぁ、その何だ……。ネルタとラテの子だし、そこまで警戒しなくてもと思っていたワケで……なぁ？　ネルタ？」

なんだか、今まで知らなかった関係で驚きです。

「こちらに振られても困るのだがな。まぁ何だ、俺も散々ラテに絞られた。お前が絞られないというのは理不尽だとは思わんか？」

「その言葉が一番理不尽ではないのかッ?!」

「あらぁ？　バイセイン様？」

「は、はいぃぃぃ……！」

現王家最強はフレン様――なのでしょうか？

そのまま陛下はフレン様に言葉で絞られはじめました。

お母様から文字どおり腕力で絞られていたお父様とは別の絞られ方ですね。

そんな光景を見ながら、しみじみとしたものが湧いてきます。

「お父様と、陛下……仲が良かったの、ですね……」

「執務室などで二人だけの時とか、こんな感じのやりとりをしているのを時折見るな。身内だけの時など、かなり砕けた関係になるようだ」

私が思わず呟くと、聞こえていたらしいサイフォン王子が苦笑しながら教えてくれます。

「母上は――父上や宰相との親しい姿を見せて、君の緊張を解こうとしてくれているのかもしれないな」

「……そう、かも、しれないです、ね……」

そうだとしたら、なんだかそれはとても嬉しく感じますね。

「……ところで、モカは父上と宰相が私たちの出会いの場を作ろうとしていたコト、知っていたのか？」

「はい……実は」

「知っていたのに、わざわざ成人会に？」

「知って、いたから……こそ、『「箱」のままでも……良い』って言葉を、お父様から、引き出せた……のです」

「くっくっく……君も結構したたかだったか。成人会に出たかった理由を聞いても？」

もちろんです。

だって、サイフォン王子に会いたかったから――

というのを口に出せれば素敵だったかもしれませんが、私にはそんな勇気はありませんでした。

だから――

「えっと、その――ちょっとした……思惑が、ありまして……」

答えとして出てきたのはそんな言葉。

「そうか」

それにうなずくサイフォン王子は、私の言葉をどう思ったのでしょうか？

顔に浮かんでいるのはいつもの笑顔。そこからは、彼の感情を推し量ることはできませんでした。

フレン様からのお話が一段落したところで、陛下とお父様も席に着きました。

陛下はぐったりしているようですが、敢えて触れません。

サイフォン王子も、どこか馴《な》れた感じで流すようですし。

「あらぁ……私としたコトが長々とごめんなさいね」

そう言って、フレン様は私とサイフォン王子に謝ります。

特に気にしなくても良いとは思うのですが、どう答えて良いかも分からないので、曖昧にうなずいておきます。

サイフォン王子も気にしてないようで、軽くうなずきました。

そこへ陛下が訊《たず》ねます。

「そういえばサイフォン。成人会以降は、襲撃や暗殺などという情報がめっきりなくなったが、大丈夫なのか？」

「ええ。不思議と、成人会以降は嫌がらせなども減りました」

そう答えるサイフォン王子の爽やかな笑顔が、どこか胡散臭《うさんくさ》いので、王子が何かしらやったのでしょう。

実際、私の予想は外れていなかったようで、そんなサイフォン王子に対して、お父様が嘆息混じりに言いました。

「どの口で言うのですか、殿下。殿下の仕込みで、モカとの婚約の噂《うわさ》が広まってるからでしょう？　世間知らずの箱入りで、実際に箱に入ってる娘と婚約したので、王位を継ぐ目が消えかかっていると」

あ、妙に噂になるのが早いなって思ってましたけど、サイフォン王子の仕込みだったんですね。

「兄上を推す者たちは、兄上に王位を継いで欲しくて仕方ないですからね。そういう噂を聞けば、多少は大人しくなるだろうと、思っていましたので」

さらりとそう言ってお茶を口にする姿がとてもサマになっています。

「あらぁ……でも、実際にモカちゃんの能力を目の当たりにすると、事実は逆になるわよねぇ……」

王子の言葉を受けて、さらっと口にするフレン様。褒めていただいているようで……なんだか照れます……。

「そういえば、フレンはフラスコ王子派ではなかったのか？」

人差し指を頬に当てながら軽く小首を傾げているフレン様に、お父様が問いかけます。

それに対して、フレン様は酷薄な笑顔――お父様に対して、というよりも、何か別のものに向けているように見えます――を浮かべて、答えました。

「あらぁ、ネルタだって分かっているでしょう？　母親だもの。どっちの息子も愛しているわ。王妃だもの。贔屓《ひいき》せず状況を見極めるわ。そして、親だからこそ、どちらも守りたいの。分かるでしょう？」

　これまでの、どこかふんわりとしたフレン様とは違う、静かながら迫力を伴う姿となって、唄うように口にします。

「バイセイン様の本心はどうあれ、その立ち回りはサイフォン贔屓に見えますから。それならば、私がフラスコ贔屓のように振る舞わなければ、パワーバランスが悪いでしょう？　そしたら、派閥の者たちが勝手に私を筆頭だと祭り上げているだけ。私は自分の口からフラスコ派を公言したコトは一度もないわ」

　そのおかげで色んな情報が集まってくれるから助かっているわ——と、フレン様は、背筋が寒くなるような笑顔を浮かべました。

　でも、お父様と陛下は肩を竦《すく》めるだけ。

　二人はちょっと怖いフレン様を見るのに、馴れているようです。

「そういう……意味では、本来の……筆頭は、あの顔の怖い方……ですよね？」

　そこへ、私が訊ねました。

　お父様たちも砕けた態度でやりとりできる場であれば、このくらいの話は大丈夫でしょう。

　ちなみに、成人会で毒を仕込むように企てた黒幕容疑者の一人です。

　サロンを出る時に、サイフォン王子に確認をしようとしたら、口にしないようにと言われた人物ですね。

「正確に言えば、かの侯爵は兄上派閥の中の過激派筆頭、だけどね」

言いながら、少しサイファォン王子の顔がひくついています。

まるで笑いを堪《こら》えているような感じです。

「くく、それにしても顔の怖い侯爵……って」

あ、まるで——ではなく、実際に笑いを堪えていたようです。

そんなサイフォン王子の姿を見て、フレン様も苦笑を浮かべました。

「あらぁ、あの方って実際に悪事を働いているかは別にして、とても黒幕っぽい方とは、昔から言われていたわよね」

「本人もだいぶ気にしているようだがな」

陛下も苦笑したところで、お父様が真面目な口調で告げます。

「見た目の話はさておこう」

それにみんながうなずき、雰囲気が変わったところで、サイフォン王子が切り出しました。

「兄上を推すため、邪魔者である私を消して一番に得するのは間違いなく彼ですよね?」

実際、フレン様以上にフラスコ王子の近くにいるイメージもありますしね。

「そこは否定しません」

王子の言葉にうなずき、お父様が小さく息を吐きました。

「ですが、だからといって、そう容易な相手でもありませんよ、殿下」

「分かります。かの家は強いですからね」

確かに、ダンディオッサ侯爵家はこの国の中でも強い家ですよね。

侯爵家そのものの歴史も古いため発言力もあり、保有している領地には広い農地を持っています。加えて、ダンディオッサ領の領有騎士団もかなり強いのですよね。

経済的にも武力的にも、国内上位に位置している家なのです。

当然、ダンディオッサ侯爵もそれを理解して社交に政治にと立ち回っています。

だからこそ、派閥の旗頭としてフラスコ王子派閥をまとめ上げるだけのチカラもあったのでしょう。

変に刺激をしすぎると、反乱とかするぞ――というアピールができるだけのチカラがありますし、実際にやられると非常に怖いことになります。

王国騎士団がそうそう負けるようなことはないでしょうけれど、過激派たちをまとめ上げ、領有騎士団を使ってくるような場合、苦戦は免れないかと思います。

その王国騎士団にだって、フラスコ王子閥の過激派に近い方々も在籍しているわけですから、輪を掛けて面倒な話なのでしょう。

その上――

「それに……表向き、は……過激派の、抑え役……です、よね……？」

「あらぁ……モカちゃんの言うとおりね。実際、過激派を抑え込んでくれているんだもの」

――そうなんです。

過激派の筆頭でありながら、過激派の暴走を抑えるという立ち位置にいるせいで、変に彼を刺激してしまうと、過激派たちの歯止めが効かなくなる可能性があります。

しかも、抑えているぞ——というアピールをささやかながらやっているようなので、余計に面倒くさそうです。

一方で、そのアピールの陰では、過激派たちを色々と動かしているのではないかと思われます。

そして実働した過激派たちが失敗すれば、侯爵自身は陛下たちに対して抑えきれずに申し訳ないと、頭を下げてくることでしょう。

「兄上に近づけたのは、どんな教育係を付けても嫌がっていた兄上の教育係に、立候補してきたからと聞いています」

「そうだ。教師として腕が良かったのか、フラスコから信用されている。

だからこそ余計にややこしい。捕まえようものなら、フラスコが怒りかねない」

サイフォン王子の言葉を肯定しながら、陛下は軽く嘆息しました。

フラスコ王子は怒り出すと、風属性の魔法を使って周囲に当たりますからね……。

「あらぁ……こうやって改めて確認すると、肩書も立ち位置も、なんだか面倒なところにいる人ねぇ……」

フレン様も困ったように息を吐きます。

「本当に。面倒くさくて、苦手になってきているよ」

「あらぁ、ネルタがそういうコトを言うの珍しいわねぇ」

愚痴のようなものをこぼすお父様に、フレン様は本当に珍しいものを見たという様子を見せます。

そこへ、どこかいたずらっぽく陛下が言い、サイフォン王子も続きます。

「彼もネルタのコトが嫌いなようだしな」

「そういえば、兄上も宰相のコトを嫌いなようですよ」

「ええ、どちらも存じておりますとも」

それはまた、お父様にとっては面倒な方が組み合っているようですね。

もしかして、侯爵はフラスコ王子を王にして、宰相であるお父様を引きずりおろしたいと考えているのでしょうか？

そしてあわよくば自分が――と。

フラスコ王子から信用を得ているという意味でも可能性はあるでしょう。

歴史を紐解《ひもと》けばダンディオッサ侯爵家から宰相になった方もいますからね。現侯爵が宰相についても問題はないのかもしれませんが……。

ともあれ、そこまで推測してみれば、可能性を少しでも確実にするために、サイフォン王子を害そうとするというのもありえる話に思えます。

「やはり、私がいなくなって一番得するだろう人物ではあるか」

「確かに、あの毒の容疑者としてありえますが、殿下……」

「わかっています。証拠は一切ありません。何度かの尋問を終えたあと、騎士団が薬や幻術の使い手を用意している間に、毒殺未遂犯は何者かの手によって神の御座《みざ》へと送られてしまいましたからね」

結局、成人会の犯人は幻術と薬物によって尋問されることは無かったようです。

「周到なコトだ」

やれやれ――と、陛下は嘆息しました。

「本当に面倒だ」

それに同意するようにお父様もうなずきます。

侯爵は、フラスコ王子派閥過激派筆頭などと言われてますが、実際のところ本人がそこまで積極的に動いている様子はありません。

そのせいで、証拠らしい証拠が摑《つか》みづらく、何か理由をでっち上げて呼び出すのも難しいのでしょう。

だからこそ、陛下もお父様も面倒だと口にするのでしょうね。

ちなみに、フラスコ王子派閥と言われていますが、実際のところフラスコ王子が率いているというよりも、フラスコ王子を王様にしたい派閥というのが正確です。

フラスコ王子は兄王子であり、王位継承権はサイフォン王子よりも上です。

ただ、その能力に疑問視されている面もあり、サイフォン王子を次期王にと推す人が多いのも事実。

それゆえにどちらを次期王にするかで派閥ができているともいえます。そして、派閥には王子たち本人の意志はほとんど介在してません。周囲が勝手に騒いでるだけ、とも言います。

そんなわけで、成人会の毒殺未遂に関しても、フラスコ王子の意志がわずかでも含まれているかすら怪しいところ。

ほとんどが派閥の人たちの思惑によるものでしょう。

フラスコ王子は、毒殺未遂があったことすら知らない可能性があります。

「あらぁ？　その面倒な方の関係者があなたの領地にちょっかいを掛けているようだけど？」

「試すような言い方をするなフレン。君もラテから手紙をもらっているのだろう？　だからこそラテが帰領した。賊を使うようなつまらぬ手は、それを上回る腕力でねじ伏せ、即応が必要な嫌がらせには、それを上回る権力でもって対応してくれているからな」

「昔は、権力より腕力で解決する方がシンプルで良いなんて言っていたラテが、ちゃんと権力や政治的な解決手段を用意できるようになったのねぇ……」

「しみじみ言っているが、そうなれるように努力していたラテを一番見ていたのは君だろう？」

「その努力をしていた理由がネルタの側にいたいからなんて、健気よねぇ……」

「…………」

フレン様とお父様のやりとりは情報過多でどう反応して良いかわかりません。

……というか、権力より腕力って本当にお母様が言っていた言葉なのでしょうか……？

お母様、領地に戻ってあれこれすると言ってましたけど、過激派からのちょっかいを予見していたわけですね。

「宰相。そちらの領地に手を出した者たちから、何か情報は？」

「黒幕に迫れるような情報はありませんでした」

「そうか」

サイフォン王子の問いにお父様が首を傾げると、陛下は大きく嘆息しました。

「本当に、上手く立ち回るようになったものだよ。命令した者を辿《たど》っていっても、侯爵までは届かないとはな」

陛下が頭が痛いとぼやくのもわかります。

フラスコ王子派のとりわけ過激派の人たちは本当に過激ですからね。

「それでも、手に入った情報を元に、証拠が揃《そろ》えられた者は罰した。派閥からすれば大した痛手ではないだろう。だが、厳粛な対応と見せしめは必要だからな」

お父様がさらりと怖いことを言っていますが、当然と言えば当然ですね。

派閥がどうこうという話ではなく、現王、現宰相、そのほかの現重鎮たちが舐《な》められるわけにはいきませんから。

見逃してもらえる。温《ぬる》い対応で済む。

そう思われたら、過激派がますます過激になっていきかねません。

「あらぁ。ネルタ、その人たちから何か情報は得られたのですか？」

「こちらもめぼしいものは何も。今のままだと、彼は怪しい止まりだ」

まぁ陛下とお父様はさておいて、そのほかの重鎮や官僚といった国上層部も、当然派閥に入っている人たちがいるのですよね。

その辺り、陛下やお父様にとっては頭が痛いところでしょう。

派閥は派閥。仕事は仕事。

ちゃんと分けて動ける人というのは一握りでしょうから。

「ところで、サイフォン。派閥の話が出たので改めて確認しておきたいコトがある」

父親の顔――ではなく、王としての顔で、陛下はサイフォン王子に訊ねました。

「お前は、王位についてどう考えている？」

「現段階だと興味はないですね。必要であれば、継ぐコトはやぶさかではありませんが――そうでないならば、優先したいのはモカです」

「……え⁉」

思わず声を上げてしまいました。

すると、一瞬だけ射貫いたものをとろかすような魅力的な流し目で私を一瞥《いちべつ》し、微笑みます。

「そんなになりたいなら、兄上が継げばいいとさえ思っています」

ドキドキする心臓に手を当てながら、私は何度も深呼吸を繰り返しました。

……私を、優先……？

「兄上――というよりも、兄上を祭りあげる派閥にちょっかいを掛けているのは、やられたからやり返しているにすぎません。兄上が真っ当な振る舞いをし、兄上派閥が真っ当なやり方をしてくるのであれば、継承争いから一歩引いても良いです。ただし、モカにちょっかいをかけ、私の邪魔をするのであれば、容赦する気はありません。誰であろうと」

ニッコリとした顔でそう言い切る姿を、私は箱の中から呆然《ぼうぜん》と眺めていました。

「どちらであれ、現段階ではモカと婚約を結ぶのであれば、王となるのは少々難しくなるが……」

「それならそれで構いませんし、そう思ったからこそ噂を広めたとも言えます」

……。

「あらぁ、モカちゃんがまたカタカタしているわ！」

「殿下の言葉に恐れ多いと思ったのか、あまりにもまっすぐな好意に、許容範囲を超えたのか……まぁ嬉《うれ》しくて震えているのは間違いないだろう」

フレン様とお父様のやりとりは耳に入ってきません。

王子のあまりにも想定外な発言に、嬉しさと戸惑いがあります。

サイフォン王子自身が王位にこだわりはないようですし、私の存在を積極的に利用してもいます。そこは私も知るところではあります。

でも、改めて私を優先すると言われると――王位に興味がなくとも、王族が私なんかを本当に優先してしまって良いのだろうか、と……不安になってくるところもあります。

もしかしたら、贅沢《ぜいたく》な不安なのかもしれませんけど……。

悩んでいると、そのタイミングを狙っていたのでしょう。フレン様が軽く手を合わせて微笑みました。

「あらぁ……なんだか楽しくないお話になっちゃったわね。

せっかくモカちゃんが遊びに来てくれているのに、勿体《もったい》ないわ」

お茶も冷めちゃったし——と言って、みんなのお茶を淹《い》れ直し、新しいお茶菓子も用意してくれます。

そのあとは、和気藹々《わきあいあい》としたやりとりが続き、陛下も私が婚約者で問題ないと言ってくれました。

「ところでモカ。顔を見せて欲しいのだが」

「あらぁ、ダメよモカちゃん。見せちゃダメ。モカちゃんの顔は安売りしちゃダメなんだから」

「えーっと……」

先ほどは顔を覚えてもらった方が良いと言ったフレン様とは思えない発言なのですけど。

「なぜだ、フレン？」

「あらぁ。なぜかと言われたら意地悪としか答えられません。旦那様へのささやかな意地悪です」

私の顔……夫婦喧嘩《げんか》のダシに使われているのでしょうか……？

そんな些細《ささい》な一悶着《ひともんちゃく》は何度かありましたけど、何とか円満に顔見せのお茶会は終了を迎えるのでした。

◇

緊張のお茶会は円満に幕が下りましたが、私にはこれから帰るという仕事が残っています。

緊張が解け始めると同時に、反動のようなものが色々とこみ上げてきてる気がしました。主に胃液と涙ですが。

とはいえ、何とか乗り切りました。

あとは帰るだけです。正直、かなり限界が来てますが、家に着くまではがんばりましょう。

帰り道は、荷物置き場まではサイフォン王子が一緒にいますし、馬車に乗る時には、『箱』にカチーナが入ってくれます。

気を張る必要があまりないのは助かりますね。

今日はもう、これ以上の緊張はいりませんし、使える勇気も底を尽きてますので。

そんなワケで、ここへ来る前に話されていた計画どおりに、帰りも荷物扱いです。

なので、持ち帰り予定の荷物の置いてある部屋まで、台車で運搬される私です。

まぁ外から見ればただの『箱』。

でも実際のところ、中にいる私は、椅子に座り、机に突っ伏しています。

冷たいものが欲しくて用意したお茶もまったく口にしていません。

口にするほどの気力と体力の余力がないともいいます。

王妃様のサロンから荷物置き場となっている空き部屋まで、大した距離ではありませんでしたが、そのわずかな間、ずっとぐったりしていました。

カチーナは今、『箱』の外にいますが、きっと中での私の様子に気が付いているでしょう。それでも、敢えて何も言わないのは、わずかでも私を休ませたいから……だと思います。

その気遣いが本当に、身に染みます。

サイフォン王子もあまり話しかけてきません。

いやまぁ――そちらはそちらで、運んでいる箱に話しかける王子という構図が生まれるのはよろしくないから、かもしれませんが。

ともあれ、そうしてのんびりと運ばれてきた私が――いえ、私が入った『箱』が、荷物置き場に置かれている部屋に置かれました。

王子は部屋のドアが完全に閉じたのを確認してから、『箱』をコンコンと指で叩《たた》きます。

「なん……でしょうか?」

突っ伏していた机から顔を上げ、軽く乱れた髪などを整えながら、私は返事をしました。

「無事に終わって良かった、と思ってな」

「そう、ですね」

「実際問題、母上が認めてくれるかどうかが一番の問題だった。

先の様子を見てのとおり、母上はある意味で強いからな」

そう言って微笑む王子の顔は本当に安堵《あんど》しているようです。それに私も笑みを返します。

『箱』の中からなので、サイフォン王子には分からないでしょうけど。

む。

あれ?

……なんでしょう。

今、『箱』に引きこもってから、初めてに近い感覚が……。

『箱』越しにやりとりすることを、煩わしい……なんて。

サイフォン王子との間が『箱』で隔てられていることが、こんなにも……。

『箱』の中から映像で外を見るのではなく、直接顔を見たいって……そう思えて……。

……。

…………。

……………。

うん。よし！

「モカ？」

わずかに逡《しゅん》巡《じゅん》してから、私は意を決して――というほど強い感情ではないのですが、なんとなくといった軽い感覚で、気合を入れました。

今日、何度も顔を出し入れしたからでしょうか。

今なら、いつもよりだいぶ気軽に、顔が出せそうです。

本当に、家族や身内以外で。

周りにもサバナスやリッツはいるけれど。

でも、サイフォン王子には顔を見せたいから……。

「どうした？」

そうして――私は感情のままに、スススッと『箱』の上面から顔だけ出しました。

「本当にどうしたんだ？」

「なんだか、顔を出したい……気分、だったの……で」

「そうか」

そう笑う王子の顔には、皮肉っぽさも、胡散臭さもなくて。

純粋に顔を出した私のことを喜んでくれているように見えました。

喜んでくれているみたいで、私もそれが嬉しくて。

私も自然と笑みがこぼれます。

「この際だ。君の顔を見てから、ずっと気になっていたコトがあった。気まぐれに顔を出してくれたのもいい機会だ。聞いてもいいだろうか？」

「はい……なんでしょう？」

……気になっていたこと。

それはいったい、なんでしょうか？

「『箱』の中で素顔を見せてもらう前にも、どこかで君の顔を見た覚えがあった」

その言葉に、私は思わず目を瞬きました。

サイフォン王子は、改めて自分の確信を確認するように、私の目を見つめながら口にします。

「今日……君とルツーラ嬢が向かい合っている姿を見て、結びついた」

ああ、それは――

「モカ。君とは、魔性式の時に出会ってるね？」

サイフォン王子の記憶の片隅にも――

「……はい。そう、です。魔性式で、貴方に助けて、頂いたのが……私、です」

――あの時のことが、残っていてくれたということですね。

「そうか」

私の答えに、サイフォン王子は嬉しそうに笑います。本当に、嬉しそうに。

今まで見てきた笑顔の中で一番素敵な笑顔かもしれません。

「魔性式のあとも、あの時の女の子のコトは頭の片隅にあったんだ。ほかの者とは違い……子供ながらに、自分と同じような対応ができる女の子として。興味がずっと残っていた」

笑顔のまま、あの時のことを思い出すように。

「私のコトを……ずっと、興味が……残っていて、嬉しい、です」

「あの時、君は名乗らなかったから、余計にね」

「それは……その、殿下の……訊《き》き方が、悪かった、です」

「なるほど。それは申し訳なかった」

ちょっとだけ、意地悪な顔をして言うと、王子は逆に優しい顔をしてそう口にしました。

こんなやりとりですが、なんだか胸の奥がとても温かくなってきます。

「だが――あれ以降、君は姿を見せなくなったからな……」

ただ、直後にちょっとだけ残念そうな顔をされました。

そうですよね。

箱魔法に目覚めてからは、そっちにかかりっきりで、社交を完全に疎かにしてましたし。

「とはいえ、逆に社交界に顔を出さない令嬢と考えたら、候補は絞れはしたんだ」

「それが、私……だった、と？」

「会ってみるまでは判断できないところではあったがな」

そう苦笑してから、王子は改めて笑みを浮かべました。

「そういう意味では、父上とネルタ殿の話は渡りに船だった。絞り込んだ候補のうちの一人と、会える機会に恵まれたのだと思ったよ」

「……サイフォン殿下も、充分……に、したたかでは、ありませんか」

彼も私を捜していた、と。

それを知ることができたのはとてもとても大きくて、とてもとても嬉しいです。

「申し訳ないコトに、記憶の中の興味は強く残っていても、顔はだいぶ薄れてしまっていたので、君が本人であると確証を得るまでに、だいぶ時間が掛かってしまった」

「いいえ、気づいて……いただけた、だけで……充分です」

本当に。

あの些細なやりとりの中で、私のことが貴方の中に残っていたのですから。

だけど、一つだけ気になることがありました。

胸の奥が温かくなってきたからこそ、冷めてしまうのが怖くて。

だからこそ、聞いてみたいし、聞きたくない質問が思い浮かんで。

「あの……殿下」

だけどそれでも、やっぱり聞いておきたくて――

怖いと思いながらも、おずおずと、私は訊ねます。

「もし、私が……記憶の中の、女の子と……別人、だったら……婚約は、してくれません……でしたか？」

「そうだな……」

サイフォン王子は少しだけ考える素振りを見せてから、私の耳元に顔を寄せてきました。

「で、殿下……？」

きゅ、急に何を……。

「側近たちの目があるからね。今日はここまで近づくのが限界かな」

「えと、あの……」

近い近い近い……！

いえ、近いというか、ほぼほっぺた同士は触れあっているといいますか……!?

耳元で囁《ささや》かれるように紡がれる言葉――というか声《おと》が、とても心臓に悪いといいますか……！

「さすがに、この先まで行くとサバナスがうるさそうだから控えておこう」

この先……。

この先……ッ!?

先とは、なんでしょう。いえ、先は先ですし。え？　でも先って……。

こちらがパニックになっているのを無視するように、サイフォン王子は顔を離して笑います。

「これが答えではダメか？」

「え、と……あ、の……」

こちらを見ているサバナスはどこか内心で頭を抱えているようで、カチーナは満足そうにうなずいていて、リッツだけは特に何か反応している様子はなくて……。

そんな様子が目に入るものの、今はそれどころではなくて。

え、と、あの、えと、あの……と、口だけでなく頭の中までそんな調子で……。

「私が婚約したいと思ったのは、現在《いま》のモカだ」

自分の顔が真っ赤になっている自覚があります。

とても熱くて……熱くて……。

「記憶の中の女の子でも、過去のモカでもない――というコトだよ。父上にも、先ほどそう宣言しただろう？」

だから――と、サイフォン王子は手を差し出してきました。

「改めて、これからよろしく頼むよ。婚約者様」

「えと……その、あの……」

落ち着かない心音。

明らかに熱を持つ顔。

頭の中はグルグルで。

だけど、差し出された手と好意には応えたくて。
だとすれば、出すべき答えは分かり切っていて……。
引きこもって、魔法の研究ばかりを続ける中で、
それでも、サイフォン王子のことだけは、どこか気になり続けて、
それが自分のどんな感情なのかも分からないまま、
だけど、会いたいと、会ってみたいと思い続けて、
会えたら会えたで、もっとずっと、お話ししたいと、側にいたいと、
そういう気持ちが芽生えてて、
だけど、それでも、私は自分で自分の感情がよく分かってなくて、
それが今、ようやく、今になってちゃんと感情の自覚をできた気がして。
引きこもっていたからこそ、きっと、把握できていなかった感情——
「こここ、こちら、こそッ！　よろしく、お願いし……しますッ」
私は、サイフォン王子から差し出された手を、大事に大事に取りました。
握ったその手は、王子の華奢《きゃしゃ》な雰囲気とは裏腹に、意外としっかりしてて、ごつごつしてて、男の手っていう感じで——
そして、それから……
想像していた以上に、思っていたよりもずっと、
だけど、優しくて、柔らかくて、とても温かい手。

サイフォン王子の手の温もりを感じながら、私は自分の感情の正体を噛《か》みしめます。

――今までずっと抱いてきたこの感情が、人が懸想《けそう》とか恋とか呼ぶものだったのでしょう。

場所には王城の小さな空き部屋。

背景は木箱が積みあがっていますし、私自身も下半身はほとんど『箱』で。

ロマンチックなものは何もない場所ですけど、それでも――

今日という日に、自分の感情に気づくと同時に、婚約が正しく結ばれたのが、偶然という言葉で片づけるのは勿体ない気がして。

「しかし、やはり顔を近づけるだけでは物足りないな」

色々と噛みしめているうちに、王子はそう独りごちて、空いている方の手で私の髪を一房手に取りました。

「ここなら、いいかな」

そんな言葉をさらりとこぼした王子は、

「え」

手に取った私の髪の毛へと、唇を落としました。

驚いて視線を向けると、唇を落とした体勢のまま、こちらを見上げて、片目を瞑《つぶ》ってみせます。

瞬間、何をされたのかを自覚して……。

ああ――もう。

こみ上げてくるものが多すぎて、本当に倒れてしまいそうです。

第12章

いつの間に眠っていたのか定かではありませんが、ぼんやりとしたまま意識が覚醒しました。

『箱』の中の寝室なのは間違いないのでしょうけれど、かなり頭が重く感じます。

「帰り際のアレは……夢、ではなかったのですよね……」

まだ完全に覚醒できてない頭で、髪に触れると、王子の指の感触が鮮明に思い出されて、熱が上がってくるのを自覚しました。

「〰〰〰っ」

言葉に出せない感覚にジタバタしたくなるのを抑えて、大きく深呼吸。

「はぁ……」

何とか落ち着きを取り戻し、眠気を振り払うと、私はベッドから降りました。

『箱』の中にいる限り、『箱』の持つ守りのチカラによって餓死や脱水死のようなものはないのですけれど、それでも身体が食事と水分を妙に欲しています。

これは――私、だいぶ寝てましたね？

寝てたというかほぼほぼ気絶してましたね？

どれくらいの時間が経っているのでしょうか。

中から部屋を見渡すと、私の部屋を掃除しているラニカがいました。

「ラニカ」

「あ！　お嬢様！　お目覚めになられたのですね！」

快活な声を嬉《うれ》しそうに弾ませて、ラニカは『箱』へと駆け寄ってきます。

「えっと……おは、よう……」

「はい。おはようございます」

「あの……」

「お食事ですか？」

「うん」

「では、食事と一緒にカチーナさんも呼んできますね！

ほかにご要望はありますかっ？」

「要望じゃ、ないの……だけど……」

ラニカが部屋を出ていく前にこれだけは聞いておかないと。

「私、どれくらい……寝て、た？」

「一週間ほどですよ。カチーナさんの予想では、建国祭近くまでは起きないかもって言ってましたので、だいぶ早いお目覚めかと！」

「一週間……」

どうやらかなり寝ていたようです。

というか、カチーナは一ヵ月近く寝てることを予想していたのですね……。

さすがに、そんなに寝込んだりは……。

…………あ、しますね。

身内以外の前で箱から顔を出すのって、すっごい疲れますし。

ストレスによって体力と精神力がものすごい速度でガリガリと削られていきます。

勢い任せとはいえルツーラ嬢の前で一度。それから、必要に迫られてフレン様の前で一度。

さらに、帰り際になんとなくでサイフォン王子に顔を見せて……。

顔を出し続けること自体がとてもしんどいですので、コトが終われば反動で倒れるのも、まぁありえるでしょう。

それが一日に三度も重なれば……。

はて？　一日で三度も重なって、一週間で目覚めるなんて……我ながら珍しいといいますか、何か成長したところでもあるのでしょうか……。

あるいは、もしかしなくても、サイフォン王子の前で顔を出したのは、ストレスになっていない……のでしょうか？

それに、手を握ったり、髪に口づけを……。

思い出したら、また顔が熱くなってきます。

「お嬢様？」

ラニカが恐る恐る声をかけてきたことで、私はハッと顔を上げました。

「聞きたかったのは、それだけ……だから。

食事と、カチーナを……よろしく……」

「はいッ！」

そうして、パタパタと慌ただしく部屋を出ていこうとするラニカに声をかけます。

「あ、ラニカ」

「なんでしょう？」

「慌てなくて……いいから、いつも……どおりに」

「分かってますッ、大丈夫ですッ！」

快活な笑顔でそう答えると、ラニカはこちらに挨拶もせずに部屋を飛び出していき――

「みなさーんッ、お嬢様がお目覚めになりましたよ～ッ！」

廊下から彼女の元気な声が聞こえてきました。

「それは喜ばしいコトですが、まずは落ち着きなさい」

続けて聞こえる誰かの注意の声と、別の誰かの警告。

「あ、ラニカ、気をつけて！　今そこ、水がこぼれてて滑る……」

「え？　きゃぁぁぁぁぁぁ～～～……!!」

ドンガラガッシャンというすごい音が聞こえてきましたが、ラニカは大丈夫でしょうか？

だから、慌てなくて良いと言ったのですけど……。

◇

ともあれ、多少の慌てん坊事件はありましたが、無事に仕事を果たしてくれたラニカのおかげで、カチーナが食事を持ってきてくれました。

ふつうは一週間も寝込んでいると、筋肉的にも内臓的にも身体が弱ってしまうものですが、『箱』の中にいると、健全な状態に保ってもらえるので助かります。

反面で、空腹感はかなり強く出てきます。

それを理解してくれているからでしょう。カチーナが持ってきてくれたご飯は二人前でした。

それを食べきったところで、腹八分目といったところでしょうか。

ようやく人心地ついた気分です。

「ごちそう、さま……でした」

言葉と共に、食器を『箱』の天板へと移動させます。

「追加は大丈夫ですか？」

「うん……。大丈夫」

「では、片づけて参ります」

「お願い、ね」

天板に載った食器をワゴンへと移し、カチーナがそれを押して部屋を出ていくのを眺めながら、私は何とはなしに考えます。

――いつまでも、台車で移動するわけにはいきませんよね？

今後も『箱』の中をメインにして過ごすにしても、移動の時にカチーナたちの手を煩わせすぎるのも良くないのではないでしょうか。

加えて、時によっては自ら動く必要がある場面も出てくることでしょう。

自ら動く。

……『箱』から出て自分で歩いて、また『箱』を召喚する……？

現実的にはそれが一番でしょうけれど、それはちょっと難しいです。

いずれは必要になるかもしれませんが、今の私にはまだ無理です。ちょっと高難度がすぎます。

うーん……。

今後の課題として、頭の片隅では常に方法を考えておいた方がいいかもしれませんね。

そんなことを考えているうちに、カチーナが部屋へと戻ってきます。

「お嬢様、お時間よろしいですか？」

そして、少し真面目な顔で声をかけてきました。

「大丈夫。何？」

「お目覚めになってまもなく、こんな話で恐縮ですが……。婚約発表の時期について、連絡が来ました」

瞬間――サァと、色んな感情の波は退いていき、残ったのはちょっとした無です。

「…………」

「現実逃避し、心を閉ざしたところで現実の時間は無情に流れるので、続けさせていただきます」

ですが、カチーナは容赦なく私の心境を袈裟《けさ》斬《ぎ》ると、何事もなかったように話を続けます。

「建国祭全体の盛り上がりを考慮し、初日――陛下のご挨拶と一緒に、婚約を発表したいとのコトです。婚約を祝うため、よりお祭りが盛り上がるだろう、と」

「…………」

いや、無理です。やっぱり無理ですってば！

必要なことだとは理解してはいるものの、国民の前ですよ？

街が一望できるお城のバルコニーとかでやるのですよね⁉

フレン様とのお茶会でさえ、なけなしの勇気を前借りしてがんばったようなものなのに、大勢の人の前で挨拶だなんて……！

「カチーナ……」

「はい」

「『箱』のままでも、いいのかな？」

「私の口からは何とも」

言葉とは裏腹に、「無理です。諦めてください」みたいな雰囲気を出すのやめて欲しいのだけど、カチーナ！

「何とか……乗り越える、手段を……考え、ないと……」

はぁ――どうしましょう。

何か使えそうな、この『箱』の面白い魔法はなかったですかね……。

無いならいっそ新しく開発して……。

「お嬢様」

「なに？」

「一人でお考えになる必要はないのでは？」

「え？」

「殿下とはすぐに連絡が取れるではありませんか」

言われて、私は目を瞬きます。

確かに、サイフォン王子とは送り箱でやりとりはできますけど……。

「私だっておりますよ」

「カチーナ……」

自分の胸元に手を置いて真剣な眼差しで、カチーナは『箱《わたし》』を見つめます。

「なら、『箱』のままで、問題ない……って、方法を……」

「それは殿下に訊《き》いてみるのが良いかと」

「あ、投げた」

まぁ正直、難しいのは間違いないですよね。

そんな大々的な場に、『箱』のまま参加するなんてことは……。

もっと心の準備をする時間をたっぷり欲しいくらいなのですけど。

「殿下でも……難しい、よね？」

「それはそうでしょう。

ですが、完全に無理——というワケでもないと思います」

「え？」

「お茶会の場でもお話がありましたが、継承と派閥の問題です」

「ああ」

妻が箱。

それだけで、王位を継承するには充分な瑕疵《かし》という話ですね。

国民の前で『箱』というアピールをすることで、ダメ押しをしたいという考え方は、無くもないというところでしょうか。

私としては、私のためにあまりサイフォン王子が不利になるような状況にはなって欲しくないと考えています。

いくら王子が継承を気にしないといっても、やっぱり私のせいでフイになるのは嫌なのです。

「終始『箱』のまま——というのはおそらく難しいかと思いますが、『箱』のまま入場し、『箱』から顔を出して軽く挨拶をし、『箱』の中へと戻って、『箱』として退場する。そういう流れの可能性くらいなら、あるのではないでしょうか？」

それでも、完全に顔を出さずにやるのは、かなり難しいでしょうね。

理想としては一切の顔出しをせず――ですけど、無難なところではカチーナの考えで行きたいところ。

でも、実際のところは、それが許されるかどうか分からないわけで……。

「やっぱり……殿下に、相談……しないと、だね」

「ですから最初からそう言っているではありませんか」

まったくもう――という調子のカチーナですけど、どこか釈然としない私がいます。

ともあれ、送り箱で王子に手紙を送っておきましょう。

《建国祭での婚約発表。箱のままでもいいですか？》

――と。

◇

そうして、その日の夜にすぐ返事が返ってきました。
《個人的には許可をしたいところだが、さすがに難しいな》
ですよねー……。
《ところで倒れたと聞いていたが、身体の方は大丈夫か？》
《はい。おかげさまで、良くなりました》
《それなら良かった。しかし目覚めて最初の手紙が『箱のままでいいか』というのは、なかなかに

衝撃的だったぞ》
《なんというか申し訳ありません》
いや、本当に申し訳ないですね。
こうやって指摘されると、本当に何やってるんだ感があります。
《ご心配おかけしました》
《そうだな。心配したぞ》
……ッ！

この一言だけで、かなり嬉しいです。
思わず口元に手を当てて、固まってしまうくらいには。
サイフォン王子に心配してもらえた。
なんだか、それがとても嬉しいのです。
《倒れた原因は何だったのだ？　宰相は特に教えてくれなくてな》
喜びに浸っていると、王子からの手紙が届きます。
これに関してはちゃんと説明しておくべきでしょうね。
《箱から外に出たコトによるストレスでしょうか。身内以外に対して顔を出すと、かなり疲弊してしまいまして》
《そんなにか？》
《体感として、ちょっとした死と隣り合わせくらいには》

《そんなにか⁉》
《なので、様々な行事に対して、箱のまま出席できるかどうかというのは切実な問題なのです》
最後に返信した内容に思うことがあるのでしょう。
王子からの手紙が止まります。
分かっています。
これが現実的に難しく、私のわがままに近いことは。
それでも、無理なものは無理なのです。
将来的に克服は可能かもしれません。ですが、来月までに克服するとなると、さすがに不可能です。
《一応、こちらでも父上と母上に確認はしておくが……期待はしないで欲しい》
《わかりました》
そうして、この晩は——このまま雑談へと移行していきました。

◇

翌日の夜。
《朝、送っておいた手紙は読んでくれたかな？》
《はい。さすがに厳しそうですね》

今日の朝届いていた手紙には、やはり難しいということと、それでもギリギリまで陛下とフレン様を説得してみるという内容でした。
《それに加えて、仮に許可できた場合でも台車は使えないそうだ。何らかの運搬手段が必要になる》
《壁が……多すぎますね……》
しかし、やはり運搬方法も問題になってきますか。
許可がもらえていない今、それを考えるのは皮算用のような気もしますが、考えておいて損はなさそうです。
《一礼したあとで『箱』に入っても良いから、何とかならないか？》
《無理です……。顔を出すだけでも倒れそうなのに、『箱』から出て歩くだなんて……》
家の中なら大丈夫でしょうけど。
でも、婚約の発表の場ですよ。城下を見渡せるバルコニーに出るんですよ？
そんなの、死んでしまいます……。
《そもそも、『箱』のままであっても、あのバルコニーに立つだなんて、ちょっと身体が震えてしまうくらいなんですから……》
《そうか。できる限り君に考慮した方法が何かあればいいのだが》
こうして、この日から数日おきにアイデアを出し合う夜がはじまりました。
ですが、どれだけ夜を重ねても、期日は迫るのに一向に良いアイデアは出てきませんでした。

◇

そんな焦燥が募り続ける中のある日。
私は、『箱』の中から、見聞箱《みききばこ》を通じて屋敷の中を見ていました。
外ばかり見ててもアイデアが出てこないなら中を——程度の、単純な理由です。
家の中に特に目新しいものはなく。
いつものように、うちに勤めてる使用人の皆が、真面目に働いています。
『ラニカ〜！』
『は〜い！』
特に何も思いつかないな——と思い始めた時、ラニカが誰かに呼ばれました。
『侍女頭が呼んでたわ』
『わかりましたっ！』
『あ』
『行ってきますッ！』
『待って。そんなに慌てなくても……って、行っちゃったか。
急ぎじゃないから、今日中ならって言いたかったんだけど』
相変わらず、慌てん坊といいますか……やる気に満ちているといいますか。

最後まで話を聞いていれば、あんなにドタバタしないで済むのですけどね。

そのまま廊下を走るラニカは階段を下りて一階へ向かいます。

そして、使用人たちの仕事用の部屋が多く配置されている廊下へ足を踏み入れ――

『ストップ、ラニカ！　さっき、そこでバケツひっくり返しちゃって……』

濡《ぬ》れた廊下を拭いていたのでしょう。

モップを手にしていた侍女がラニカに声をかけますが――

『え？』

ラニカは急に止まれない。

……っていうか、なんであんな勢いよく走っちゃうんですかね、あの子。

『うわわわ……ッ！』

途中で無理矢理止まろうとしたものの、止まることはできず、濡れた床に足を滑らせたラニカは、勢いのまますっこーんと綺麗《きれい》に宙を飛びました。

まるで宙を滑るように飛んでいく姿に、私の脳裏に閃《ひらめ》くものがありました。

私はラニカの無事を祈りつつ、見聞箱からの映像を見るのをやめにします。

「宙を滑るように移動する……。よし」

小さく口に出して気合を入れると、ハココを手にイメージを膨らませていきます。

見聞箱を飛ばすように、この『箱』そのものを飛ばす。

いえ、飛ばす――というよりも浮かす、が近いですね。

空を自由に飛ぶのではなく、地面スレスレに浮かび上がって、移動する。

「あ、あの……お嬢様……」

ハココを通じて、『箱』にイメージと魔力を通すことに集中していると、側で控えていたカチーナが恐る恐るといった様子で声をかけてきました。

「『箱』が浮いているのですが」

「うん。浮かせて……いる、から」

底面がカチーナのくるぶしくらいまでの高さだとちょっと低すぎるでしょうか。

もうちょっと高度を上げて、カチーナの膝くらいが……いいですかね？

「このくらい……かな？」

「急に浮き上がって、何をなさっているのですか？」

「台車、なしで……動けない、かな……って」

浮かび上がったら、宙を滑るように移動する。

これも、やってることは見聞箱を飛ばすのに近いですね。

高度を自分で調整するよりも、地面からこのくらいの高さ――という形で固定してしまった方が操作はラクそうです。

操作方法を確立したあとで実際に挑戦――してみたものの……。

「うーん……上手く、動けない、ですね……」

「お嬢様、その状態で動く実験をするのであれば、室内よりもお庭でされた方が良いかと。思わぬ速度が出たり、急に飛び上がったりした場合、室内だと危険です」

「お庭……」

「ただし、宙を滑って動き回る『箱』の噂《うわさ》が外に広まらないよう、気を付けてください」

カチーナが半眼になって、そう付け加えてきました。

これ以上の本格的な実験は、領地に戻ってからの方がいいかもしれませんね。

一応、できる範囲の実験だけはしておきましょう。

まぁ、最悪——底面から足を出して歩けばいいですよね？

そうして部屋でできる範囲の実験の末、誰かに押したり引いたりしてもらえばスムーズに動けると分かりました。

台車なしで運びやすくなったのはありがたい——と、思うべきでしょうか？

◇

お茶会から一月ほど経ち、夏の第三月となりましたが、お互いにこれといった案は出てきませんん。

送り箱でのちょっとした雑談で、二通りほどの手段で『箱』のまま移動できるようになった話をしたところ、何がツボに入ったのかサイフォン王子は大いに笑ったと返信がきました。

移動する手段をイメージしたら笑いが止まらなくなったそうです。

カチーナには呆《あき》れられてしまったのですけど、サイフォン王子からすると、面白い話なのでしょう。

そんな王子に、こんな感じですと解説図《らくがき》も送ったら、その日は返信がなくなり、かなり焦りましたが、どうやら絵がツボにハマりすぎたようです。

笑いすぎを心配したサバナスによって、強制的に中断させられたのだとか。

翌日に届いた『中座してすまない』という謝罪の手紙に、そんな理由が書かれていました。

そして謝罪の手紙があった日の夜。

《そういえば殿下、建国祭の当日はとても暑くなりそうなのですけど、皆さん暑さ対策などは大丈夫でしょうか？》

何とはなしに、私はそんなことを訊《たず》ねました。

当日の天気に関して、知識箱に予測させたら、残暑厳しい日だという予測が出ていましたからね。

……雨ならもしかしたらサボれたかもしれない……なんてこと、考えたワケではありませんよ。

《モカは天気の予知ができるのか？》

《予知というか予測です。的中率としては予測する対象の日が近いほど上がります》

《箱の魔法は面白いコトができるのだな。しかし、熱中症といったか、君が教えてくれた病気は。今年は無理でも、来年からは貴族だけでなく平民たちにも、対策を施せたらと、思っている》

《そうしてください。せっかくのお祭りですから、倒れてしまっては勿体《もったい》ないですし》
《君は、優しいのだな》
優しい——でしょうか？
優しさでそんな話をしたつもりはないのですけれど。
《良いコトを思いついた。少し、根回しをするとしよう》
その手紙の文字が、どこか楽しそうです。
それを見た瞬間にピンときました。
あ、これは何をするか聞いても無駄なやつですね……と。
たぶん、当日までのお楽しみ——とかそんな感じなのではないでしょうか。
なので、何をするのかという聞き方はせずに——
《何か協力できるコトはありますか？》
——こう訊ねるのが正解でしょう。
《それなら教えて欲しいコトがある》
そうして請われたのが、お茶会の日に倒れた女性たちのこと。
その症状と、応急処置や対処法などでした。
何をするのか分かりませんが、これが当日に必要なのでしょうか？
それを手紙に認《したた》めて、問いかければ、王子からすぐに手紙が返ってきました。
《必要だとも。この知識は君がもたらしたものだ》

その返事の意味がよく分からず、私は首を傾げるのでした。

◇

そうして——気が付けば夏の第三月の最終週。

建国祭が、あと一週間にまで迫ってきています。

『箱』のままで参加するメドは立たず、その場合の対策は何も思いついていません。

時々、見聞箱を飛ばして調べたりしますが、王子も陛下もお父様も、基本的には婚約に関する根回しをしている感じですね。

私が箱という噂もかなり広まっており、同時に箱と婚約してしまえばサイフォン王子に継承の目はないという話も広まっています。

そのおかげか、嫌がらせなどもかなり減っているようで、サイフォン王子は生き生きとしています。

城下も徐々にお祭りに向けての準備が進んでいるようで、気の早い観光客や旅人は、宿を取って滞在をしはじめているようです。

何でも屋の方々なども、建国祭に合わせて仕事を調整しているようで、街に人が増え、いつも以上の活気に満ちています。

領地に戻っていたお母様も、建国祭のために王都へと戻ってきました。

それら様々な要素が、いやが上にも私の焦りを煽《あお》りますが、焦ったところで何かできるわけでもありません。
サイフォン王子とは相変わらず送り箱でやりとりをさせてもらっています。
先週、
《建国祭の挨拶に関しては、何とかなる手が打てるかもしれない。任せて欲しい》
――と連絡が来ました。
《それとは別に、相談がある》
その相談というのは、冷気を放つ魔心具《ましんぐ》のことでした。
建国祭で試作品を用いて大々的に発表する予定なのだそうですが、どうにも出力の調整が上手くいってないそうです。
《完成しなかった場合のアピールの仕方ですか？》
《変な話で申し訳ないのだが、何かないだろうか》
《それでしたら、完成してもしなくても、一つ考えはありますけど》
《ほう？》
《私の『箱』を使えばいいのですよ》
魔心具が完成しようが未完成だろうが、その場を誤魔化すだけなら、手段はありますからね。
サイフォン王子にとって、この発表が重要だというのであれば、私の挨拶も利用してくれればいいのです。

これなら、『箱のまま』でいける可能性もあがりますしね。

詳細を書いて送れば、一考の余地はあると、王子も乗り気のようでした。

《モカ、助かった。次に連絡をできるのは、直前になるかもしれないが、よろしく頼む》

実際、そのとおり、これ以後は特に連絡が来なくなりました。

おそらく根回しや、思いついた策をとるために必要な準備などをしてくれているのだとは思いますが……。

差し迫る時間の中で、サイフォン王子は必死に走り回ってくれているのでしょう。

ただ私が持つ案や情報がどのように役に立っているのかが分からないというのは、『箱のまま』出席できるかどうかに頭を悩ませることとは別の不安がありますね……。

◇

ともあれ、やきもきした気分のまま、気が付けば暦が秋の第一月となりました。

それでも、私の目からは見える進展はなく、だけど王子だけが忙しそうにしている様子だけが感じ取れて――

気が付けば建国祭の前日。

その日――送り箱に手紙が届きました。

その手紙に書かれた文字はかなり走り書きでしたので、本当にギリギリまで王子が対応してくれたのでしょう。

ですが、策の内容などには特に触れられておりません。

走り回っていたモノが実を結んだのかどうかすら書いていないのです。

相談された話などに関しても、特には触れられてはおらず、来て欲しいという文面のみ。

とにかく、まずは予定どおりに登城してくれ――とのことなので、『箱』のまま馬車に揺られることになると思います。

問題はそのあと。

王子はどういう策を用意してくれているのでしょうか――

そしてその策で、私たちは無事に建国祭を切り抜けられるのでしょうか……。

最悪の場合の……『箱』がダメだった時の策は結局思いつかなかったですし……。

信じます。信じますからね、サイフォン王子……。

第13章

城下を見下ろすことができるバルコニー。

その手前は、参加する王族や貴族が待機するための広い部屋――というよりも空間とでも呼ぶべき場所となっています。

参加する者たちの護衛や従者たちも集まるので、必然的に広くなってしまったのでしょう。

そんな空間の片隅に私は、鎮座しています。

できるだけ目立たないように、誰からも声をかけられないように、そんなことを祈りながら。

ですが、祈り届かず――私へと近寄ってくる人物がいました。

私の横にいるカチーナも少し緊張した様子を見せます。

優男然とした騎士と小柄な従者を引き連れて近寄ってきた男性。

銀髪の髪と翡翠《ひすい》の瞳を持つその人物は――第一王子のフラスコ・ロート・ドールトール様。サイフォン王子のお兄様。

サイフォン王子を文官寄りの柔和な方と称するのであれば、フラスコ王子は武官寄りの粗暴な方――でしょうか。

私が時々覗《のぞ》き見した印象としては、よく言えばマイペース。悪く言えば傍若無人。不敬同然の判断を下すなら乱暴者の暴君。

そんな人と会話するなんて、シンドいどころの話ではないのですけれど……！

私が一人で戦々兢々《せんせんきょうきょう》としていると、スルりと自然な様子でサイフォン王子が私の横へとやってきました。

す、救いの王子様がきました！　これで勝てます！

「それがお前の婚約者か？　本当に箱なのだな。面白い冗談だぞ、サイフォン？」

「箱ですが何か？　俺は至って本気ですし、箱のままでも構わないと言ったのも俺です。兄上こそ、コナ嬢はどうしたんです？　彼女は貴方の婚約者でしょう？」

そういえば、婚約者のコナ様は一緒ではありませんね。

発表は後日に回すとしても、エスコートもされないのでしょうか？

「コナは関係ないだろう。オレはそこの箱と話がしたい。退《ど》け」

「お断りします。そのような態度では彼女が怖がりますので」

なんだかハラハラしてきます。

実際、フラスコ王子と話をしたいかと言われればノーと叫びたいところです。

サイフォン王子もサイフォン王子でやたらと強気に言い返すものですから、見ていて怖くなってきます。

二人の王子が睨《にら》み合っていると、フラスコ王子の後ろに控えている人たちが何やら小さく騒いで

います。


従者の方が一歩前に出てこようとして、騎士の方がその口を塞ぎながら引き寄せました。

馴《な》れているのか、かなりさりげなく、不自然に思われないような早業です。

何かを耳打ちすると、不満そうな顔をしながらも従者の方が大人しくなりました。

なんだったのでしょうか?

従者の方が飛び出してきそうなところを、騎士の方が押さえている感じに見えましたが。

ただ従者の方はそれに納得してないようです。

従者のわりに、いささか弁《わきま》えが足りないといいますか……。

それでも動きを止めたことに、騎士の方はこっそりと息を吐いています。あれは安堵《あんど》ですかね?

フラスコ王子はサイフォン王子と睨み合うのに意識が向いていて、後ろの二人の様子は気づいていないようです。

周囲を見ると、どこか呆《あき》れたような諦めたような視線を二人に向けられている方が多く見えるような……。

あ……横を見れば、カチーナとサバナスの目が怖いことになってます。

優秀な従者の二人にとっては、護衛騎士に押さえられている従者の態度が目に余るのでしょうか。

そんなカチーナとサバナスの視線に気づいたのか、フラスコ王子の従者も二人を睨んで——あ、いえ。睨んでる先は私ですか。

まぁ睨まれるだけならどうでもいいです。

指摘しても、目つきが悪いだけとか、そんなつもりは無かったと、のらりくらりと躱《かわ》されるだけでしょうし。

でも、ますますもって、カチーナとサバナスが不機嫌になってますね。

態度にも表情にも出してないようですけど。

…………。

前を見れば、殿下同士で睨み合い……。

横を見れば、従者同士で睨み合い……。

そうだ、天井を見ましょう。

私は天井と睨み合えば、役割分担はバッチリです。

……あ、はい。現実逃避してる場合ではないですね。

「弟の婚約者に挨拶もさせてくれないのか？」

「兄上の態度は弟の婚約者に挨拶する態度ではないでしょう？」

露骨に不機嫌になったフラスコ王子の右手に、魔力が高まっていく様子が窺《うかが》えます。

フラスコ王子は機嫌が悪くなると、風属性魔法で突風を起こして何かを吹き飛ばす悪癖を持っているのですが……いくらなんでも、式典前の控え室でそれをするのですか……ッ!?

その風がどこに向けられて放たれるか分かりませんが、いくらなんでも……！

私が内心で焦っていると、パンパンと注意を引くような手拍子が聞こえ、全員がそちらへと意識を向けます。

「お二人とも、そこまでになさってください」

そこにいたのは、悪役顔と噂《うわさ》の男性です。

黒い衣装に身を包み、赤や紫色の宝石の首飾りや指輪を見せびらかすように身につけたその人物
――お茶会の席でも、話題にあがった怖い顔の侯爵ことランディ・サブス・ダンディオッサ侯爵です。

「相変わらず人相が悪いな、ランディ」

「フラスコ殿下、私自身が気にしているコトを言わないでいただきたい」

フラスコ王子の言葉に、口ほど気にした様子もなくダンディオッサ侯爵はそう告げました。

彼の登場で、フラスコ王子は気が逸れたのか魔力を霧散させます。

侯爵が乱入してきた事情などは判断しづらいところですが、それでもフラスコ王子が魔法を使う前で助かりました。

「ご無沙汰しております、サイフォン殿下」

「ああ、久しいなダンディオッサ侯爵」

サイフォン王子も警戒はしていますが、フラスコ王子との間にあった一触即発といった感じはなくなりましたね。

ちょっとひと安心です。

「もしよろしければ、そちらの婚約者様にご挨拶をさせていただけませんかな?」

チラりと、サイフォン王子が私を見てきます。

フラスコ王子と異なり、高圧的な様子はなく、純粋に挨拶をしたいだけといった態度です。

少しだけ悩んで、内側からコンコンと音を出しました。

「彼女は、人前に出るコトそのものが負担となっている。本当に挨拶だけにしてくれ」

「ええ。かしこまりました」

ダンディオッサ侯爵がうなずくのを確認してから、サイフォン王子が半歩横にズレました。

その時、フラスコ王子の小柄な従者が何やら喚《わめ》こうとして、横にいた護衛騎士がその口を押さえます。

……あの騎士さん、大変ですね……。

「お初にお目にかかります。侯爵家のランディ・サブス・ダンディオッサです。

噂どおりのお姿であったコト、驚いております」

少しばかりの皮肉のつもりなのでしょう。挨拶に添えられた言葉を口にする時、あくどい笑みが浮かびました。

……もしかしたら、純粋な微笑みだったのかもしれませんが、そう見えないのですから、損なお顔をされています。

まぁ皮肉であれ、純粋な感想であれ、実際に『箱』なのは事実です。

「お、お初に……お目に、かかります。ドリップス宰相が、娘……モカ・フィルタ・ドリップスと、申し……ます。ダンディオッサ侯爵……の、お噂は、かねがね……」

「もしよろしければ、どのような噂かお伺いしても？」

自分から言っておいてなんですが、悪いことの黒幕だという噂ですよ——と、はっきり言う勇気はないので、誤魔化しましょう。

「物語の、黒幕の……ような、見た目の……方……と」

「わははははは。貴女のようなご令嬢にまで届いてしまっているとは、我が顔ながら困ったものだ」

そんな私の言葉を笑って流す様子は、さすがです。

この程度で怒るような方ではないのですね。

「なかなか面白い方を婚約者に選ばれましたな、サイフォン殿下？」

「以前から言っていただろう？　面白い相手が欲しい、と」

笑顔で穏やかなやりとり。

ただ、そのやりとりの裏で、皮肉が高速で飛び交っているのですから、本当に貴族というのは面倒です。

「聡明《そうめい》そうでもあり、サイフォン殿下が望んでいた方でもある、と」

「聡明そうではなく、実際に聡明だぞ？　彼女の幅広い知識の中には毒や病気についても多くある。実際、それで命が助かった者もいるからな」

サイフォン王子はそこに触れるのですね。

ダンディオッサ侯爵はどう出るでしょうか？

命が助かった者――という言い方をすると、毒殺されかけたサイフォン王子だと思うかもしれません。

ですがサイフォン王子は、毒や病気という言い方をしました。

毒なら王子ですが、病気であればお茶会での令嬢たちのことでしょう。

今のような言い方をすることで、ダンディオッサ侯爵から何か情報を取ろうとしているのだとは思いますが――

「ほう。毒や病気の知識ですか。それは確かにすばらしい。実際に人を救っているのでしたら、本当に有能なご令嬢なのでしょう」

――素直に賞賛してきました。

まぁそう簡単にボロは出しませんよね。

「だがサイフォン。毒や病気の知識があろうと『箱』だぞ。本当に妻とするのか？」

「ええ、そのつもりですが？　何か問題でも、兄上？」

ダンディオッサ侯爵とのやりとりに割って入ってきたフラスコ王子に、サイフォン王子はまっすぐ返しました。

「モカは、『箱』の中に引きこもっている面だけ見れば確かにマイナスだ。だがそれを補ってあまりあるものを持った、大変優秀な女性でな。建国祭開会の挨拶と共に、婚約の発表が行われるが――その場で私はその優秀さを示すつもりでいる」

……え？　そうなんですか？

などと思っていると、サイフォン王子がフラスコ王子やダンディオッサ侯爵の死角から、『箱』の中へと腕を入れて紙を投げてきました。

広げて見れば、今日の予定と計画が書かれています。

こういうモノはもっと早くもらいたかったのですけれど。

ただ、これを見る限り、私はほぼ喋《しゃべ》ることはなく、しかも『箱』のままで良さそうなので、安心です。

「それは楽しみです」

「フン」

はっはっはと楽しそうに笑うダンディオッサ侯爵とは反対に、つまらなそうに鼻を鳴らすフラスコ王子。

ちょうどそのタイミングで、ダンディオッサ侯爵付きの従者が彼に何か耳打ちしました。

「殿下方、どうやらそろそろ時間のようです。それぞれに、バルコニーへと出る準備をする必要があるでしょう? 私もこれで失礼させていただきます。モカ様のお披露目、上手く行くコトをお祈りしておきます」

一礼して去っていくダンディオッサ侯爵。

何というか……あの方のお祈りは「上手く行けば良いですね」という嫌みに聞こえてきます。

あるいは「邪魔をするのでよろしく」という宣戦布告——でしょうか。

どちらにしろ、あまり良い印象はありません。

「行くぞ、ピオーウェン、ブラーガ」

そしてフラスコ王子はこちらに挨拶することなく、騎士と従者の名前を呼んで去っていきました。

去り際に従者のブラーガがこちらを睨んできて、騎士ピオーウェンに叱られています。

ブラーガを叱りながら、一瞬だけピオーウェンはこちらへと、本当に申し訳なさそうな眼差しを向けてきました。

その様子を見送りながら、私は思わず呟《つぶや》きが漏れました。

「あのブラーガ……という従者、良いのですか……ね？」

「良くはないのだが、ブラーガ以外兄上に仕える気のある従者がいなくてな……。兄上もブラーガを甘やかすものだから、最近じゃすっかり『またブラーガか』という扱いだよ」

「あちらの騎士の方は？」

「ピオーウェンは言葉遣いや態度はお世辞にも良いとはいえないが、去り際の視線のとおり、根が真面目なのは間違いない。従者同様に、兄上の護衛をしたがる者は少なくてな……ブラーガ同様に兄上は彼も信用し心を許しているようだ。何よりピオーウェンは護衛だけでなく、兄上とブラーガのお目付け役という面倒ごとを引き受けてくれている。その為、周囲からは同情込みで多少の態度の悪さは大目に見られている」

思わず口にしてしまった疑問に、サイフォン王子も疲れたように答えてくれました。

感情的になりやすいフラスコ王子と従者の心得が足りなそうなブラーガを止めるためのお目付け

役ですか……。

　今日の様子を見ただけでも、とても大変そうに見えます。

　それに、騎士ピオーウェンに関しては、常日頃の言動や態度は分かりませんが、今日の様子を見るにそう悪いものでもなかったと思います。

「すまないな、モカ。怖がらせてしまったか？」

「いえ、えっと……サイフォン殿下が、守って……ください、ましたから」

「守ってくれた――と、思ってもらえて良かったよ」

　そう言って、とろけるような笑顔を浮かべるサイフォン王子。

　その笑顔を真正面から見れるのは私の特権かもしれませんが、真正面から見てしまったせいで言葉を失います。

　周囲の人たちがそんな王子の笑顔を横から見たのでしょう。特に女性たちは、クラクラした様子を見せています。

　わかります。

　普段の爽やかな笑顔や、作り笑いのようなものではなく、自然に浮かんだサイフォン王子の笑顔は、本当に心臓に悪いです。

「きょ、今日は……改めて、よろしく……お願い、しますね」

「ああ。しっかりエスコートさせてもらうよ」

　優しく『箱』を撫《な》でる王子に、私は思わず『箱』を羨ましいと思ってしまうのでした。

第14章

建国祭、初日の朝。

暦の上ではすでに秋ながら、快晴の空から降り注ぐ陽光は真夏にひけを取らないほど強い。

ギラギラという言葉が似合いそうな暑さの中、城下を一望できるバルコニーに、国王バイセインが姿を見せた。

広いバルコニーには、重鎮や有力貴族などの一部がすでに並んでおり、王の登場と共に、彼らは王へと跪《ひざまず》く。

遠目ながらもそれを見ることができる城下の広場には、大勢の民や観光客たちが集まっていた。

バルコニーには第一王子フラスコ、第二王子サイフォンも並んでいる。

また宰相のネルタに、騎士団長などもおり、それ以外にも錚々《そうそう》たる顔ぶれとなっているが、広場に集まって見ている庶民たちは誰が誰だか把握はできていない。

王が一度振り返り、王子たちに何か声をかけると、揃《そろ》って彼らは立ち上がる。

それから、王は再び城下の方へと向き直った。

国民の方へと向いた王へ、宰相が横から何かを差し出す。

握り拳ほどの大きさの、声を広範囲に届けることができる魔心具《ましんぐ》――拡声器を手にしたバイセイン王は、数歩前に出た。

そこで、バルコニーから見える範囲で城下に視線を一巡りさせると、軽く息を吸い、そして朗々と言葉を紡ぎはじめる。

「今年もまた、建国された日を祝う、今日という日を無事に迎えるコトができた。これも、去年の建国祭から今日までの一年間、この国の民たる者の皆のがんばりのおかげである。本日より三日間、一年間を無事に過ごせてきた祝いと、これより一年間また無事に過ごせるよう願うため、皆で大いに盛り上がろうではないか」

宣言と共に、大いに沸く。

しばらくの間、祝う声を聞いていた王が、やがてゆっくりと手を挙げると、それに気づいた者たちが、次第に声を上げるのをやめていき、やがて声を上げる者がなくなった。

ある程度、静かになったのを確認してから、バイセイン王は、例年とは異なる様子を見せる。

「そしてこの祝いの場に、もう一つ、皆に祝福してもらいたい事柄があり、報告させていただく」

どんな報告であろうと、聞いていた皆が首を傾げる。

「此度《こたび》、我が子、第二王子サイフォンの婚約が決まった」

言葉と共にざわめきが広がる。

それがある程度、収まったところでバイセイン王は言葉を続けた。

「盛大な祝いは、二人が結婚する時になるだろうが、この婚約が正しく交わされたコトもまた皆に祝っていただきたい」

紹介されたサイフォン王子は一歩前に出てうなずいてから、背後の扉へと消えていく。

「我が子サイフォン、婚約者モカ、ここへ」

バイセイン王は一歩横へとズレて、背後の扉へと視線を向ける。

王に促され、バルコニーの奥に見える扉より、サイフォン王子が再び姿を見せた。

そして――

（（は、箱～～～～ッ⁉⁉⁉⁉））

（（ちゅ、宙に浮いてる～～ッ⁉⁉⁉⁉））

（（浮いてる箱をエスコートしてるッ⁉⁉⁉））

彼が連れている存在に、その場で見ていた者たちは困惑する。

王子の婚約者は箱だった。

一メートル四方ほどの箱。

四十センチメートルほどの高さに浮いた箱。

白く美しく華奢《きゃしゃ》な手の生えた箱。

それを王子は愛おしそうに嬉《うれ》しそうにエスコートしているのだ。

あまりに衝撃的すぎる光景に、それを知っていた者を除いた多くの者は困惑以外の感情を失ってしまう。

それに気づいていながら、さして気にもしてないように、サイフォン王子は視線を軽く巡らせて

から、王より受け取った拡声器を口元に当てて、挨拶を口にする。

「陛下より紹介されたとおり、私は此度、こちらの女性モカと婚約するに至った。彼女は怖がりであり、特に人前に出るコトをひどく苦手としている。それでも、私の伴侶となるにあたり、怖がってばかりではいられないと、このような特殊な箱を用いながら、皆の前に出てくれるコトとなった。いずれは、『箱』を使わず皆の前に出たいと言っているので、彼女の勇気と努力の行く末を見守ってもらえたらと思う。もっとも、私個人としては彼女愛用の『箱』を含めて愛しているので、克服できなかったとしても、問題は何もないのだがな」

堂々とした態度でサイフォン王子はそう告げた。

特に最後の惚気《のろけ》とも言える言葉は、彼の容姿も相まって、聞いていた女性たちに大いに受けていた。

「本来であれば彼女にも挨拶をしてもらうべきところではあるが、『箱』の中にいるとはいえ、こうも衆目に晒《さら》されているという状況では限界のようだ。そこで、彼女の協力を得て完成した、新しい魔心具について発表し、彼女の挨拶の代わりとさせていただく」

まさかの挨拶なしに、観衆は驚いた。

だが、サイフォン王子はそれを気にした様子もなく話を続けていく。

「この魔心具は、今日のような暑い日にぴったりの一品だ。可能な限り価格を抑え、庶民の間でも使えるようにしたいと私とモカは考えている」

そこまで告げてから、サイフォン王子は背後の扉へと視線を向けた。

すると、扉から女性的な顔立ちの従者が、分厚い皿の上に一抱えほどの青い球体が載ったような魔心具を持って姿を見せた。

「……しまったな。テーブルを用意するのを忘れていた」

声を届ける魔心具が、サイフォン王子の独り言を拾う。

それに多くの者たちが気づいたのだが、王子は気づいていないようだ。

どこに置くべきか困っている従者をよそに、サイフォン王子は箱の側へと耳を寄せた。

「ん？　どうしたモカ？　ふむ。助かる」

コホン――と、サイフォン王子は咳払《せきばら》いをして、広場の方へと向き直る。

「本来は失礼に当たるが、モカが快く許可をしてくれたので、今回は彼女の大事な『箱』の上に置かせてもらうコトにした。彼女曰《いわ》く、自分は物を置くのに便利ですから――だそうだ」

付け加えられた言葉に、広場から笑いが漏れる。

変わった姿をしていて怖がりながらも、冗談は口にできるらしい。

そうして置かれた魔心具だが、それがどういう用途なのかが見えてこない。

「この魔心具は、冷温《れいおん》球《きゅう》と名付けられたものだ。ただ、皆にこの良さを味わってもらうのは、少々難しい。そこで――このバルコニーにいる誰かに実感してもらいたいと思う」

いったいどんな魔心具なのか。

一般にも普及させたいというのだから、かなり便利な代物だと思われるのだが――

「フラスコ兄上。よろしければ、この冷温球を体験してもらえませんか？」

「……いいだろう」

指名された兄王子は大仰にうなずくと、冷温球の元へと近寄っていく。

「これは……！」

「気が付かれましたか？　できれば手をかざしてみてください」

「ああ」

サイフォン王子に言われるがまま、フラスコ王子が冷温球に手をかざすと大きく目を見開いた。

「もしよければ、見ている皆に分かるよう、解説をしていただけないでしょうか？」

「なぜ、私が……と言いたいところだが、このすばらしさは確かに伝えておくべきだ」

フラスコ王子は、サイフォン王子から奪うように拡声器を手にすると、告げる。

「冷たい。一言でいえばそれに尽きる。サイフォン。この魔心具は、放たれる冷気でもって部屋を冷やすためのものだな」

「そのとおりです」

その魔心具の用途が解った瞬間、国民たちも大いに沸いた。

ましてやこの炎天下。

家の中も暑くて仕方がないことを思うと、天国を作り出すかのような魔心具だ。

「この暑さだからこそありがたい。至急、私の部屋に設置して欲しいのだが？」

「申し訳ございません兄上。これは試作品でして……出力調整がまだできていないのです。外で使う分には良いのですが、室内で使うと、室内が凍り付いてしまう欠点がありまして」

「問題がすぎる！　だが、それが解決したならすぐによこせッ！」

　本来であれば横暴で乱暴な態度だと思われるフラスコ王子の言動だが、この暑さの中で、部屋を冷やす魔心具など見せられれば、王子であってもああなるのだな――と、思われていた。

「ん？　どうしたモカ？」

「本当に、喋《しゃべ》れたのか。ただの箱かと思ったぞ」

　フラスコ王子のいささか失礼な言葉を、拡声器が拾う。

　ただ、それは広場に集まっていた者たちも若干思っていたことだった。

「なるほど……それもいいな。兄上、拡声器を」

　サイフォン王子はフラスコ王子から、拡声器を受け取ると、それを口元に当てた。

「出力の問題から部屋を凍らせてしまうこの試作品ではあるが、モカから別の使い方を提案された。その凍らせるチカラを利用し、氷室を作れるのではないか――という案だ。それが可能ならば、野菜や肉などの長期保存も可能になるだろう。冷温球の出力調整をするのと同時に、こちらも開発を進めさせてもらうコトにする」

　それは画期的な話だと、広場は沸いた。

　特に商人たちは大いに沸いている。

　もちろん、それを聞いていた貴族たちもだ。

　完成した時が楽しみになる魔心具。

　それに開発協力し、案を出したサイフォン王子の婚約者――姿は箱だが、今後も彼女が関わるなら色々と便利なものが生まれるのではないかという期待が湧く。

「確かに有能みたいだけど、あの婚約者、箱だろ」

そんな中で、広場にいた誰かがそんなことを呟《つぶや》くと、さざ波のようにざわざわと広がっていく。

「王子の妻が箱って大丈夫なのかよ。他国にナメられねぇ？」

その懸念は、誰もが理解できるものだった。

確かに、有能であっても箱というのは――

そんな空気が完全に広まる前に、バルコニーの様子が変わる。

「ダンディオッサ侯爵ッ⁉」

怖い顔をした黒い服の貴族が一人、突然フラリと傾くと、床に膝をついた。

「も、申し訳……ありません。急に、めまいが……」

「ダンディオッサ侯爵ッ！　この冷温球のところへ！」

サイフォン王子がフラついた貴族へ駆け寄ると、彼の額や手首を触ってすぐに告げる。

その場のやりとりを、拡声器が拾っていた。

「モカも自分に寄りかかって構わないと言っています」

「いや、しかし……」

「この炎天下でその様子……おそらく熱中症と呼ばれる病気の症状です」

「サイフォンよ、それはどのような……」

王が説明を求めると、その言葉を遮って慌てた様子でサイフォン王子が言う。

「父上。説明はあとです。身体を冷やす必要がある病気です。最悪の場合、神の御座《みざ》に導かれる場合もあるモノですので」

その様子に、広場にいたものたちは息を飲んだ。

神の御座――それは死を意味する言葉だ。

よもやこのようにめでたい場で人死にが出るようなことが起きるとは思っていなかった。

「ダンディオッサ侯爵、動けるか？　症状によっては自力で動けなくもなるが」

「それは、大丈夫……です」

ダンディオッサ侯爵と呼ばれた人相の悪い貴族は、サイフォン王子に支えられながら、彼の婚約者である箱に寄りかかった。

「誰か、至急水を持て。ダンディオッサ侯爵の症状は、夏の暑さが体内に溜《た》まるコトで発生する熱中症と呼ばれる病気だ。身体を冷やし、水分を補給する必要がある」

指示を飛ばすサイフォン王子は、頼りがいを感じるほどに堂々としている。

こんな状況ながら、広場に集まっているものたちからすると、好感が持てる振る舞いだった。

一通り、貴族側への指示を終えたサイフォン王子は、すぐにバルコニーの縁《ふち》へと移動すると、広場に向かって告げる。

「広場に集まった諸君も、この炎天下だ。頭痛やめまい、立ちくらみ……吐き気などの症状がわずかでもある者は、日陰へ移動した方がいい。可能ならば、水分も補給してくれ。ただし、水分は一気に飲むな。少しずつゆっくりと飲むように」

まさか、広場に集まった庶民たちにまで気を使ってくれるとは、思わなかった。

「実は貴族であっても、この時期はお茶会の途中などで体調を崩す者はいる。もっと言えば、特に騎士には多くてな。運動などをすると、夏の暑さが体内に溜《た》まりやすいそうだ。だがこの病気は暑さで具合が悪くなるだけのこと――そう、軽く見られている面がある。騎士などはその典型でな。暑さに耐えてこそだと、皆が鍛錬や任務で無理をしているコトが多い」

それは自分たちも同じだ――と、広場に集まっていたものたちもうなずく。

暑いのは当たり前だから我慢しなければならない。

「だがある日、お茶会で倒れた女性がいてな。その女性たちの症状に心当たりがあったモカが、二人の手当を指示して事なきを得たのだが、そこで私もモカに教えてもらったのだ。対処法や予防法などをな。そして、この冷温球は、予防にも対処にも使えるものだ。完全なものが完成した際は、城下にも数ヵ所、設置した建物や部屋を用意する予定である。このコトもまた、モカが提案してくれたものだ。私はそこまで考えていなくてな……モカは市井の情報をよく集めてくれているので、助かっている」

箱の中に隠れてしまっているものの、かなり優秀な女性のようだ。

何より、広場に集まった者たちからすると、自分たちを見てくれている貴族というのは、非常にありがたい存在だった。

「先に言ったとおり、彼女が自ら語るのを苦手としているため、彼女の挨拶に代えてその行いの話をさせてもらった。奇異に見られるのは承知だが、彼女は非常に優秀で優しい人物であるというコトだけは、皆に覚えていただければ幸いだ」

そこで、サイフォン王子は話を終えた。

「ダンディオッサ侯爵も顔色が落ち着いてきたな。誰か、彼を城内の涼しいところへ。安静にさせておくように」

箱の彼女に寄りかかっていた貴族も体調が持ち直したようだ。

念のため、バルコニーからは下がるそうだが、見てる方としても、無理はさせず安静にしていて欲しいところである。

そうして、ダンディオッサ侯爵とやらが退場していくのを見送ってから、サイフォン王子も広場へと向けて一礼した。

「では、我々も一度下がらせていただく」

サイフォン王子がそう告げた時、箱から美しい手が生えると、広場へ向かって手を振った。

婚約者に合わせてサイフォン王子も軽く手を振る。

最後に、サイフォン王子がモカの手を取った時、小さな拍手が聞こえてきた。

誰かが手を叩《たた》いたからだろう。それが呼び水となって、観衆の間に拍手が広がっていく。

「がんばれよ、未来のお姫さん！」

拍手の中で誰かがそう叫ぶと、誰もが口々にモカへ激励を飛ばし始める。

「すごい魔心具を私たちにも分けてくれてありがとう！」

気づけばモカの印象は、箱という奇妙な婚約者から、王子と共に民のためにがんばってくれる変わった姿の婚約者という形へとすり替わっていっていた。

拍手と激励の言葉の中、二人は手を振って、バルコニーから退場していく。

続けて、王が中央に戻ると、今年の建国祭の開会を宣言するのだった。

◇

挨拶が終わり、お祭りが始まれば、人々は足早に動き出す。

祭りの始まりに浮かれた空気が、人々の動きにあわせて瞬く間に広がっていった。

そんな中で、冒険者か何でも屋だろうと思われる姿をした小柄な青年が長身の男の元へと向かう。

子供を二人連れたその長身の男は、小柄な青年を見るなり苦笑をした。

「なかなか素敵な声援だったわよ。ボウヤ」

女性的な言葉遣いをするその男性に、小柄な青年は肩を竦《すく》めてみせる。

「そっちも良いタイミングで拍手してたじゃん。おチビさんたちの拍手も呼び水として最高だったと思うぜ」

小柄な青年と長身の男は互いに苦い笑みを浮かべ合うと、それぞれに相手の事情を察して見せた。

自分たち以外にも同じような依頼を受けたと思われる者がいたのには気づいているが、互いに触れないようにする。

加えて、お互いとんでもない人と関わっているよな――という心の声は、問題なく互いに通じ合ったようだ。

「俺の飼い主が無自覚に幸せそうなツラしてるからさ。ま、たまには飼い主孝行みたいなコトをしてやっただけだよ」

「アタシも似たようなモノよ。雇用主のところのお嬢ちゃんが一生懸命がんばってるみたいだからね。頼まれたから張りきっちゃったわ」

お互いに、すでに誰もいなくなったバルコニーに視線を向ける。

「それぞれの雇い主も分かったコトだし、喧嘩《けんか》はなしでいいかしら？」

「まぁな。依頼人が婚約者同士なら敵対する理由もねぇし？　アンタとやり合うと酷《ひど》いケガをしそうだし？」

「その言葉、そっくりそのまま返すわ。ボウヤとやり合うと命が一つじゃ足りなそうだもの」

自分たちと同じように、飼い主と敵対している人物の息の掛かった者も、広場の中には混じっていた。

だが、結果として二人が何かするまでもなく、敵対者たちは賞賛に飲み込まれて何もできなくなっていったようで、ひと安心だ。

「アタシ、普段は酒場のマスターやってるのよ。よかったら、いらっしゃい？　お酒以外も美味しいモノ用意してあるわよ」

ウィンクを投げてくる長身の男。

彼の連れている男児と女児がそれぞれに「店長のご飯は美味しいぜ」「マスターは料理上手なんだよ」と教えてくれる。

その様子に軽く笑うと、小柄な青年は踵《きびす》を返して手を振った。

「ま、気が向いたらな」

「遊びに来た時は歓迎するわ」

「またねー」

「ばいばーい」

長身の男と子供たちは、そんな小柄な青年の背中に手を振って返すのだった。

第15章

王城にある、王子の婚約者用の一室。

登城の際には自室として使用して良いとあてがわれている部屋。

そんな部屋の片隅に、不釣り合いな大きな木箱が一つ置いてある。

それを見ながら部屋に配置された侍従たちは、失礼にならないようにそれに注目していた。

(本当に箱だ……)

(本当に箱なのね……)

(実際、箱だったのか……)

(なんで誰もツッコまないんだ……)

バルコニーでのインパクト抜群の登場を見たとはいえ、間近で見るのが初めてである者たちは、困惑が強い。

一方で、見慣れ始めてきた第二王子サイフォンのお付きたちと、その婚約者モカのお付きたちは、気にもとめない。

とはいえ、当の本人たちの姿はなく、またモカのお付きの一人であるカチーナの姿もない。

「ああ……カチーナがいるとはいえ、お二人で『箱』の中にいるなど……」

「サバナス。落ち着いてください。これで三度目です。

今回はカチーナが一緒に中にいるのですから、むしろ前二回より安心ではないですか？」

「それは、そうですが……」

心配性なサバナスと、それを宥《なだ》める騎士のリッツ。

二人のやりとりが示すとおり、彼女たちは今、その『箱』の中にいた。


……

……

……


私とサイフォン王子は、今、『箱』の中にいます。

朝の開会の挨拶にはじまり、そこから二人が今日必要なことを終えたあとこの部屋へとやってきて休むことにしたのです。

正しくは部屋の中に設置した『箱』の中で、ですが。

『箱』の中にあるメインルームにテーブルと椅子を用意した私は、サイフォン王子と隣り合って座っています。

最初はテーブルを挟んで向かい合うつもりだったのですが、椅子を用意する時にサイフォン王子が隣に来て欲しいと望んだのです。

……少し恥ずかしいですが、同じくらい嬉《うれ》しいです。

私と同じくらい箱の中に馴《な》れているカチーナによってお茶が用意され、王子は一度それで喉を湿すと、口を開きました。

「今回の挨拶の件で、君に謝らないとならないコトがある」

「はい……？　なんでしょう？」

隣にサイフォン王子がいるというだけで、ドキドキと心音が高鳴っている私は、それでも極力それを表に出さないようにして、首を傾げます。

必死に平静を装っている私の姿に、カチーナは優しげな笑みを浮かべて見守っているようです。

もっとも、私自身はそれどころではなく、そちらを窺《うかが》う余裕もないのですが。

「まぁ、なんだ……」

歯切れの悪いサイフォン王子は、頰を軽く擦りながら、わずかな間、視線を私から逸らしていましたが、やがて意を決して視線を向けてきました。

「実は早い段階で、母上から『箱のままでいい』という言質を取っていたんだ」

「え？」

「悪いと思っていたんだが、母上から言われてな。『箱』から出られるにこしたコトはない。だから、ギリギリまで『箱のままで良い』という話は伏せておいて欲しい、とな」

私としては色々と言いたいことはあるのですが、サイフォン王子——というよりもフレン様——の言いたいことも分かるので、何とも言えません。

とはいえ——

「さすがに、ギリギリも、ギリギリ……すぎです。当日の、控えの間に……まで、話してもらえない、というのは……」

これに関しては私としても文句が言いたいところです。

最後の最後まで、本当に生身で出なければいけないのだと思って、必死に自分の心と戦い続けていたのですよ。

それでも、自分の心の決着が付かなくて泣きそうになっていて……。

どうしようっていう時に、フラスコ王子とダンディオッサ侯爵が来て……そして、『箱』にメモが投げ入れられて……。

こうやって思い返すと、さすがにちょっとギリギリすぎません？

「それに関しては我ながら反省している。先ほど、父上と母上から、小言をもらった」

ただ、珍しくバツが悪そうな顔をするサイフォン王子を見ると、許しても良いかな――などと思ってしまいます。

「ただまぁ、挨拶はしなくて良かったのだ。それで許してくれ」

「わかりました」

我ながらサイフォン王子に甘い――と思いつつも、私自身それでもいいかな、と思ってしまっていたりします。

だから――というワケではないのですが、私は別の話題を切り出しました。

「それに……しても、殿下はサクラを、用意なさって、いたのです……か？」

「君のイメージアップは急務だったからな。宰相も用意していたみたいだぞ。ダンディオッサ侯爵も、な」

こちらが話題を変えたことに安堵《あんど》しつつ、王子はその話に乗ってうなずきました。

「侯爵は、上手く……いかなかった、ようですが」

「さすがにダンディオッサ侯爵が倒れた時は驚いた」

ふっ――とサイフォン王子は笑います。

「え？　あれは……狙って、いたのでは……？」

「実はまったくの偶然だ。正直、君のイメージアップが優先で、それ以外はどうでもよかった」

そう口にする王子の様子は嘘《うそ》を付いているようには見えません。

「でも、利用は……しました、よね？」

「利用しない手はなかったからな。今日は残暑が厳しい日だった。だからバルコニーで誰か倒れてくれるとありがたい……と思っていたのは事実だ。可能なら、兄上かダンディオッサ侯爵辺りが良い……程度のコトは考えていたが、実際にダンディオッサ侯爵が倒れたので、さすがに焦った」

とはいえサイフォン王子のことです。誰が倒れようと上手くやっただろうとは思いますが……。

あの場にいた陛下やお父様も、何かあればそれをフォローしたに違いないでしょう。

「そのダンディオッサ侯爵は……大丈夫でした、か？」

「大丈夫だ。軽い症状だったので、もう復帰している」

「そうですか」

「しかし、どうしてあの場でダンディオッサ侯爵だけ倒れたのだろうな。確かに暑くて大変ではあったのだが……」

「それは……ダンディオッサ侯爵が、黒を好んで……いたからでしょう。黒という色は、夏の暑さを……いえ太陽の熱を、ため込みやすい……そうです、から」

「そういうコトか」

偶然とはいえ、今日の日差しの強さが、黒い服を好むダンディオッサ侯爵に影響を与えてしまったのでしょう。

うなずきながら何か考えているサイフォン王子を見ながら、侯爵がとりあえず無事であったことに安堵します。

「そういえば……侯爵ですけど、何か……企んで、いる……様子は、ありました……よね？」

私がバルコニー前の控えの場で話をした際、その別れ際の様子を思い出して訊《たず》ねれば、王子もうなずきました。

「さっきも言ったが、実際、観衆の中にサクラが仕込まれていた。ただそれだけだと、彼にしては温《ぬる》すぎる手だ。何か別の仕込みがあったのかもしれないが……」

「もしかして、彼が……倒れてしまって、それどころでは……なくなった……？」

「かもしれないな。実際、何か起きた様子もない。結果的に、全てを君のアピールに利用できたのだから、悪くない結果になったと言えるだろう」

ダンディオッサ侯爵が倒れずに、策が実行された場合、こんなに上手くいかなかったかもしれません。あるいは、観衆や貴族内の心証が悪くなりすぎて、婚約すら危うくなっていた可能性もあるでしょう。

「そう、ですね……」

不安に囚われそうになりますが、結果は上手くいったのだと、私は胸中で頭《かぶり》を振ります。

偶然であれなんであれ、その策は使われなかったのです。

ならば、素直に喜ぶべき……ですよね。そのために、サイフォン王子が立ち回ってくれたのですから。

「褒められすぎて、恥ずかしくて……死にそうだった、コト以外……は」

恥ずかしすぎたのは確かです。とはいえ私もそれが必要なことであったのは理解しています。

『箱』のままであれ、生身であれ、印象があまりよくないのは間違いないのですから。

頭が良いことや情報収集が得意なことなどは、挨拶の場では分からないですしね。

口でどれだけ言おうとも、能力というのは目の当たりにしなければ分からないことも多いもの。

『箱』のままであった場合はもちろん、生身で出てたとしても、俯《うつむ》き気味でたどたどしく喋《しゃべ》る姿は、あまり良い印象にはならなかったことでしょう。

だからこそ、王子はあの場で、私が有能であることを示すことにしたのです。

「君を恥ずかしがらせてしまったのは詫《わ》びよう。とはいえ、君の印象を一気に変えるには、良いチャンスだったのだ。今回の挨拶の際によろしくない印象を持たれたまま終われば、今後ともずっとその印象がついて回る。俺の相手が誰であれ、結婚そのものが気に入らない勢力からしてみれば、その印象は武器になるしな」

王子の言う理由も、正しく理解しているつもりです。

だからこそ、恥ずかしくて死にそうだったこと以外に文句はありません。実際それだって、別に王子を咎《とが》めるような気はなく、なんとなく口にしただけですから。

「そういう意味では、本当に侯爵には感謝している。サクラだけでは効果が薄かっただろうが、サクラがいたからこそ、モカと冷温球《れいおんきゅう》のアピールの効果が高まったとも言えるしな」

だからこそ、自分の息の掛かった平民たちに、挨拶の場で拍手や声援を送ってもらったのだ――と、王子は笑います。

王子としては自分がお忍びで出かける時のツテを使ったのだそうです。お父様はおそらく、密かに繋《つな》がりを持っている酒場のマスターでしょうか。

そうして、そこから色々広がっていったようで……結果的にどこまで協力者が広がっていったかは分からないそうですが。

「そういう意味では、君が箱から冷気を出せるというのは渡りに船だった」

「結局、冷温球の……出力調整は、間に合いません……でしたからね」

私の上に載せた冷温球。実は起動していなかったのです。

起動すれば、フラスコ王子に言ったとおり、部屋を凍らせるぐらいパワフルな冷却力を発揮するシロモノでしかありませんでしたので。

それを『箱』の上に載せ、私が『箱』から冷気を放つことで、さも機能しているように見せた

――というのが真相です。

「そう、いえば……どうして、フラスコ殿下を、指名……されたの、ですか?」

「兄上は横柄で乱暴者という印象が強いのは知っている。だが、素直で純粋な面もあるんだ。だから兄上が素直に感心し、欲しいと思えるモノであれば、忖度《そんたく》なしに賞賛してくれると、そう思った」

だから――あの場での兄の発言は、全て本心である……と、サイフォン王子は告げます。

「暴君のような、噂《うわさ》の……ある人だから、素直に……賞賛する品物が、どれだけ……すごいのかも、アピールになる、と?」

「否定はしない。兄上の性格と評判を利用したのは確かだからね」

だが……と、サイフォン王子は苦笑します。

「それでも、素直に評価してくれたコトに関してはお礼をするつもりだ。完成品を、兄上にもあげる予定ではいるよ」

私からすると、控えの場で見た時は、あまり仲の良くない兄弟のようでしたけど……。

だけどそれでも、この場で苦笑混じりに感謝を口にするサイフォン王子の様子を見るに、苦手ながら嫌いになりきれない兄――というような複雑なものが見て取れます。

「兄上のコトは脇に置くとして、だ。あの場で冷温球と、君の行いを併せて語ってみせた。あれなら、君の印象は変わり者で口数は少ないが有能な女性となるだろう」

お茶会で倒れた女性を介抱したというのも、嘘ではないですしね。

平民たちのためにも、冷温球を使った休憩所を城下に数ヵ所作るとよいのでは――というアイデアも、確かに私の考えです。

「とはいえ……その、未来のお姫様……は、少し、言われすぎの……ような……」

「まぁ兄上派閥の者たちからはすごい睨《にら》まれていたしな」

嘆息気味に私がうめくと、サイフォン王子は朗らかに笑いました。

「普段は平民を見下して、その声を戯《ざ》れ言《ごと》などと言っているくせに、そういう言葉だけはしっかり拾って腹を立てるだなんて小物だと思わないか？」

私としても、その感想は否定する気はありませんが……。

ただ、睨まれるというのは、少々居心地が悪いものでして……。

それだって、我慢して流せば大きな問題にはならないのかもしれませんが……。

「…………」

それにしても――と、私は思い返します。

サイフォン王子は準備期間中大変だったのだろう、と。

ダンディオッサ侯爵が倒れたのが偶然だったにしても、それ以外のところで根回しや仕込みに奔走していたのだろうことが分かりますから。

だというのに、それを微塵《みじん》も自慢する様子はありません。おそらくは口にしていないことも多くあるのでしょう。

そういった彼のがんばりの集大成のようなものが、今回のバルコニーでの挨拶に繋がったのだと考えると、素直にすごいと——そう思います。

だからこそ、何か言葉にして伝えようと、そう思った時でした。

「だが、ここまで成功したのはモカの協力があってこそだ」

「協力……ですか？」

「ああ。そうだ。暑さから参加者を気遣うコトを言っていたのもそうだし、冷温球のフォローもそうだ。私一人ではここまで、完全に成功させるコトはできなかっただろう」

だから——と、サイフォン王子は嫌みなく笑います。

「礼を言わせてくれ。モカ。ありがとう、助かった。君が婚約者で本当に良かった」

「……………ど、どう……いたし、まして……」

向けられた笑顔が眩《まぶ》しすぎて、私はわずかに顔を伏せてしまいます。

その笑顔にやられて、それまで伝えようと考えていた言葉が消し飛んでしまいましたが、同時に別のことが脳裏をよぎりました。

「そういえば……殿下は……私を、紹介する……時……」

「ん、どうした？」

こちらの顔を覗《のぞ》き込んでくるサイフォン王子。

それにドキリとして、私は動きを止めました。

笑顔を向けられあたふたしているところに、不思議そうな顔が目の前に現れたものですから、本当に心臓に悪いです。

考えていることも含めて、余計にあたふたしてしまいます。

それでも、脳裏をよぎったものを確認したいと、そう思いましたので、がんばります……！

「いえ、あの……」

言葉が詰まります。

確認したいけど、恥ずかしい。だけど確認したい。

わずかな間の葛藤は、確認したいという気持ちが何とか勝利をおさめてくれました。

「私を、紹介する……時、箱を含めて……あ、愛……してる……と」

自分で言葉にしようとすると、恥ずかしくなってしまい顔が赤くなり、俯いてしまいます。

そんな私の姿をサイフォン王子――密かにカチーナも――は存分に堪能していたようです。私自身はそんなことまったく気づけませんでしたが。

そのままもじもじし続ける私に、サイフォン王子は優しい声をかけてきました。

「あの時の言葉はな、モカ」

「はい」

実は演出の一環だ――と言われたら、立ち直れないかもしれない……そんなことを思っていましたが、サイフォン王子の言葉はそれ以上の衝撃を持っていました。

「本心だ」

「ほん、しん……です、か……？」

「ああ」

サイフォン王子の言葉が脳に浸透し、正しく理解できた瞬間、ボンと音が聞こえてくるのではないかと錯覚するほど、自分の顔が赤く染まったことを自覚します。

「え、あ……その、それは……その、『箱』が……だけ、では、なく……？」

「母上が言っていただろう。『箱』も含めて君である――と」

嬉しくて仕方ない反面で、それでもどこか信じきれず、問いを重ねてしまいますが……。

そんな私に、王子はとても優しく返してきました。

「決して『箱』だけではない。もちろん、君に関して知らないコト、知りたいコトはまだまだある。だけどそれでも――今の時点で、俺が君に心惹《ひ》かれているのは、嘘偽りのない事実だ」

その言葉に、私は真っ赤な顔を上げました。

どこか信じたいけど信じきれないというような私の視線と、サイフォン王子のまっすぐな視線が絡みあい――

やがてサイフォン王子の表情が綻ぶと、私の肩を抱き寄せました。

思わず王子を見上げた時――ポロポロと私の瞳から涙がこぼれだしました。

「モカ？」

「す……すみません、なんだか……急に……」

なんだか、万感が胸に迫るようです。

これはきっと、一方的にサイフォン王子の様子を見ていた時から慕っていた思いが溢《あふ》れた涙なのでしょう。

同時に不安にもなってしまいます。

サイフォン王子と直接的に付き合った期間はまだ三ヵ月ほどですから。

だからきっと、この涙は左右で意味が違うのでしょう。

嬉しいと、不安と、両方の思いが溢れて止まらなくなってきているのです。

「あの、えっと、服を……涙で、濡《ぬ》らしてしまい……」

「気にするな。好きなだけ泣けばいい」

サイフォン王子は持っていたハンカチを手渡してきました。

私はそれを素直に受け取って目に当てます。

「どう、しましょう……ちょっと、止まらなく、て……」

わたわたと慌てる私を見て、サイフォン王子は思わずカチーナへと視線を向けました。

「どうかなさいましたか?」

急に、どうしたのでしょうか……。

ただただ私の様子を見守っているだけのカチーナに、サイフォン王子はイタズラっぽく笑います。

「もっと可愛いモカが見たくないか?」

「見たいか見たくないかで言えば見たいです」

え、ちょ……二人は、何を言って……!

「ならば、これからするコトをサバナスたちには黙っていて欲しい」

「『これからするコト』の内容にもよります」

「その答えだけで充分だ」

何が充分なのでしょうか……ッ⁉

「えと、今のは……？」

突如始まった、自分の侍女と婚約者のやりとり。

涙を拭いながら聞いていても、やりとりの意味が分かりません。

二人のやりとりを困惑したまま見ていると、それを終えたサイフォン王子から名前を呼ばれました。

この瞬間の王子は、とても真剣で、とても優しげで、とても真摯な顔をしています。

「モカ」

「はい」

「もっと信用して欲しい。もっと信頼して欲しい。

俺の言葉と、思いを――」

その言葉にドキリとします。

優しげで、だけどどこか不安げな顔と声で。

それが妙に艶っぽく見えて。

初めて見た雰囲気にあてられ、思わず惚《ほう》けてしまうと、彼は突然いつもの雰囲気に戻ってニヤリと笑いました。

「だから、ちょっとダメ押しをするコトにした」

「え？」

その言葉で、私はすぐにハッとしましたが――

サイフォン王子は言葉を告げるなり、肩をより強く抱き寄せ、もう片方の手を私の顔に添え、その顔を自分の方へと向けさせました。

えっと、あの……えっと……。

「俺は案外、堪《こら》え性《しょう》がないらしくてな」

「殿、下……？」

王子は戸惑ったままの私に顔を寄せて、小さく囁《ささや》きました。

「この間言っていた、先の話だ」

「え？　あ、の……っん」

囁かれた言葉に、私が何か言うよりも先に――サイフォン王子は、私の、唇に……自分の、唇を軽く、重ねて、きました……。

重なっていた時間は短く――

やがて唇が離れると、私は恐る恐るといった様子で自分の唇に触れました。正直、何が起きていたのか、実感がなくて……。

ややして、ゆっくりと王子へと顔を向けます。ゆっくりと首を動かし、サイフォン王子の顔の方へと視線が向かっていくにつれ、何をされたのか……その自覚が湧いてきました。

サイフォン王子にもたれかかるように上を見上げると、私の様子に何か不安を感じたのか、サイフォン王子が訊ねてきます。

「ダメ、だったか……？」

「い、え……」

自分の唇に触れたまま、私は首を横に振ります。

ダメだったわけではありません……。

むしろ――

「嬉しかった……です。ただ、その……」

そしてふらりと倒れるように、私はサイフォン王子へと寄りかかりました。

「嬉しくて……驚いて……疲れてて……なんだか、この短時間の、出来事が、分からなく、なってきちゃって……その……」

本当は彼へ体重を預ける気はなかったのですけれど、もう身体を起こしてられなくて、私はサイフォン王子に甘えるようにもたれかかったまま続けます。

顔は熱く、嬉しさで気分が浮かれているのか、疲労の熱で浮かれているのか……。

私は定かではない頭で言葉を紡ぐ傍ら、寄りかかる王子から聞こえてくるトクトクという心音が耳朶《じだ》に響いてきて、それだけでまた熱が上がっていくようで、もうなんだかよく分かりません。

「とても、とても……嬉しく、て……」

だから――と、私は瞳が潤みだしているのを自覚しながら、サイフォン王子を見上げます。

「なんだか、倒れて……熱が出そう、です」

すでに熱は出ている気はしますし、実際に倒れそうです。

『箱』から出たわけではないので、先日のように昏々《こんこん》と眠り続けることはないでしょうけれど――

けれども、寝てしまったら、全てが夢として消えてしまうような不安が胸の中にあります。

その不安を口に出したりはしませんでしたが、サイフォン王子は察したのでしょう。

もたれかかる私の頭を宥めるように優しく撫《な》でました。

「大丈夫だ。夢ではない。疲れているなら、一眠りするといい」

撫でられるだけで、なんだか夢見心地なのに、夢ではないのですね……。

「はい……そう、します……」

建国祭での挨拶に関して、本当にギリギリまで解決策が出てこなかったですから、今日まで気を揉《も》んでいました。

『箱』から出なくとも、声を出さずとも、苦手な大勢の前に姿を現しただけで疲弊していたのも間違いはないでしょう。

そこに、サイフォン王子のダメ押しがあって、限界を迎えてしまったようです。

私はサイフォン王子にもたれかかったまま、ウトウトとしてきました。

そんな私を撫でながら、サイフォン王子は囁きます。

「お疲れさま」

気持ちよく意識がまどろみに落ちていく中、どこか遠くから王子の声が聞こえてきます。

「本当に君を気に入っているんだ。手放したりしないから、安心してくれ」

「そういうのは、お嬢様が起きている時にお願いします」

もう反応もできないくらい眠いです。

そのせいか、二人には私が完全に寝てしまっているように見えているのでしょう。

でも、しっかりと聞こえました。

反応らしい反応は、返せそうにありませんが……。

「……それもそうだ」

今度は、ちゃんと、私の意識が、はっきりしている時に、言ってくれるの……待ってます、ね。

そうして、優しく私の髪を撫でるサイフォン王子の手の感触を感じながら、私はゆっくりと幸せなまどろみに身をゆだねるのでした。

書き下ろし――何事もないモカの一日

「んんっ、そろそろ、時間ですか……」

私の意識が軽く覚醒し、うめくように独りごちます。その僅かな時間で、すぐに意識はハッキリとしてきました。

私が寝起きするのは、基本的に『箱』の中。

もちろん、『箱』が設置されている場所が私室である以上はベッドも用意されていますが、基本的には使っていません。

それでもカチーナを筆頭に、ドリップス家に仕えている人たちがシーツなどを毎日綺麗《きれい》に洗濯し、整えてくれてます。

そのことに私は申し訳なく思いつつも感謝しています。

さておき――私の睡眠時間は、お父様に似て短い方です。

明け方近くまで起きていることも多いですし、何より、寝て起きるまでの時間がそもそも短いんですよね。『箱』の中だろうと外だろうと、日常的には最長で三時間くらいでしょうか。例外はもちろんありますけどね。

むくりと、身体を起こします。

そのタイミングで、コンコンと『箱』の角が外から叩《たた》かれました。

いつものことですが、タイミングがぴったりすぎて怖いです。

「お嬢様、おはようございます」

「うん、おはよう。カチーナ」

カチーナは、こちらが身体を起こしたタイミングで箱をノックしてきます。箱の外で寝てる時などは、似たようなタイミングで部屋に入ってくるのですよね。

これは、主の起床時間ぴったりにやってくる侍女の鑑《かがみ》——というワケではなく、実はちゃんとタネがあります。

私ほどではないにしろ、彼女も魔法を日常使いしているんですよ。その使い道の大半はお嬢様に仕えるにふさわしい使い方のみである、というのが本人の弁です。

「『箱』の中に失礼します。身だしなみを整えさせていただきますね」

こうして、私の一日はスタートします。

私からしてみれば、家どころか、ほぼ『箱』から出ないのだから適当でいいのにと思うのですが、そこはカチーナのみならずお母様からも許されていないので、仕方なく受け入れてます。

身だしなみが終われば朝食です。

実は箱魔法の中には、食事を作り出すものも存在します。でも、この魔法によって作り出された料理は、全体的に『味や調理法が洗練されているのに平民向けのような料理』なのです。なので私は基本的に家の料理人が用意したものを口にします。

私からしてみれば、別に手づかみでガブガブ食べるのに抵抗がないのに——というか、片手でつかんで食べれる料理なら、読書とか別のことしながら食べれてラク……まであります。ですが、やっぱりカチーナのみならずお母様からも、ダメだと言われてしまっているので、素直に家の料理人が作った食事を食べているのです。

それはそれとして——

「お嬢様。テリヤキハンバーガーなる料理を作っていただけませんか?」

「え? いいけど……食べる……の?」

「今度こそあの味を再現してやると、料理長が意気込んでおりまして」

「そっか。わかった」

料理長には是非がんばって解析してもらいたいですね。美味しい料理は正義ですから。

朝食が終わったあとは、自由時間です。

日によってはお母様やカチーナによる淑女教育等の勉強の時間となります。

今日は自由時間となっていますので、お昼までは見聞箱《みききばこ》を使った情報収集や、読書をメインとします。

最近は、こっそりとサイフォン王子を覗《のぞ》き見している時間が増えた気がしますが——ええっと、気のせいということにさせてください。

お昼を食べれば午後になります。

こちらも基本的には自由時間ですが、時折お父様やモントーヤが相談しにきたりしますね。

箱魔法を使った気候の先読みや、収集した情報を元にしたお話とかをしたりしてます。

他にも、お母様やカチーナとお茶会の練習などをすることもあります。

特にカチーナは侍女服をドレスに着替え、ロージャマン家の令嬢として私とお茶会をしてくれたりします。この時のカチーナはお母様より厳しかったりするんですよね……。

おかげでフレン王妃とのお茶会も、何とかなったような気がするので、感謝してないわけではないんですよ？

あと、午後は時々、運動したりもしますね。

『箱』の中にいる限り体型や筋力は最低限維持はされるのですけど、人前で見せるには少々はしたないと言われる程度には健啖家《けんたんか》なのを自覚してますから……微妙な不安感はあります。

ただでさえ、座りっぱなしでロクに動いてませんからね。

『箱』に身体の体型を維持してもらえるとはいえ、動かさないでいると身体の動かし方を忘れて鈍くなってしまうことはあるので、最低限の運動は必要だと思っています。

軽い運動ではありますが、『箱』の外でやるとすぐに息が上がってしまうので、『箱』の中でのんびりとが基本です。

そんなワケで知識箱《ちしきばこ》で調べた室内でもできる健康運動をやっているんですが……

最近――成人会で王子に会える可能性があると気づいた辺りからですか――ちょっと運動量を増やしてたりもします。

……効果があるかどうかは、正直わかりませんけど……。

ただその……王子の妻になる以上は、その……義務がありますので……あまり、だらしないのは……その、……やっぱり……ほら……。

――こほん。

ともあれ、運動です。運動。

時々、『箱』の中で運動してますって話です。はい。


午後の自由時間が終われば夕食です。

夕食が終われば、夜の自由時間ですね。

基本的にはやっぱり情報収集や読書に使っています。

特に、王都や領都にある下町の酒場などに設置してある見聞箱から情報を得るには、この時間が一番よいですから。

最近では、王子と送り箱を使った手紙のやりとりに一番時間を割いているかもしれません。

それがどんな内容であれ、私にとって王子とやりとりできる時間はとても大切で貴重なものですから。

そんな夜の自由時間ですが、実は途中でカチーナが来ることで、中断することも多いです。どうせ『箱』から出ないのですから、湯浴みとかも雑でいいとは思うのですけどね。ですが、やっぱりカチーナとお母様が許してくれないので、しっかりと湯浴みさせられてしまいます。

ちなみに、『箱』の中にも浴室があります。シャワーも浴槽もありますし、簡易操作でお湯の温度を切り替えられる便利仕様。どうにか解析して是非とも魔心具《ましんぐ》にしたいと、お母様は意気込んでいます。

湯浴みと王子とのやりとりが終われば、周囲は寝静まりひっそりしていきます。そんな静謐《せいひつ》な夜更けこそ読書が捗るというもの。

市井で売っている本に限らず、知識箱で見つけた物語などを読みふけったりもします。

とはいえ、完全に徹夜をしてしまうのはよろしくないので、キリの良い場所で読むのをやめ……やめ……やめ……やめます。やめないと、いつまでも寝ないので！　意志を強く持って、今日の読書はここまでにしないと……!!

そんな孤独な戦いをしながら、私は『箱』の中にあるベッドへと潜って就寝します。

おやすみなさい。

あとがき

皆様はじめまして。あるいは知っているという方もいるかもしれませんが、そういう方々には改めまして――北乃《きたの》ゆうひです。

この度は、本書『引きこもり箱入令嬢の婚約』をお手にとって頂き、ありがとうございます。

本作は「箱入り娘が本当に箱に入ってたら面白くね？」ってダジャレじみた発想からスタートしたネタになります。

それがまさか、書籍化したりコミカライズしたりするなんて、書き始めた当初はまったく考えていませんでした。

何せ書きながら「発想そのものは二番煎じ感あるな」とか思ってましたからね。誰かやってるだろうくらいのつもりで書いていたんです。ましてや不慣れな恋愛要素の強いモノでしたし。

でもまぁ書いた以上はお蔵入りさせるのも勿体《もったい》ないから、WEBで公開したろ――な～んて、腹を括ってみたら、思っていた以上に「斬新」とか「箱入（物理）は笑う」等、ご好評を頂きまして、めっちゃ戸惑ったものです。

ですが、そうやって楽しんでくださったみなさんのおかげで、ここまでこれたようなもの。ありがたやありがたや。


ありがたやといえば、謝辞ですよ。これはやらないといけません。

本作のイラストを担当してくださった間明田先生。

本作のコミカライズを担当してくださっている原口真成先生。

基本『箱』の中にいるというおかしなヒロインを筆頭に、色々と絵にするには大変そうなキャラクターたちを素敵に可愛く描いてくださり超テンションがあがっております。

担当さん。不慣れなことが多くありまして、大変ご迷惑をおかけしました。無事にここまでこれたのは間違いなく担当さんのおかげです。

嫁さん。メンタルくそ雑魚ナメクジな自分が折れずにいられるのは、貴女が支えてくれているからです。

そして、本書に関わってくださったたくさんの関係者の方々、最後に本書を手にとってくださった方々——それから改めて、ＷＥＢ版を読んでくださった方々。

皆様に——最大級の感謝《ありがとう》を。


本日はこの辺りで。またお会い致しましょう。では。

Kラノベブックスf

引《ひ》きこもり箱入《はこいり》令嬢《れいじょう》の婚約《こんやく》

北乃《きたの》ゆうひ

2021年9月29日第1刷発行

発行者	森田浩章
発行所	株式会社 講談社 〒112-8001　東京都文京区音羽2-12-21
電　話	出版　(03)5395-3715 販売　(03)5395-3608 業務　(03)5395-3603
デザイン	浜崎正隆（浜デ）
本文データ制作	講談社デジタル製作
印刷所	豊国印刷株式会社
製本所	株式会社フォーネット社

KODANSHA

ISBN978-4-06-525969-6　N.D.C.913　387p　19cm
定価はカバーに表示してあります

ファンレター、
作品のご感想を
お待ちしています。

あて先　〒112-8001　東京都文京区音羽2-12-21
(株) 講談社　ラノベ文庫編集部 気付
「北乃ゆうひ先生」係
「間明田先生」係